DUISTERE LEUGENS

HALLIE EPHRON

DUISTERE LEUGENS

Lees je graag thrillers en ben je lid van Hyves?
Word dan lid van onze Thrillerz-hyve via www.thrillerz.hyves.nl.
Get your thrillz op THRILLERZ!

Oorspronkelijke titel: *Never Tell a Lie*
Oorspronkelijke uitgever: William Morrow, an imprint of HarperCollins*Publishers*
Copyright © 2009 by Hallie Ephron
Copyright © 2009 voor deze uitgave:
Uitgeverij De Kern, De Fontein bv, Postbus 1, 3740 AA Baarn
Vertaling: Jan Smit
Omslagontwerp: Wil Immink Design
Omslagillustratie: Tina Hillier/Millennium Images/ImageStore
Auteursfoto omslag: Lynn Wayne
Opmaak binnenwerk: V3-Services, Baarn
ISBN 978 90 325 1202 6
NUR 305

www.dekern.nl
www.uitgeverijdefontein.nl

Voor mijn familie,
Jerry, Molly en Naomi

Dinsdag 4 november

Zwangere vrouw uit Brush Hills vermist

BRUSH HILLS, MA. De politie zoekt nog steeds naar aanwijzingen in de zaak van de vermissing van Melinda White, een vrouw van drieëndertig, die afgelopen zaterdag voor het laatst werd gezien. Gisteren werd een verklaring uitgegeven waarin de zwangere vrouw als 'kwetsbaar' werd omschreven. Een misdrijf wordt niet uitgesloten.

Melinda White, administratief medewerkster bij SoBo Vastgoed, bezocht op zaterdagochtend een rommelmarkt in Brush Hills en is sindsdien niet meer gezien, zo verklaarde de politie. De maandag daarop meldde haar zuster, Ruth White uit Naples in Florida, dat Melinda werd vermist.

'Ze belt me elke dag, en toen ik niets van haar hoorde, wist ik dat er iets niet in orde was,' aldus Ruth White. Ze voegde eraan toe dat de naaste familie de onzekerheid 'naar omstandigheden zo goed mogelijk het hoofd biedt'.

Brigadier Albert Blanchard van de recherche van Brush Hills maakte bekend dat de politie nog geen verdachten heeft aangehouden.

'We proberen iedereen te spreken die zij kende en die haar op zaterdag nog heeft gezien, maar voorlopig heeft dat geen tips opgeleverd over haar verblijfplaats,' verklaarde Blanchard.

Iedereen die informatie heeft over deze zaak wordt verzocht contact op te nemen met de recherche in Brush Hills.

1

Zaterdag 1 november

Weer of geen weer, had Ivy Rose in de advertentie voor de rommelmarkt gezet. Op de dag zelf hadden ze een metaalgrijze hemel met een vlagerige wind. Toch lieten de bezoekers zich niet ontmoedigen door het karakteristieke, balorige herfstweer van New England.

David schoof de zaagbok opzij die de oprit blokkeerde en de kopers stroomden toe. Ivy had het gevoel dat hun victoriaanse huis de invasie onderging als een grote witte walvis die naar de oppervlakte steeg om de vogels de parasieten van zijn rug te laten pikken.

Drie jaar lang had Ivy haar ogen gesloten voor de stoffige stapels rommel die waren achtergelaten door de oude Paul Vlaskovic, de vorige eigenaar, een broodmagere man die door David werd aangeduid als 'Dracula'. De rotzooi op zolder en in de kelder had wat Ivy betreft in een parallel universum kunnen bestaan. Maar opeens had ze, net zo hevig en abrupt als een onweersbui in de lente, de onweerstaanbare drang gevoeld zich te bevrijden van alles wat niet van hen was. Weg ermee! En David had het fatsoen – of het instinct tot lijfsbehoud – gehad om die bevlieging niet aan haar hormonen te wijten.

Ivy voelde de baby stevig schoppen; niet langer het gefladder van een nachtvlindertje in haar buik. Hallo daar, Spruit! Ze legde haar handen op haar buik, die zo hard leek als steen. Met nog maar drie weken te gaan totdat ze zou bevallen of exploderen, zou Ivy nu toch enige valse weeën gevoeld moeten hebben. Braxton Hicks-contracties of voorweeën. Het starten van een motor die nog moest warmlopen.

David en zij hadden het stadium bereikt waarin ze zich suf piekerden over een naam voor hun kind, en ze vroeg zich af hoeveel toekomstige ouders de naam Braxton hadden overwogen.

Levensvatbaar, levensvatbaar. Voortdurend ging dat woord door haar hoofd. Ze was op haar vierentwintigste getrouwd en het had vijf jaar geduurd voordat ze zwanger werd. Drie keer had ze een miskraam gekregen, de laatste keer na twintig weken, toen ze al dacht dat ze opgelucht kon ademhalen.

David dook naast haar op en sloeg zijn arm om haar voormalige taille. Een dikke, zwangere buik was een wonder, net als een bekroonde reuzenpompoen.

'Hé, Stretch...' Het ziet er veelbelovend uit. Er komen heel wat mensen op af,' zei hij. Ivy huiverde van genot toen hij haar haar opzijschoof en zachtjes zijn neus tegen haar nek wreef.

Ze hield van Davids luchtje, dat aan vruchtbare aarde deed denken; van zijn dikke, bruine haar dat alle kanten op stond; en vooral van de manier waarop zijn glimlach zich over zijn hele gezicht verspreidde en rimpeltjes maakte rond zijn ogen. Zijn gebroken neus – opgelopen bij het American football aan de universiteit, nadat hij twee jaar blessurevrij was gebleven als quarterback van zijn schoolteam – gaf zijn lieve gezicht meer karakter.

Ivy zelf was zo'n type dat mensen 'interessant' om te zien noemden: donkere, gevoelige ogen, een iets te lange neus en een wat te gulle mond zonder echt knap te zijn. Meestal besteedde ze niet veel aandacht aan haar uiterlijk. Ze liet zich 's ochtends uit bed vallen, poetste haar tanden, haalde een kam door haar lange, dikke, kastanjebruine haar en liet het daarbij.

'Omdat we in zo'n mooi oud huis wonen, denken ze dat we ook mooie oude spullen hebben,' zei Ivy.

David nam een denkbeeldige sigaar uit zijn mond en trok als Groucho Marx zijn wenkbrauwen op naar een paar zwarte telefoons met draaischijven. 'Ze moesten eens weten...'

Ivy zwaaide naar een mede-rommelmarktverslaafde, Ralph met zijn aftandse zwarte Ford pick-uptruck, die zich over een doos met elektrische fittingen boog. Naast hem, in alle drukte, stond Corinne Bindel, hun oude buurvrouw met haar opgekamde kapsel, dat te platinagrijs was en te veel volume had om echt te kunnen zijn. Te oordelen naar de gepijnigde uitdrukking op haar gezicht kon ze zich niet voorstellen waarom iemand een stuiver over zou hebben voor deze rotzooi.

'Als de stofwolken zijn opgetrokken,' vroeg David, 'zullen we dan wat babyspullen neerzetten? Wat vind jij?'

'Nog niet,' zei Ivy, en ze wreef over de kobaltblauwe steen in het handvormige zilveren geluksbedeltje dat aan een kettinkje om haar hals hing. De talisman was nog van haar grootmoeder geweest. Ze wist dat het onnozel bijgeloof was, maar ze wilde alle babyspullen in de logeerkamer laten totdat ze haar kind ter wereld had gebracht en al haar vingertjes en teentjes had geteld en gekust.

'Neem me niet kwalijk,' zei een vrouw die Ivy aankeek vanonder de klep van een Red Sox-cap. In haar hand hield ze een geelgroen glazen schaaltje in de vorm van een zwaan, daterend uit de depressietijd. Ze had hem opgediept uit een doos met kunstfruit waaraan de muizen hadden geknaagd.

'Vijftien dollar,' zei Ivy. 'Hij is nog helemaal gaaf.'

'Ivy?' De vrouw had kaneelbruine krullen met zilverblonde strepen. Ze keek Ivy een beetje verwonderd aan. 'Ken je me niet meer?'

'Ik...' aarzelde Ivy. De ander had inderdaad iets bekends. Ze droeg een katoenen zwangerschapsblouse met een motief van blauwe korenbloemen en gele rudbeckia's. Haar vingers, waarvan de perfect gevormde nagels roze waren gelakt, lagen op haar eigen buik. Net als Ivy liep ze op alle dagen.

'Mindy White,' zei de vrouw. 'Toen nog Melinda.'

Melinda White... Die naam riep beelden op van een mollig meisje op de basisschool, met pluizig bruin haar, een bril en een bleke huid. Moeilijk te geloven dat dit dezelfde persoon kon zijn.

'Natuurlijk ken ik je nog. Wauw, je ziet er geweldig uit! En gefeliciteerd. Je eerste?' vroeg Ivy.

Melinda knikte, kwam een stap dichterbij en glimlachte. Haar scheve tanden stonden nu keurig recht. 'Jouw eerste toch ook?'

Ivy ontweek haar doordringende blik.

'Ik ben uitgerekend op Thanksgiving, eind november,' zei Melinda. 'En jij?'

'December,' antwoordde Ivy. Eigenlijk verwachtte zij ook een Thanksgiving-baby, maar ze had tegen iedereen, zelfs tegen haar beste vriendin Jody, een datum van twee weken later genoemd. Tegen het eind zouden David en zij zich al genoeg zorgen maken over het begin van de weeën en de angst dat er weer iets mis zou gaan.

Melinda hield haar hoofd schuin en nam Ivy onderzoekend op. 'Een gelukkig huwelijk, een baby op komst... jullie mogen wel in je handen knijpen. Ik bedoel, wat zou je nog meer kunnen wensen?'

Kinehora, zou oma Fay daarop hebben gezegd, terwijl ze op de grond spuwde om het boze oog af te weren. Ivy wreef nog eens over de amulet die om haar hals hing.

Melinda's blik gleed naar het huis. 'En natuurlijk dit prachtige negentiende-eeuwse huis. Waarschuw me als je het ooit wilt verkopen. Ik werk bij een makelaar.'

'Verzamel je glaswerk uit de jaren dertig?' vroeg Ivy, wijzend op de zwaan.

'Nee, maar mijn moeder verzamelt zwanen, of liever gezegd, dat deed ze. Ze zou dit zeker hebben meegenomen. Maar dat was voordat...' Melinda tikte met een halfvol flesje mineraal-

12

water tegen haar slaap. 'Alzheimer. Ze heeft haar huis hier in Brush Hills verkocht en is bij mijn zuster Ruth in Florida ingetrokken. Herinner je je Ruthie nog? Zij verzamelt ook zwanen.' Ze vuurde haar woorden in salvo's af en Ivy had een gevoel alsof er een denderende locomotief op haar af kwam toen Melinda een stap naar voren deed en op nog geen armlengte afstand bleef staan.

'Dit zou ideaal voor haar zijn geweest.' Melinda bewonderde de zwaan. 'Als kerstcadeau, of voor haar verjaardag. Als mijn moeder eindelijk de pijp uit gaat' – Melinda trok haar grote witte canvastas wat hoger over haar schouder en haalde adem – 'zal Ruthie de hele verzameling wel inpikken. Jij hebt zeker geen zussen of broers?'

Ze wachtte niet op Ivy's antwoord. 'Echt, ik herken dit huis niet meer. Vroeger kwam ik hier vaak. We woonden praktisch om de hoek en mijn moeder werkte voor meneer Vlaskovic. Ik herinner me nog dat ik op zolder oude kinderspelletjes deed en drilpuddingpoeder, met kersensmaak, zo uit het pakje at.' Ze maakte een grimas. 'Geraffineerde suiker. Dan kun je net zo goed puur gif naar binnen werken. Het idee alleen al! Terwijl we nu zo voorzichtig moeten zijn. We eten immers voor twee. Ben jij van plan om borstvoeding te geven?'

'Ik... eh...' Die intieme vraag overviel Ivy nogal. Ze keek op haar horloge, in de hoop dat Melinda de hint zou begrijpen.

'Dat is zo veel beter voor de baby,' vervolgde Melinda onverstoorbaar. 'O jee, ik lijk wel zo'n advertentie voor die gestoorde La Leche-moeders.'

Over Melinda's schouder zag Ivy dat David in gesprek was met een vrouw die twee koperen blakers in haar hand hield, terwijl vier andere mensen om hem heen stonden met hun armen volgeladen, wachtend op hun beurt. Een jongeman met zwart haar in pieken inspecteerde de overjassen aan de waslijn die ze onder de overkapping hadden gespannen. De jassen, afkomstig uit een hutkoffer in de kelder, wapperden als monsterachtige vleermuisvleugels in de stevige bries.

13

'Wist je dat?' vroeg Melinda.

'Sorry?'

'Dat ze maïsstroop in babyvoedsel doen,' zei Melinda. Ivy herinnerde zich nu haar ogen, klein en fel.

'Dat klinkt niet gezond,' zei Ivy. Piekhaar paste een van de overjassen. 'Momentje. Ik zie daar iemand naar de jassen kijken en ik wil hem niet laten ontsnappen.'

Ivy liep haastig weg.

'Staat je heel goed,' zei ze tegen de man. De zwarte wollen jas paste hem inderdaad uitstekend, en de mottenballenlucht zou na een keertje stomen wel verdwenen zijn. 'Vijftig dollar voor alle vier.'

De man bekeek de andere jassen. Ivy dacht dat hij zou afdingen, maar hij pakte zijn portemonnee, trok twee twintigjes en een briefje van tien uit een stapeltje en gaf ze haar. Toen vouwde hij de jassen over zijn arm en vertrok.

Yes! Ivy stak een arm op en pompte triomfantelijk met haar vuist. Toen stak ze het geld in de zak van haar schort.

'Zou hij een dealer zijn?' vroeg Melinda. Ze was Ivy achternagelopen.

Diep ademhalen. Met de voetjes van de baby tegen haar middenrif raakte Ivy steeds vaker buiten adem.

'Ik heb dit huis altijd mooi gevonden,' zei Melinda. 'Al die open haarden. Geweldig om hier verstoppertje te spelen met zoveel verborgen hoeken en gaten.' Melinda wachtte. Haar vragende blik voelde als tastende vingers.

Ivy herinnerde zich dat Melinda's gezicht ooit vlezig en zacht was geweest, alsof er een putje zou achterblijven als je een vinger in haar slappe wang drukte.

'En die prachtige kleuren waarin je het hebt geschilderd,' ging Melinda verder. 'Je had daar altijd al oog voor. Ik weet nog dat jij de eerste op school was die Doc Martens droeg.'

Het kostte Ivy steeds meer moeite om te blijven glimlachen. *Doc Martens?* Ze had die van haar bij Garment District gekocht, op de discountafdeling. Ze lagen nog ergens achter in haar kast.

Ze had ze bij de spullen voor de rommelmarkt moeten zetten, naast de overjassen.

Melinda staarde met een dromerige blik in de verte. 'En *stirrup pants*.'

'God,' zei Ivy. 'Niet te geloven dat we die ooit gedragen hebben.' Maar Melinda hád ze nooit gedragen. Haar dagelijkse uniform bestond uit vormeloze rokken en te wijde sweaters. Ze at haar lunch altijd in haar eentje, in een hoek van de schoolkantine, en werd door haar moeder naar school gebracht en opgehaald. Dit leek een totaal andere Melinda, met haar gemanicuurde nagels en modieuze kapsel. Slank. Extravert en zelfverzekerd.

David kwam naar haar toe. 'Raad eens! Iemand wil die rode gordijnen kopen,' zei hij met een blik van: zei ik het niet? 'Ga jij even onderhandelen?'

'Hallo, David. Dat is lang geleden,' zei Melinda. Ze zwaaide met haar waterfles door de lucht en keek hem aan vanonder de klep van haar pet.

'Hallo! Hoe is het?' begroette David haar, zonder een spoor van herkenning.

Ivy excuseerde zich. Een kalende man met een brede borst en felle ogen onder een paar woeste grijze wenkbrauwen sneed haar de pas af. 'Is tien dollar ook genoeg?' Hij hield een zwarte metalen ventilator omhoog, die ook dienst had kunnen doen als vleessnijder. Ivy vroeg er dertig dollar voor, omdat ze zulke ventilatoren op internet voor vijftig dollar had gezien.

'Vijfentwintig,' zei ze.

De man haalde zijn schouders op en gaf haar het geld.

Het begon te motregenen. Ivy keek even naar David. Melinda zei iets tegen hem. Hij deed een stap terug, met een verbijsterde uitdrukking op zijn gezicht. Waarschijnlijk herinnerde hij zich nu weer wie ze was.

Ivy keek naar haar hand, waarin ze vijfentwintig dollar hield. O, ja, voor de ventilator. Ze borg de briefjes in haar zak.

Waar ging ze ook alweer heen? Ze was het helemaal kwijt. Alweer.

Ergens had ze gelezen dat vrouwen die van een meisje moesten bevallen vaker problemen hadden met hun kortetermijngeheugen tijdens de zwangerschap. Blijkbaar had het iets te maken met het progesteronpeil. Als dat zo was, dan kreeg ze zeker een meisje. De laatste tijd mailde ze zichzelf waarschuwingen om haar lijstje door te lezen met dingen die ze nog moest doen. Een week geleden was ze zelfs haar tandenborstel kwijt.

De overjassen waren weg. Hun buurvrouw, mevrouw Bindel, stond hun exemplaar van de *Boston Globe* te lezen, dat niet te koop was. David praatte nog met Melinda en leek net zo in het nauw gedreven als Ivy daarnet. Een vrouw sloeg een van de dikke roodzijden gordijnen uit die...

Dat was het! Nu wist ze weer waarnaar ze onderweg was. Terwijl ze David nog had uitgelachen toen hij volhield dat er best een koper te vinden was voor zes stel gordijnen met franje, die de benedenverdieping de sfeer van een bordeel of een Italiaans restaurant hadden gegeven.

Ze liep naar de vrouw, die een ring met een edelsteen droeg, zo groot als een abrikozenpit. 'Hier hopen we vijfenzeventig dollar voor te krijgen.' Je kon het altijd proberen.

'Ik weet het niet.' De vrouw tuitte haar lippen, wreef het roodzijden brokaat tussen duim en wijsvinger, hield de franje bij haar neus en snoof.

Ivy balde haar vuisten en drukte ze tegen haar pijnlijke onderrug. 'Maar veertig is ook goed. Eentje is wat verschoten.'

De vrouw zei niets, maar keek nog eens pruilend naar de stof.

Iemand tikte haar weer op de schouder. 'Ivy?' Melinda hield haar vingers om de slanke nek van de glazen zwaan geklemd.

'Neem maar mee. Als cadeautje,' zei Ivy. De woorden waren vriendelijk, maar ze klonken bits.

Melinda knipperde niet eens met haar ogen. Ze borg het zwanenschaaltje in haar canvastas.

Ivy maakte een plekje op het trapje naar de zijdeur vrij en ging zitten. Ze had het zuur, haar sinaasappelsap van die ochtend kwam naar boven, ze moest plassen en haar enkels voelden als overrijpe worstjes die elk moment uit elkaar konden spatten.

Gelukkig zag ze David aankomen.

'Heb jij Theo gezien?' vroeg hij bezorgd. 'Ik had hem een van die overjassen beloofd.'

'Had me dan gezegd dat ik er een voor hem apart moest houden. Is hij hier geweest?'

'Net lang genoeg om een verkiezingsbord af te geven dat we in de voortuin moeten zetten.'

'Sorry. Ik heb ze allemaal verkocht...' Ivy sloot haar ogen toen ze kramp in haar buik kreeg.

David hurkte naast haar. 'Gaat het?' vroeg hij zacht.

Ivy onderdrukte een boer. 'Ik ben alleen moe.'

David trok een kartonnen doos met *National Geographics* uit de jaren zestig naar zich toe en legde haar voeten erop.

'Er is iemand die boeken zoekt,' zei hij weer op conversatietoon. 'Was er niet een doos die we nog niet buiten hebben gezet?'

'Dan moet hij nog op zolder staan.'

David stond op om terug te lopen. Toen aarzelde hij en keek over zijn schouder. 'Hé, Mindy... wilde je nog binnen kijken?'

Mindy?

'Mag dat?' Melinda draaide zich haastig om. Haar buik botste tegen een kaarttafeltje, en een grote spiegel die tegen de tafelpoot stond geleund begon gevaarlijk te wankelen. 'O, jee!' riep ze.

Ivy stak een hand uit en ving de spiegel op voordat hij tegen de grond kletterde.

'Wat stom. Neem me niet kwalijk.' Melinda was wit weggetrokken. Ze beet op haar lip en kneep haar gezicht samen. 'Ik bedoel, als die...'

'Er is niets gebeurd,' zei Ivy. 'Maak je geen zorgen.'

'Weet je het zeker?'

'Kijk maar.' Ivy zette de spiegel weer overeind. 'Hij is nog heel.'

'Goddank,' fluisterde Melinda.

'Heus, het was geen ramp geweest.'

'Geen ramp...?' Melinda bleef bij Ivy staan en keek haar doordringend aan terwijl ze een hand op haar eigen buik legde en de andere op die van Ivy. Door haar sweatshirt heen voelde Ivy de druk van Melinda's handpalm en die lange, roze nagels tegen haar strakke huid. 'Dat geloof je toch zelf niet? We hebben niet nog meer pech nodig.'

Ivy's mond viel open.

Melinda richtte zich op en draaide zich om naar David. 'Dus jullie hebben dat leren reliëfbehang in de hal gehouden? En dat mooie beeld onder aan de trap?'

'Kijk zelf maar,' zei David. 'Kom, dan zal ik je een rondleiding geven.'

Melinda wrong zich langs Ivy heen en liep de treden naar het huis op. David rolde met zijn ogen en volgde haar.

Ivy wreef over haar buik om de herinnering aan Melinda's handafdruk kwijt te raken.

'Hé,' zei Melinda vanuit de deuropening.

Ivy draaide zich om.

Van een afstandje mimede Melinda de woorden: 'Tot gauw.' Toen draaide ze zich om en verdween naar binnen. De hordeur sloeg achter haar dicht.

Alsjeblieft niet, dacht Ivy.

2

Het enige wat laat in de middag nog over was van de rommelmarkt waren de uitlaatgassen van de truck die David had gehuurd om de onverkochte restanten af te voeren. Wat Ivy betrof was dat het meest geslaagde deel.

Ze klemde de hoorn van de telefoon tussen haar schouder en haar oor terwijl ze de cheques, bankbiljetten en het kleingeld sorteerde op het formicablad van de keukentafel die nog van haar grootmoeder was geweest.

'Twaalfhonderddrieëntwintig dollar en vijfenzeventig cent,' zei ze tegen Jody, die had gebeld om zich te excuseren dat ze niet was komen helpen bij de rommelmarkt. Riker, Jody's kleine jongen, had een virus opgelopen waarmee hij Jody en haar man Zach de hele nacht wakker had gehouden.

'Zo te horen heb je goede zaken gedaan, ook zonder mij. Behalve die gordijnen van Scarlett O'Hara, zeker? Of heb je die ook verkocht?'

'Ja, niet te geloven! Een vrouw heeft daar nog vijfentwintig dollar voor betaald.'

'Zag ze wel dat ze verschoten waren?'

'Dat heb ik erbij gezegd. Ik wilde niet dat ze later terug zou komen om haar geld terug te vragen.'

19

'De eerste verwervingsregel van de Ferengi: "Als je eenmaal hun geld te pakken hebt, nooit teruggeven!" Zoals gewoonlijk stond Jody met één voet op aarde en met de andere stevig aan boord van het Starship *Enterprise*.

'Dat verzin je ter plekke.'

'Zoek het maar op met Google.'

'Hoe dan ook, ik ben blij dat we het allemaal kwijt zijn. Morgen maak ik de zolder schoon. Ik kan niet wachten om daar te stofzuigen.'

'Jippie,' zei Jody.

'Jij vindt me zeker geschift?'

'Knettergek, ja.'

'Moet jij zeggen! Ik herinner me nog toen jij negen maanden zwanger was van Riker. Toen stond je op een ladder de ramen te lappen. Dat was niet alleen gestoord, maar ook nog levensgevaarlijk.'

Jody lachte. 'Die behoefte was mij voor die tijd onbekend en ik heb hem sindsdien ook nooit meer gehad. Hoor eens, als je zwanger bent, is het net alsof je door de Borg wordt overgenomen. Verzet is zinloos.'

Ivy schonk zich een glas melk in. 'Je raadt nooit wie er kwam opdagen. Melinda White.'

'Dat meen je niet! Melinda White van school? Hoe zag ze eruit?'

'Behoorlijk opgeknapt. Ze had haar tanden laten rechtzetten, haar haar geverfd en in model laten knippen, en ze was afgevallen. Je zou haar nooit hebben herkend. Ze noemt zich nu Mindy, en raad eens? Ze is zwanger.'

'Zwanger? Heus?' Een stilte. 'Getrouwd?'

'Dat heb ik niet gevraagd. Ze droeg geen ring.' Ivy draaide aan haar eigen ring met de drie kleine, als een rozet geslepen diamantjes in hun filigrainzetting. David en zij hadden hem ontdekt in een antiekzaakje in New Orleans. 'Ik werd bloednerveus van haar. Het leek net alsof ze alles van mijn miskramen wist. Maar hoe kan dat nou?'

'Ja, daar zou ik ook van schrikken,' beaamde Jody. 'Misschien had ze het gehoord van iemand die jou kent. Woont ze nog in Brush Hills?'

'Dat weet ik eigenlijk niet. Haar moeder was verhuisd, zei ze.'

'Weet je nog hoe ze op je schuldgevoel kon werken? Dan voelde je je verplicht om vriendelijk tegen haar te zijn, en daarna klampte ze zich aan je vast als de Phage.' De Phage? Ivy was zo verstandig om geen uitleg te vragen. Het zou wel een voetschimmel zijn uit een aflevering van *Star Trek*. 'Toen ik een keer aardig tegen haar was, had ik de grootste moeite om haar weer van me af te werpen.'

'Jij? Aardig?'

'Daar ga ik dus niet op in. We noemden haar "de bloedzuiger".'

'Welnee.'

'Ja, hoor.'

'Wij waren krengen.'

'Wrede, egoïstische monsters. Zoals de meeste kinderen. Ik wel, tenminste. Jij niet, jij was zo'n braaf meisje!'

'Als jij het zegt, klinkt het als een ernstig gebrek.'

'Ivy, ik ken er maar één die nog aardiger is dan jij, en daar ben je mee getrouwd. Maar toch hou ik van jullie allebei. Melinda verdiende het natuurlijk niet dat we haar zo behandelden. Hoewel, je moet toegeven dat ze zich vrijwillig aanbood als een mensenoffer. Ze was... een griezel.'

'En dat is ze nog steeds,' zei Ivy, en ze vertelde Jody hoe overdreven Melinda had gereageerd toen ze die spiegel omgooide. 'Ze werd zo bleek als een doek.'

'Bijgeloof. Hoor wie het zegt!' zei Jody. 'Jij loopt altijd over die amulet van je te wrijven. En je durft niet eens de wieg voor de baby neer te zetten. Heb ik je ooit verteld over mijn oudtante Dotty? Nou ja, ze heette Beatrice, maar we noemden haar Dotty. Die was zó bijgelovig dat ze er last van had. Ze droeg altijd rubberhandschoenen en ze steriliseerde de deurkrukken in kokend water, tegen de bacillen. Bovendien dacht ze dat president Nixon haar telefoon afluisterde.'

'En dat vind jij gek?'

'Nee, maar dat was toen nog niet algemeen bekend.'

'Ik geloof niet dat Melinda gestoord is, alleen een beetje vreemd en heftig. Een beetje hulpbehoevend.'

'En wanhopig. Behoorlijk, zelfs. Dat doet me denken aan mijn oom Ferd,' ging Jody verder. Zoals gewoonlijk sprong ze van de hak op de tak. 'Hij... Over vreemd gesproken! Herinner je je Melinda's moeder nog? Zij en Melinda leken wel een Siamese tweeling. Weet je nog dat ze Melinda elke dag naar school bracht en haar weer kwam halen? Die vrouw was een wandelende brandkraan.'

Ivy lachte.

'*Dum, da-dum, da-daaaah dum,*' zong Jody, op de melodie van het heksenlied uit *The Wizard of Oz.*

'Hou op! Wat ben jij erg.'

'Als Melinda nog eens langskomt, bel mij dan maar,' zei Jody. 'Ik werk haar wel weg. Geen probleem. Als je me maar niet vraagt om aardig te zijn. Of om te stofzuigen.'

Die avond rook de badkamer op de tweede verdieping – de enige met een bad dat groot genoeg was voor Ivy en David samen – naar badzout met de geur van rozemarijn. Ze lagen tegenover elkaar in het water, met Ivy's buik tussen hen in als een groot mistig eiland. Kleine aardbevingen deden zo nu en dan het water tegen de wanden van het bad golven.

De badkamer bevond zich in die helft van de zolder die volgens de makelaar tientallen jaren geleden was gerenoveerd om ruimte te maken voor een groot appartement voor een geestelijk gehandicapte zoon. In gedachten zag Ivy de jongen hier in dit bad liggen, gewikkeld in natte, koude lakens, in de tijd dat er nog hersenoperaties werden uitgevoerd met een ijsprikker.

De wind floot door de hanenbalken en de regen kletterde als loden kogeltjes tegen het dak. Ivy liet zich nog dieper zakken, zodat het hete water tot aan haar kin kwam.

'Heerst er weer rust in het dal?' vroeg David. 'Eindelijk tevreden, na de grote opruiming?'

'Waarom heb ik nou píjn?' vroeg Ivy. 'Ik heb helemaal niks gedaan, alleen maar rondgelopen en geld aangepakt.'

Het huis kraakte. Soms leek het wel te leven, als een oud mens dat zich zuchtend bewoog om een gemakkelijke houding te vinden.

'Arme meid. Waar heb je dan pijn?'

Waar niet? Ivy rolde met haar schouders, toen met haar hoofd. Haar wervels kraakten. 'Au. Mijn nek. Mijn enkels. Mijn voeten.'

'Aha, uwe voeten, *nicht wahr*? Maar *ich habe meine* tovervingers!' zei David, terwijl hij zijn vingers bewoog en griezelig tegen haar glimlachte. 'Schuif maar eens op.'

Ivy schoof naar achteren. David pakte een van haar voeten, zeepte hem in en begon hem te masseren. Ze draaide haar enkel. De kramp werd minder.

David had sterke, ruige, eeltige handen, omdat hij zijn mensen dikwijls hielp bij hun werk: kuilen graven, struiken rooien en stenen verslepen. Ondanks zijn mooie computerprogramma's vond David dat hij nog altijd zijn beste werk leverde in de praktijk. Tuinarchitectuur had te maken met keuzes, zei hij: waar je een bepaalde plant neerzette of hoe sterk je de natuurlijke contouren van een terrein moest veranderen. Pas als je daar stond, kreeg je de juiste ideeën.

Er klonk een wat obsceen geluid toen David haar voet tussen zijn glibberige handen kneep en zijn vingers eerst tussen haar tenen en toen langs haar been omhoog liet glijden. Ivy voelde een elektrische tinteling in haar kruis. Ze sloot haar ogen, genietend van zijn aanraking, die niet alleen therapeutisch was, maar ook sensueel.

'Denk je dat voeten ook een erogene zone zijn?' vroeg ze.

'Absoluut.' En hij begon aan haar andere voet.

Ze ontspande en gaf zich over aan het genot.

'De rug trouwens ook,' zei David, en hij gaf haar de zeep. Toen kwam hij overeind, draaide zich om en liet zich tussen haar benen weer in het water zakken, met zijn rug naar haar toe.

Ivy boog zich naar voren om Davids rug in te zepen. Hij had de schouders van een sportman, maar een gladde, babyzachte huid met kleine sproetjes.

'Mmm, dat voelt heerlijk.' David kromde zijn rug. 'In een volgend leven kom ik terug als kat.'

'Ik dacht dat je een zeeotter zou willen zijn, die op zijn rug drijvend een maaltje oesters naar binnen werkt.'

'Dat klinkt ook goed. Nou, dan maar in een volgend leven.'

Ivy drukte haar lippen tegen Davids ruggengraat. Toen deed ze zeep op een washandje en liet het met draaiende bewegingen over zijn schouders naar zijn onderrug zakken.

'Wat raar om Melinda White weer te zien,' zei ze. Nog vreemder dat ze zwanger bleek te zijn en op dezelfde datum was uitgerekend als Ivy. 'We wonen in dezelfde stad en we zijn haar nog nooit tegengekomen.' Ivy kneep het washandje uit en begon zijn schouders af te spoelen. 'Had jij...'

David richtte zich op en wilde overeind komen.

'Wacht even. Je hebt nog zeep op je rug.'

'Dat geeft niet.' Hij stapte uit het bad en pakte een handdoek.

Ivy strekte haar benen en leunde naar achteren. Alleen haar hoofd en haar navel – nu naar buiten gekeerd – staken nog uit het water. 'Ik wist helemaal niet dat ze een zus had. Haar moeder kan ik nog zo uittekenen. Weet je nog hoe ze...'

'Vraag het niet aan mij,' zei David, terwijl hij zich afdroogde. Toen bond hij de handdoek om zijn middel. 'Ik kon me haar nauwelijks herinneren.'

Ivy ging rechtop zitten. Het water klotste tegen de wanden van het bad. 'Ik dacht dat je haar herkende.'

'Nee, dat dacht ik van jou.'

'Maar je keek zo verrast...'

'Ja, natuurlijk was ik verrast. Ik bedoel, wat moet je nou denken van zo'n verhaal? Ze zei dat ze ooit in dit huis had gespeeld. Met wie? Dracula?'

'Waarom bood je dan aan haar een rondleiding te geven?'

'Omdat jij keek alsof je haar met geweld de straat op wilde schoppen.'

'Was het zo duidelijk?'

'En ik moest toch naar binnen.'

'Ik kreeg de zenuwen van haar, dat is waar. Ze zeurde maar door over Doc Martens en *stirrup pants*.'

'Wat?'

'Laat maar.'

David stak Ivy zijn hand toe en hielp haar overeind. Toen ze op de vochtige badmat stapte, ving ze een glimp van zichzelf op in de beslagen badkamerspiegel. Nog maar een paar maanden geleden had ze de slanke bouw van een hardloopster gehad, met lange armen en benen, een pezig bovenlijf en stevige dijen.

Nu leek ze wel een puddingbroodje. Maar het was niet alleen die onvoorstelbare roze buik met die donkere lijn vanaf haar navel tot aan haar kruis waar ze verbaasd naar staarde, het waren ook die borsten, die ongelooflijke *meloenen* die zomaar uit het niets waren gekomen, veel te groot voor haar normale A-cup.

Ze keek er nog eens naar in de spiegel. Wonderen der natuur. Jammer dat ze zo gevoelig en pijnlijk waren; dat maakte het minder leuk. Ze klemde haar armen tegen haar zij om het decolleté nog indrukwekkender te maken. Wie had kunnen denken dat ze ooit zulke tieten zou krijgen?

Ivy droogde zich af en had spijt dat ze geen badlakens had gekocht in plaats van extra grote handdoeken. De handdoek bleef achter haar kettinkje haken.

'Verdomme.' Ze trok eraan, en nog eens.

'Ho, wacht. Laat mij maar,' zei David. Zijn vingers kietelden haar nek toen hij het kettinkje losmaakte. 'O, het sluitinkje is verbogen.' Hij legde het kettinkje met de handvormige amulet op de toilettafel in de badkamer. 'Ik leg het hier wel neer, dan zal ik het straks voor je repareren.'

Opeens was het tochtig in de badkamer. Ivy huiverde, trok haar dikke badjas aan en liep haastig de badkamer uit, door de donkere slaapkamer. De reusachtige ruimte met zijn kathedraalplafond was veel te groot voor hun bed, dat in het appartement waar ze hiervoor in woonden als slaapbank had gediend, en het essenhouten bureau met de staande lamp die nog uit Ivy's jeugd dateerden.

Het groengevlekte linoleum voelde koud en glad onder haar blote voeten. Melinda had gelijk: het was een ideale ondergrond voor kinderspelletjes.

Ze was halverwege het verlichte trappenhuis toen ze een stekende pijn voelde in de bal van haar voet.

'Au!' Ze zette voorzichtig haar voet neer en opnieuw deed het pijn. Toen ze met haar vinger zachtjes over haar voetzool streek, voelde ze een scherp puntje uit haar vlees steken.

'Wat is er?' vroeg David.

Ze probeerde de splinter te pakken en uit haar voet te trekken. 'Au! Verdorie, er zit iets in mijn voet.'

Ivy probeerde te zien wat het was, maar haar eigen voetzolen bekijken was tegenwoordig een hele opgave. Bovendien was het te donker om iets te kunnen zien.

'Blijf af! Zo druk je hem er nog verder in. Wacht even, dan haal ik een pincet.'

Met ontblote borst en de handdoek om zijn middel gewikkeld liet David een spoor van vochtige voetstappen achter toen hij de kamer doorliep, naar de trap.

'Er ligt een pincet op mijn bureau,' riep Ivy hem na. 'Of misschien in mijn make-uptas, op het plankje in de wc.' Ze kon zijn gemompelde antwoord niet verstaan. 'En breng wat ontsmettende alcohol mee, uit het kastje onder de gootsteen. Of..' Wanneer had ze die alcohol voor het laatst gebruikt? Ivy wist het niet meer.

Voorzichtig liet ze zich op de grond zakken, met haar rug tegen de muur. Haar voet bonsde. Ze hoorde, of eigenlijk voelde, wat geritsel aan de andere kant van de wand, waar de zolder nog niet was afgebouwd. Het zouden wel muizen zijn, die zich afvroegen waar al die oude meubels en dat heerlijke kunstfruit waren gebleven. David moest maar extra vallen zetten. Gelukkig had ze de babyspullen in de logeerkamer opgeslagen.

Het was opgehouden met regenen. Het badwater verdween gorgelend door het putje toen David de trap af kloste. Ivy trok haar benen in. Ze kon nog net haar armen om haar knieën slaan.

'Kun je me horen?' klonk Davids stem door de keukenlift, een paar meter bij haar vandaan. Hij grinnikte even; zijn lachje werd spookachtig versterkt. Verbazingwekkend hoe goed het geluid door die liftkoker werd geleid.

Ivy hobbelde over de vloer en schoof het luikje van de lift open. In het donker kon ze vaag de gevlochten metaalkabel onderscheiden, die nog steeds intact was, hoewel de lift zelf werkloos op de bodem van de schacht in de kelder lag.

'Luid en duidelijk,' zei ze.

'Geweldig, die moderne techniek.'

'Hou op met je spelletjes. Mijn voet doet pijn.'

'Waar zou die alcohol nog meer kunnen staan?'

'Op de wc beneden, misschien? In het medicijnkastje. Of onder de gootsteen. Als je hem niet kunt vinden, staat er nog ergens een flesje waterstofperoxide.'

Het luik van de keukenlift werkte als een ouderwets dubbel schuifraam. Ivy had het met grote zorg opgeknapt en gelakt. Daarna had ze op een rommelmarkt een paar aparte verchroomde plafondlampen op de kop getikt. 'Retrochic,' had Jody uitgeroepen. Omdat ze niet wilde wachten tot David er eindelijk tijd voor had, had ze uit de bibliotheek een knutselboek gehaald en de lampen zelf opgehangen. Het was een trots moment geweest toen ze op de lichtknop in de keuken drukte en het licht aanging, zonder doorgebrande zekeringen of de stank van schroeiende leidingen.

'Bingo!' Davids stem klonk nu veel zachter. Een korte stilte. 'Nog even volhouden.' En luider: 'Redding is nabij.'

Ivy hoorde zijn voetstappen in het trappenhuis en zag zijn schaduw op het linoleum steeds langer worden tegen het licht van de hal dat door de deuropening viel. Toen verscheen hij zelf, met een zaklantaarn onder zijn kin, waardoor zijn gezicht een kabukimasker leek.

'Hier is Dracula! Ik kom je bloed zuigen!'

Onwillekeurig voelde Ivy een stoot adrenaline; haar hart begon te bonzen. 'Hou op met die onzin en haal die splinter uit mijn voet.'

'O, mevrouw wil doktertje spelen. Dat kan natuurlijk ook.' David kwam naast haar zitten en richtte het licht op de onderkant van haar voet. 'Hier, Stretch. Maak je nuttig.' Hij gaf haar de zaklantaarn en haalde het pincet uit zijn zak.

Ze richtte de lichtbundel.

'Aha, ik zie het al. Een beetje opzij nog.' Hij gebaarde met zijn kin. Toen boog hij zich over haar heen. 'Even stilzitten.' Met een snelle, zekere beweging zette hij het pincet op de gevoelige plek, pakte de splinter en gaf een flinke ruk.

Ivy voelde het pincet in haar vlees knijpen, gevolgd door een scherpe pijn. Ze deed moeite om haar voetzool te bekijken. In het schijnsel van de zaklamp zag ze een helderrood druppeltje bloed. Ivy wreef er overheen met de zoom van haar badjas, die het bloed meteen opzoog. Ze kneep nog wat meer bloed uit het wondje en drukte de stof toen tegen haar voet om de bloeding te stelpen.

'En hier,' zei David, terwijl hij het pincet omhooghield, 'hebben we de schuldige.'

Een bijna twee centimeter lange glassplinter glinsterde geelgroen in het licht van de zaklantaarn.

3

'De zondagskrant moet nog komen!' mopperde David de volgende morgen toen hij de stofzuiger bonkend de trap op sleepte naar de tweede verdieping, met de slang om zijn nek als een lome boa constrictor. Hij was nog in pyjama. 'Zelfs de zon ligt nog op één oor, en geef hem eens ongelijk. Had ik al gezegd dat je volgens mij totaal gestoord bent?'

'Dat zei Jody ook al.' Ivy liep achter hem aan naar zolder, terwijl ze probeerde haar pijnlijke voet zo veel mogelijk te ontzien. 'En ik weet zeker dat ik over een paar weken écht geen zin meer heb in stofzuigen.'

'Maar nu vind je het een geweldig idee, dus moet ik er ook aan geloven. Dat zuigt!' David was al wakker genoeg om flauwe woordgrapjes te maken.

Boven aan de trap zette hij de stofzuiger neer en bracht hem een vermoeid saluut. Zijn gezicht vertoonde nog kreukels van de slaap en het haar van zijn kruin stond alle kanten op.

'Ga maar terug naar bed, knappe jongen,' zei Ivy.

Ze stak de stekker in het stopcontact op de overloop, trok de stofzuiger mee naar de niet-afgebouwde helft van de zolder en deed het licht aan. De ruimte was weinig meer dan een ruwhouten vloer en kale plafondbalken. Tussen de balken,

over de breedte van de muren, waren roze isolatieplaten geniet.

Twee dagen geleden had de zolder nog vol gelegen met ander-
mans spullen. Nu stond er alleen nog een doos boeken.

Met haar voet zette Ivy de machine aan, die loeiend tot leven
kwam. Het gaf een zekere voldoening, een soort zen-ervaring,
om te zien hoe de spinnenwebben in de slang verdwenen en het
stof ritselend werd weggezogen in de vergetelheid. De pijn in
haar voet en zo nu en dan een scherp, rinkelend geluid herinnerden haar aan de glassplinter die gisteren in haar vlees was
gedrongen. Ze vroeg zich af wat er kapot was gevallen terwijl
ze de randen stofzuigde en zigzaggend het midden van de vloer
overstak.

Ten slotte schakelde ze de stofzuiger uit, zette haar handen
op haar heupen en kneedde met haar duimen haar onderrug.
Toen trok ze de stofzuiger mee naar de verbouwde helft van
de zolder. Van oude foto's wist ze dat hier ooit dubbele schuif-
ramen hadden gezeten. Nu waren de ramen aan de binnenkant dichtgetimmerd met platen hout – heel onhandig – en
van buiten afgedicht met shingles. Misschien hadden de vorige
eigenaren willen voorkomen dat de jongeman die hier werd
verzorgd uit het raam zou springen. Als Ivy en David weer eens
geld over hadden, zouden ze de ramen in de oude staat terug
laten brengen.

Ivy zette de stofzuiger weer aan. Ondanks de dichtgetimmer-
de ramen stroomde er licht naar binnen door een dakraam hoog
tussen de balken. Onder het zuigen zag ze de butsen en krassen
in het linoleum. Als remsporen op een autoweg getuigden ze
van het verleden. Zes diepe krassen vormden een rechthoek tegen een van de muren; waarschijnlijk veroorzaakt door een bed.
In het midden waren vier ronde putjes te zien. Een zware tafel?
Ivy stelde zich een mahoniehouten biljarttafel voor, met groene
zomen langs de randen, als pronkstuk van de kamer, hoewel ze
er geen idee van had hoe iemand zo'n ding ooit de trap op had
kunnen krijgen.

Toen ze klaar was, haalde ze diep adem en blies weer uit. *Reinigende adem*, zo had Sarah, hun cursusleidster, het genoemd toen David en zij ritmisch puffend hun ademhalingsoefeningen hadden gedaan voor de overgangsfase, de gevreesde periode van heftige weeën tussen de ontsluiting en het persen.

Elke bevalling is weer anders, luidde de volkswijsheid. Ivy vroeg zich af hoe die van haar zou zijn. Lang of kort? Met felle pijn, net als bij haar miskramen, of met alleen wat 'ongemak', zoals Sarah het eufemistisch uitdrukte? Zouden al die oefeningen wel helpen? Ivy had geen probleem met pijnstillers, maar zou ze liever niet gebruiken, zelfs als ze maar een klein beetje schadelijk konden zijn voor de gezondheid van de baby.

Hoe zou het voor haar eigen moeder zijn geweest...?

Daar wilde ze niet aan denken. Als haar moeder nu nog had geleefd, zou ze alleen maar last hebben veroorzaakt. Iedere andere veronderstelling was een duidelijk bewijs van dementie.

Ivy was een meisje van tien geweest toen het met haar moeder bergafwaarts ging. In die tijd werd bij Ivy's vader kanker aan de alvleesklier geconstateerd, een diagnose waarbij mensen hun ogen afwendden als ze het hoorden. In ongeveer 96 procent van de gevallen overleed een patiënt binnen vijf jaar. Ivy's vader had het maar zes maanden volgehouden.

Nu, maar ook toen al enigszins, besefte Ivy dat haar moeder in de alcohol verdoving had gezocht. Maar wat begon als een middel tot zelfbehoud, was een manier van leven geworden. Haar moeder was nooit meer opgehouden met drinken, behalve soms een week of twee, totdat ze tien jaar later met haar auto van de weg was geraakt en tegen een boom geknald. Ivy was eenentwintig toen ze het telefoontje kreeg, in de herfst van haar eerste jaar aan de universiteit van Massachusetts.

Al jaren daarvoor waren zij en haar moeder bij oma Fay ingetrokken. 'Voor een tijdje,' had haar moeder haar gerustgesteld. Maar tegen die tijd geloofde Ivy al niet meer in de fantasie dat ze ooit terug zouden gaan naar het mooie victoriaanse huis uit haar jeugd, de kleine bungalow waar ze na de dood van haar vader hadden gewoond, het appartement daarna of zelfs de eenka-merflat op de bovenste verdieping van een triplexwoning, waar ze waren uitgezet door een huurbaas die zo nu en dan eens geld wilde zien.

Ivy had met haar oma op de intensive care gestaan terwijl haar moeder langzaam weggleed. Ze kon die weeë, antiseptische lucht nog ruiken. Ze hoorde nog het zoemen en sissen, het gepiep en gerammel van al die apparatuur die bedoeld was om mensen die probeerden te sterven nog langer in leven te houden.

'Besef dat je geen macht hebt *over de alcoholist*,' had Ivy ge-fluisterd – haar eigen versie van de eerste stap van de AA. En wat ze daar altijd achteraan zei: 'Dat zij je moeder is, betekent nog niet dat jij ook zo zult worden.'

Dagen en weken hadden ze gewacht tot haar moeders moei-zame ademhaling zou ophouden, alsof je wachtte tot alle cijfers op een kilometerteller op nul sprongen. Ivy had geen moment de andere kant op durven kijken.

En toen, zomaar, was het opeens voorbij. Haar moeder was dood. Geen rare telefoontjes meer, midden in de nacht. Geen verziekte vakanties meer, gevolgd door tranen en excuses, waar-van Ivy wist dat ze gemeend waren, en beloften van beterschap, waar ze toch altijd weer in geloofde.

De baby bewoog, drukte een voetje tegen Ivy's ribben en bracht haar terug in het heden. Ze hoopte dat deze kleine meid die ze droeg nooit zo'n leegte tegenover haar zou voelen als Ivy tegenover haar eigen moeder. Want tegen de tijd dat haar moe-der overleed, was er niets meer over. Goedbedoelende vrienden hadden haar verzekerd dat ze ooit om haar zou treuren, maar die dag was nooit gekomen.

In gedachten zag Ivy oma Fay met haar knokige vinger zwaai-en. *Concentreer je op wat je zelf kunt doen, niet op zaken buiten je macht.* Dat zou wel de reden voor deze schoonmaakmanie zijn. Want normaal was Ivy een slordige huisvrouw, die zich niet stoorde aan rommel en rustig de vuile vaat liet aangroeien op het aanrecht. Maar als ze de geest kreeg – ze stak de slang van de stofzuiger onder het bureau – deed ze in de strijd tegen stof en vuil voor niemand onder. Een superzakenvrouw, die ook nog alles weet over huishouden en tuinieren.

Toen ze klaar was, keek ze om zich heen. Ze had gedaan wat ze kon, behalve de zaak met een tuinslang schoonspuiten, en dan had David met recht de mannen in de witte jassen kunnen bellen.

Ivy nieste, en een seconde later voelde ze de baby schoppen. *Bada-boem, bada-bing.* Het leek soms wel of zij de aangever was binnen een komisch duo.

Straks zou ze de kelder doen. Misschien vanmiddag.

En dan? Ivy sloot haar ogen om een golf van paniek te onderdrukken. Vandaag was officieel haar zwangerschapsverlof begonnen. Toen ze op vrijdag was thuisgekomen, had ze niet eens haar laptop uit de auto mee naar binnen genomen: symbolisch voor de afstand tot haar werk. Haar organizer confronteerde haar met de harde feiten. Op haar anders zo drukke lijstje stonden nu alleen een paar doktersafspraken, een babyshower bij Rose Gardens op dinsdagmiddag en een lunch met Jody, volgende week. Meer niet.

Niet dat ze het zo erg vond om niet meer elke ochtend om zes uur op te staan en zich door het verkeer naar Cambridge te worstelen. Niet dat haar collega's bij Mordant Technologies – een van de weinige nog overgebleven dot.com-bedrijven – niet in staat waren de komende acht weken updates voor de website te schrijven en persberichten uit te geven.

Ze nieste nog eens, veegde haar handen aan haar jeans af en liep de trap af naar de slaapkamer. Toen ze de deur opendeed, sloeg de warmte haar tegemoet en ademde ze Davids muskusgeur in. Het topje van zijn hoofd was nog net zichtbaar onder het dekbed.

Ze mocht hem wel even rust gunnen, de arme man. Als de baby er was, zou er van uitslapen voorlopig niet veel komen.

Ivy liet de deur op een kier staan en liep naar beneden. Op de fraai bewerkte leuning onder aan de trap was een bronzen vrouwenfiguur geplaatst van dertig centimeter hoog. Davids cap met zijn zweetvlekken en het logo van Rose Gardens hing aan de opgeheven arm van het beeldje. Ivy streek met een vinger door een stoffige plooi van de wapperende mantel. Ze was van plan geweest om Bessie, zoals David haar noemde, van haar plek te halen en een sopje te geven. Later, misschien.

Ze liep naar de keuken en dronk wat melk, zo uit het pak. Vreemd, hoe het menselijk lichaam zo kon verlangen naar wat het nodig had. Ze pakte een handvol zoute nootjes. Welke onontbeerlijke vitamines of mineralen in de cashewnoten maakten ze tot zo'n delicatesse, terwijl ze bijna moest kotsen bij de gedachte aan haar favoriete lekkernij, pure chocola?

Tegen een van de keukenkastjes stond het groen-witte bord dat Theo had achtergelaten. SPYRIDIS VOOR DE SENAAT, blèrde het verkiezingsaffiche. In de bovenhoek prijkte een foto van Theo, die ernst en een sombere vastberadenheid uitstraalde. Een Theo die zich heel anders probeerde voor te doen dan de ongelooflijke egoïst die hij was. Een Theo die was beroofd van zijn unieke persoonlijkheid, ontdaan van zijn beste en slechtste eigenschappen. Hij had zelfs zijn lange paardenstaart afgeknipt voor zijn verkiezingscampagne voor de senaat.

'Waar heb je die bedrieger opgeduikeld om voor jouw foto te poseren?' had Ivy hem gevraagd.

'Wist je dat niet? Ik heb een tweelingbroer die niet deugt,' had Theo grijnzend geantwoord, met een knipoog.

Ivy pakte het bord, liep ermee naar de voordeur en stapte de veranda op. Het was een stralende, onbewolkte dag, met zo'n kristalheldere hemel die je in New England alleen in het najaar zag.

Ze plantte het bord in het grasveld, draaide zich om en tuurde naar hun huis, met haar hand boven haar ogen. Foeilelijk, jawel. Toen de makelaar het hun voor het eerst liet zien, was er al zo lang niets aan de buitenkant gedaan dat het wel gezandstraald leek. Drie lagen nieuwe verf hadden wonderen gedaan: mauve rond de ramen; maïsgeel voor een strook overlappende shingles tussen de begane grond en de eerste verdieping; en dofgroen voor het lattenwerk onder de veranda en het puntdak boven dat prachtig gewelfde, in ruitjes verdeelde raam dat als een welwillend oog de wereld in leek te kijken.

Binnen was het een heel andere zaak. Zoals de advertentie in de krant al had beloofd, was alles nog 'ongerept', omdat de vorige eigenaar, meneer Vlaskovic, zich al tientallen jaren geleden als een lichtschuwe mol in de keuken had teruggetrokken. Daar had hij een bed en een houtkachel neergezet, en behielp hij zich met een kale gloeilamp. Het water en de elektriciteit in de rest van het huis had hij afgesloten. Het jaar voordat het op de markt kwam, bedroeg de elektriciteitsrekening voor dat reusachtige huis het gigantische bedrag van zesennegentig dollar en eenendertig cent. De waterrekening was zelfs nog lager.

Drie jaar geleden waren Ivy en David erin getrokken zonder enig idee van wat ervoor nodig was om zo'n huis te verwarmen. Voordat ze de koopakte hadden getekend was het hun nog niet eens gelukt de wc's op de bovenverdieping door te spoelen of de gietijzeren radiators af te tappen. De aanbetaling die al hun spaargeld opeiste was een geweldige gok geweest.

Ivy raapte de krant op van het gras en liep terug naar de veranda. Ze sleepte de schommelstoel naar een plekje in de zon en liet zich erin zakken. Toen sloot ze haar ogen en leunde achterover. De binnenkant van haar oogleden gloeide rood op en ze voelde hoe haar spieren zich ontspanden en zich strekten in de warmte van de zon.

Hoewel dit een drukke buitenwijk was, vielen de schaarse verkeersgeluiden op zondagochtend toch in het niet bij de kakofonie van vogelzang. Ze hoorde de roep en het antwoord van een paar kardinalen en het luide gekras van de kraaien. Mezen kwetterden in een buurtuin en van ver weg klonk het geluid van een blauwe gaai.

Ivy opende haar ogen. Insecten dansten boven de glinsterend witte bloemen van de altheastruiken die David voor de veranda had geplant. Hij had de uitgegroeide taxus uitgegraven en vervangen door deze struik, opgekweekt uit stekjes die hij jaren geleden had meegenomen van een paar exemplaren die hij tot zijn stomme verbazing in het wild langs een beekje in New Hampshire had gevonden.

Aan de overkant van de straat duwde een vrouw een dubbele buggy met twee gezellige bolle peuters, dik ingepakt. Ivy herkende haar van de rommelmarkt. De vrouw zwaaide en Ivy zwaaide terug. Eigenlijk moest ze opstaan, zich voorstellen en een praatje maken. Behalve de oude mevrouw Bindel, die naast hen woonde, kende Ivy bijna niemand van haar buren.

Waarom sloeg ze dan de krant open om zich achter te verschuilen?

Als Spruit eenmaal was geboren en een naam had gekregen, zou ze wel met haar eigen buggy gaan wandelen en dan had ze nog genoeg tijd om de huismoeders in de buurt te leren kennen, praatte Ivy haar gedrag goed. Voorlopig draaide haar sociale leven nog om haar werk en haar collega's, die de hele week achter hun bureaus zaten – vrienden die ze dringend had gevraagd haar niet steeds te bellen of de baby er al was. Dat woordje 'al' wilde ze niet horen, had ze erbij gezegd. David en zij zouden iedereen mailen zodra de nieuwste Rose haar opwachting had gemaakt in deze wereld.

Ivy had zich net in de krant verdiept toen ze een schrapend geluid hoorde. Een stilte, en toen begon het weer. Nog een stilte.

In de buurtuin zag ze mevrouw Bindel verschijnen, die met gebogen rug en met korte krachtsexplosies een rieten hutkoffer over haar oprit sleepte. Ze werd op de voet gevolgd door Phoebe, een hondje van een onduidelijk ras, met een dik lijf, magere pootjes en de zwarte hangwangen van een bull mastiff. Ze had een witte snor en een bruine vacht, hier en daar versleten, als van een pluchen speelgoedbeest dat veel geknuffeld werd.

Ivy legde haar krant neer. 'Goeiemorgen,' riep ze. 'Zal ik even helpen?'

Zonder op een antwoord te wachten stond ze op. De hond deed een paar schuine stappen in Ivy's richting en snoof of gromde tegen haar toen ze het grasveld overstak en het pad van haar buurvrouw op liep. Phoebe was mank, bijziend en rustig van aard, maar met die kaken kon ze botten verbrijzelen. Ivy zou moeten opletten als haar dochtertje, zo God het wilde, in het stadium kwam dat ze dieren aan hun oren trok.

'Hallo, klein monster.' Ivy bukte zich en stak voorzichtig een hand uit, klaar om hem haastig terug te trekken als Phoebe zou bijten in plaats van likken. 'Ken je me nog?'

Phoebe rook aan Ivy's hand en kwispelde met haar stompe staartje. Gelukkig snuffelde ze niet aan Ivy's kruis. Na een bepaalde leeftijd groeiden honden misschien over die behoefte heen.

'Je... had... me... geïnspireerd,' zei mevrouw Bindel zwoegend. Haar opgekamde platinakapsel was een beetje uit model geraakt.

Phoebe hield alles van opzij in de gaten toen Ivy de mand van achteren duwde, terwijl haar buurvrouw aan de voorkant trok. Met veel moeite wisten ze hem naar de straat te krijgen. Hij liet witte strepen na op het asfalt van de oprit.

Mevrouw Bindel drukte haar hand tegen haar borst. 'Ik... weet... niet,' pufte ze, roze van inspanning, 'waarom ik die oude spullen... zo lang heb bewaard.' Ze haalde een tissue uit de mouw van haar sweater. 'Waar zijn die mannen als je ze nodig hebt?'

'De mijne slaapt nog,' zei Ivy, 'maar hij komt straks wel helpen als u nog meer naar buiten wilt slepen.'

'Nee, dank je.' Mevrouw Bindel zette haar bril af en maakte de glazen schoon met de tissue. Toen wiste ze haar voorhoofd af. 'Poeh! Dit was de laatste.'

Phoebe snuffelde aan de kartonnen dozen die al in een keurige rij op de strook gras tussen de stoep en de straat voor het huis stonden. Uit een van de dozen stak de steel van een koekenpan; een andere puilde uit met pvc-buizen en wit porseleinen sanitair; een derde zat vol met plastic stapelbakjes, in een heel leven bijeengegaard.

Maar geen van de dozen was zo intrigerend als de rieten hutkoffer, die een schuine achterwand had, alsof hij was ontworpen om in het ruim van een schip te passen. Het deksel was bevestigd met metalen scharnieren en een metalen beugel met hangslot.

Ivy kwam dichterbij om het rafelige, vergeelde etiket te lezen dat aan de beugel hing. Het was een transportlabel in cyrillische tekens.

'Dat lijkt oud,' zei ze.

'Het was al oud toen Pauls vader ons vroeg of we die koffer in onze garage konden opslaan, jaren en jaren geleden.'

Paul? Het duurde even voordat Ivy besefte dat mevrouw Bindel het over Paul Vlaskovic had, de vorige eigenaar van Ivy en Davids huis.

Dat leek vreemd. Hun grote, victoriaanse huis had veel meer bergruimte dan de strakke bungalow van mevrouw Bindel, met zijn standaardramen en gevelplaten van lichtblauw vinyl, die ze elk voor- en najaar met de tuinslang schoonspoot.

'Wilde meneer Vlaskovic die hutkoffer dan niet terug toen hij verhuisde?' vroeg Ivy.

'Ik heb het hem niet gevraagd, en nu is het te laat.' Mevrouw Bindel pakte een bordje – een stok met een stuk karton uit een overhemd – en zette dat in het gras tegen de rieten mand. Op het bordje stond: GRATIS MEENEMEN. 'Die hutkoffer moet nog uit Europa zijn meegekomen met Pauls vader, ergens in de jaren twintig.'

De familie van Ivy's eigen moeder was ook in het begin van de twintigste eeuw uit Rusland naar Amerika geëmigreerd. Ivy had nog opnamen gemaakt van haar oma toen ze vertelde over de zware overtocht met hun vijf grote koffers, waaronder een die vol zat met beschuit, omdat Ivy's overgrootmoeder wist dat er aan boord niets koosjers te eten zou zijn. Maar tegen de tijd dat ze bij Ellis Island aankwamen, bezaten ze niets anders meer dan de kleren die ze droegen, omdat Ivy's overgrootmoeder de koffers en de hele inhoud had moeten verkopen voor water. Als de reis nog een week langer had geduurd, zouden ze van dorst zijn omgekomen, zoals sommige anderen.

Ivy had die opname steeds opnieuw afgeluisterd en in gedachten hoorde ze weer de stem van oma Fay toen ze vertelde hoe de mannen met de donkere uniformen en petten hen over de loopplank het grote gebouw in dreven. 'Maar mijn moeder liet zich niet commanderen. Ze bleef staan totdat onze koffers van de boot zouden komen. Ze waren niet langer van ons, dus waarom zouden we daar in de vrieskou blijven wachten? "Toe nou," smeekte ik haar. De mannen keken nijdig en schreeuwden tegen ons, maar ik verstond ze niet.'

Zouden er in deze rieten mand ook kanten tafelkleden en geborduurde lakens zitten, zoals in de koffers die haar overgrootmoeder had verkocht om haar familie te redden? Toen Ivy's overgrootmoeder moest huilen om hun verlies had haar overgrootvader boos gereageerd: 'Maak je toch niet druk om die oude *schmattes*. Dit is Amerika. Hier kopen we alles nieuw.'

'Wat zit erin?' vroeg Ivy aan mevrouw Bindel.

'Geen idee. Hij zit op slot.'

Een vreemde logica. Mevrouw Bindel kon het wel verantwoorden om de koffer weg te gooien, maar niet om hem open te breken. Terwijl dat toch niet zo moeilijk was. De scharnieren en de beugel waren niet zo sterk, en bovendien verroest.

'Bent u dan niet nieuwsgierig?'

'Wil jij hem hebben?' vroeg mevrouw Bindel met een hoopvolle klank in haar stem.

'Nou... als u...' *Ben je niet goed wijs?* klonk een strenge stem in Ivy's hoofd. *Je hebt net al die oude rommel van meneer Vlaskovic weggedaan, en nu wil je weer een koffer met rotzooi in huis halen?*

'Ik vroeg alleen...'

'Nou!' riep mevrouw Bindel stralend, en ze klapte in haar handen. 'Dan neem je gewoon alles mee.'

Voordat Ivy kon protesteren, had mevrouw Bindel al het bordje uit de grond gerukt en in een van de dozen gegooid. Ze draaide zich om en liep terug naar huis.

'Geregeld!' zei mevrouw Bindel nog, en ze wees met een vinger omhoog, naar de hemel.

4

'Die oude buizen en lege verfblikken kan ik wel begrijpen. Daar kun je nooit genoeg van hebben,' zei David later die ochtend, terwijl hij met de neus van zijn werkschoen tegen een van de dozen trapte die nu voor hun huis stonden. 'Maar waarom hadden we ook alweer een verbrande koekenpan nodig?'

'Verbrand en gedeukt,' zei Ivy. 'Ik wilde alleen weten wat er in die hutkoffer zat, dus heeft ze me gedwongen om alles mee te nemen.'

'Gedwongen? Die vrouw is een keiharde onderhandelaar.' Hij boog zich naar de rieten hutkoffer en snoof.

'Ik weet het, hij stinkt. Dat ding staat al tientallen jaren in de garage van mevrouw Bindel. God weet hoeveel ongedierte erin zit. Die koffer is ooit van de Vlaskovics geweest.'

David bekeek de hutkoffer met hernieuwde belangstelling. 'Dit ding was van Dracula? Een van zijn geheime kisten?'

'Nee, van zijn vader. En hij is niet eens zo zwaar,' zei Ivy. Die vampiergrappen werden een beetje afgezaagd. 'Kun je hem open krijgen?'

David haalde een koevoet uit zijn gereedschapskist in de pickup. Binnen enkele seconden had hij de scharnieren van de hutkoffer geforceerd.

'Kijk eens aan!' zei hij met een dramatisch gebaar, terwijl hij het deksel opende.

Het riet kraakte en een doordringende stank van schimmel steeg uit de hutkoffer op. Ivy sloeg haar hand voor haar neus en boog zich eroverheen met een spannend voorgevoel. De mand zat propvol.

'O,' zei Ivy, en ze haalde een kinderjasje tevoorschijn dat ooit wit was geweest, met lichtblauw borduursel langs de zomen en een dun satijnen lint om de hals. Ernaast lag een babyjurk met fijne figuurnaden op de borst, kantwerk aan de mouwen en zomen, en een bijpassende muts. 'Is dat niet mooi?'

Ze pakte de jurk op. De stof voelde droog en broos aan. Uit de jurk viel een dunne, donkere haarlok, bijeengehouden door een lichtblauw lint. Babyhaar. Wie deze koffer had ingepakt en de haarlok zo zorgvuldig in de babykleertjes had gewikkeld had er niet op gerekend dat alles zou worden uitgepakt door anonieme buren.

Onder de laag babykleertjes lag een witte damesjurk van halfdoorschijnende stof, met een hooggesloten hals en fijne ruches op de schouder en het frontje. Een trouwjurk? Jammer van die theevlekken.

Ivy werkte de rest van de koffer door en vond nog meer jurken, waaronder een van blauwe wol met een geplooide witte kraag en kleine parelknoopjes. Ivy haalde hem eruit. Geen taille, alleen een lint aan de achterkant. En de stof zat vol mottengaatjes.

'Wat denk je...?' vroeg David, die een opgevouwen kledingstuk van wit canvas of iets dergelijks had gevonden. Hij bekeek het wat aandachtiger. Het was een hemd met toelopende mouwen, die bij de manchetten waren dichtgenaaid. Aan het eind van de ene mouw was een dik leren koord genaaid, aan de andere een stevige metalen gesp. In plaats van knoopjes zaten er aan de voorkant – of de achterkant? – een paar smallere banden met metalen gespen. Een dwangbuis, besefte Ivy met een schok.

'Dat verhaal over een gestoorde zoon op zolder...' zei David. 'Misschien klopt het toch.'

De voorkant van de dwangbuis was besmeurd met donkerbruine en gele vlekken. Ivy wendde haar blik af, alsof ze naar iets obsceens keek, niet bedoeld voor andere ogen.

'Leg terug,' zei ze.

'Wacht even,' zei David. 'Dit lijkt wel interessant.' En hij gaf Ivy een bundeltje dat in ecru kant was gewikkeld.

Het voelde zwaar aan. Toen Ivy de muffe lagen uitrolde, vond ze achtereenvolgens een doffe haarborstel, een bijpassende handspiegel en een doosje van geslepen glas, niet groter dan haar handpalm. Het had een zilveren dekseltje met een gat in het midden.

Ivy peuterde het doosje open. Er zat iets in, een rolletje garen, bewaard door een zuinige huisvrouw...? Ivy drukte ertegen met haar vinger. Geen garen. Haar.

Het laatste voorwerp in de bundel was een opschrijfboekje. Schilfers van het gebobbelde zwartleren omslag dwarrelden in Ivy's hand toen ze het opensloeg. Ze bladerde de gelijnde pagina's met gedateerde handgeschreven aantekeningen door. Tussen de bladzijden zat een dik stuk opgevouwen papier. Ivy haalde het eruit en vouwde het open. Het was een sepiakleurige foto.

Aan de ene kant van de vouw stond een jonge vrouw met een lang, uitdrukkingsloos gezicht en schaduwen rond haar ogen. Ze droeg een donkere jurk met een witte kraag: de jurk uit de hutkoffer. Haar broodmagere vingers leken te zweven boven de stevige schouder van een strenge man met een borstelsnor, die voor haar op een stoel zat. Hij was gekleed in een donker pak en hield zijn arm stijf om een kleine jongen met heldere ogen. De jongen, die niet ouder kon zijn dan vijf, droeg een korte broek en een jasje met stropdas. Hij zat op zijn vaders knie, somber en kaarsrecht als een volwassene.

De foto viel uit elkaar op de vouw, waardoor Ivy alleen de helft met de jonge vrouw overhield. Toen ze in haar lege ogen keek, voelde ze een overweldigend verdriet.

'Ik weet zeker dat het nooit de bedoeling van de Vlaskovics is geweest om al deze dingen weg te gooien,' zei Ivy die avond, toen ze bij het aanrecht stond te wachten tot het water warm werd, zodat ze het vuile zilver kon schoonmaken. 'Maar het voelt ook niet goed om ze te houden.'

David bromde wat. Hij zat aan tafel achter een woordenboek, bezig met een kruiswoordpuzzel. David had zich bij wijze van zelfstudie op de uitbreiding van zijn woordenschat gestort toen hij na een snibbige opmerking van Lillian Bailiss – de kantoormanager van Rose Gardens – de betekenis van het woord 'plebejer' had moeten opzoeken.

Ivy geeuwde. Het was nog niet eens halftien, te vroeg om al naar bed te gaan, zelfs voor haar. 'We hebben nog ergens een telefoonnummer van meneer Vlaskovic. Ik zal hem bellen om te vragen of hij die hutkoffer terug wil.'

Hoewel er geen enkele persoonlijke band bestond, had Ivy toch het opschrijfboekje, de foto en de lok babyhaar uit de koffer apart gehouden. Vreemd, dat je sommige dingen zo makkelijk wegdeed en andere niet. Zonder enige moeite had Ivy alle kleren van oma Fay, haar tasjes en haar nepjuwelen, in zakken gedaan en weggegeven. Wonderlijk genoeg had ze geen afstand kunnen doen van haar grootmoeders leesbril en haar bal van elastiekjes.

Ivy pakte een bus zilverpoets uit het gootsteenkastje. Voordat ze aan het werk ging, keek ze nog even door het keukenraam. Eerst zag ze niets anders dan haar eigen spiegelbeeld, met veel vollere wangen sinds ze zwaarder was geworden door haar zwangerschap, waardoor haar neus niet meer zo'n uitroepteken vormde in het midden van haar gezicht.

Toen keek ze wat verder en zag de hutkoffer staan. David en zij hadden hem met de rest van de inhoud aan de stoeprand laten staan voor de vuilniswagen op woensdag. Hij stond er nog steeds, een beetje verloren en hoopvol in het vlekkerige licht van de straatlantaarn.

David had mevrouw Bindels bordje met de tekst GRATIS MEENEMEN maar weggehaald. Voor veel mensen was dat blijkbaar onweerstaanbaar, want de hele middag en nog een deel van de avond was er een hele stoet gegadigden langsgekomen om een kijkje te nemen. Een jonge, blonde vrouw, die Ivy deed denken aan Britney Spears op haar goede dagen, had de witte jurk meegenomen. De vrouw die naar hun rommelmarkt was gekomen en die Ivy 's ochtends nog had gezien met twee kinderen in haar dubbele buggy, had de babykleertjes eruit gehaald. Toen de avond viel zag Ivy een man met een lang, mager silhouet de restanten doorzoeken. Later ontdekte ze dat de doos met oude buizen en sanitair was verdwenen. Op een gegeven moment stond zelfs mevrouw Bindel weer bij de hutkoffer om te kijken. Spijt dat ze zo gul was geweest? Jammer dat de bodem van de rieten koffer niet goed meer was, anders zou iemand die ook hebben meegenomen.

Ivy liet warm water over de verzilverde achterkant van de haarborstel stromen.

'Repoussé,' zei ze. Het was een mooi, sensueel woord dat perfect het sierlijke reliëfmotief van bloemen en kolibries beschreef.

'Oftewel "drijfwerk". Acht letters, waarvan de helft klinkers,' vulde David aan. Hij likte aan zijn wijsvinger en trok een denkbeeldige streep door de lucht. 'En nou stil, want ik probeer me te concentreren.'

Ivy haalde de achtergebleven haren uit de borstel.

'Herinner je je dat glazen doosje met het zilveren deksel?' vroeg Ivy. Ze propte het lichtbruine haar door het gaatje in het deksel van het doosje. 'Dat is om haar in te doen. Negentiende-eeuwse dames bewaarden haar om speldenkussens mee te vullen en sieraden van te maken. Zo'n doosje als dit is nog pas voor meer dan honderd dollar verkocht op eBay.'

'Niet genoeg. We zullen nog steeds de loterij moeten winnen.'

Ivy deed wat zilverpoets op een vochtig doekje en begon de achterkant van de borstel in te wrijven. Het lapje werd meteen zwart door het vuil dat zich op het reliëfmotief had verzameld.

'Een complete toiletset zou veel meer waard zijn,' vervolgde ze. 'Dan heb je nog vijf of zes andere dingen nodig. Een kam, neem ik aan, een knopenhaakje, een...'

David stond op en verdween met zijn kruiswoordpuzzel en woordenboek.

Ivy pakte een oude tandenborstel om het laatste vuil weg te krijgen. Toen ging ze verder met de handspiegel. Ze zag haar eigen gezicht in het gevlekte glas. Afgezien van die hamsterwangen leek ze nog altijd op Morticia Addams, met haar lange, steile haar en pony, vooral aan het eind van een drukke, vermoeiende dag.

Ze poetste de achterkant van de spiegel en ging toen aan de slag met het deksel van het haardoosje. Ze spoelde de onderdelen af en wreef ze met een theedoek op. Ten slotte zette ze alles op het aanrecht en bewonderde het resultaat.

Toen herinnerde ze zich het bronzen beeld onder aan de trapleuning. Dat kon ze ook wel een beurt geven, nu ze toch bezig was. Ze liep naar de hal en tilde Bessie van haar plek. Een vijftien centimeter lange bout die in het hout van de leuning stak was het enige dat het zware beeld op zijn plaats hield.

Terwijl Ivy de figuur naar de keuken droeg, herinnerde ze zich de eerste keer dat David en zij over de drempel van hun nieuwe huis waren gestapt en hoe Bessie, met haar opgeheven arm, hen persoonlijk leek te verwelkomen. Ivy had een sterk gevoel van déjà vu gekregen, omdat dit huis zoveel leek op het veel eenvoudiger victoriaanse huis waar ze met haar ouders had gewoond voordat haar vader stierf en haar moeder aan de drank was geraakt.

Ze zette het beeld op het aanrecht. Inmiddels had ze genoeg afleveringen van *The Antiques Roadshow* gezien om te weten dat je oud brons nooit mocht poetsen. Die arme vrouw die de voet van een Tiffany-lamp met Brasso had bewerkt was in tranen uitgebarsten toen ze hoorde dat ze voor tienduizend dollar aan patina had weggepoetst.

Ivy was bezig het beeld met een vochtige lap af te nemen om het stof uit de plooien te halen toen ze buiten een geluid hoorde. Een droog gekraak. Even later hoorde ze het nog eens. Het klonk alsof er weer een klant was blijven staan om te zien wat hier gratis te halen viel.

45

Ivy keek op de klok. Het was al na tienen. Ze dimde het keukenlicht om beter naar buiten te kunnen kijken. Aan de stoeprand, voorbij het grasveld en Theo's verkiezingsbord, zag ze dat het deksel van de rieten hutkoffer weer openstond. Het ging wat omlaag en Ivy kon het silhouet van een hoofd en schouders onderscheiden. Een auto reed voorbij en het licht van de koplampen gleed over de schim. Het was een vrouw.

Het deksel zakte nog verder. Ivy keek nog eens, met een schok van herkenning. Lang donker haar, met pony. Een zonnebril.

Als ze niet beter wist, zou ze denken dat ze daar zelf stond.

Met een luide klap viel het beeld in de gootsteen. Ivy greep naar haar hals. Het kettinkje van haar grootmoeder en de handvormige amulet waren verdwenen.

5

---

oed nadenken! Niet rondrennen als een kip zonder kop, zei
G haar oma Fay altijd als Ivy in paniek door het appartement
rende, op zoek naar haar schoolwerk of haar sleutels. *Alle kans
dat het gewoon ligt waar je denkt dat het ligt.*

Waar kon haar kettinkje zijn? De vorige avond was het blijven
haken aan haar handdoek. David had het sluitinkje verbogen
toen hij het losmaakte en het daarna op de wastafel in de badkamer van de tweede verdieping gelegd.

Daar lag het niet meer. Niet op de wastafel, de toilettafel of de
vloer. Niet in de afvalemmer, niet achter de radiator, of waar dan
ook.

Zou ze het per ongeluk hebben opgezogen? Ze pakte de stofzuiger, die nog in de slaapkamer op zolder stond, haalde de stofzak eruit, scheurde hem open en gooide hem leeg op een krant.
Maar hoe ze ook zocht, geen kettinkje.

Systematisch doorzocht ze de rest van het huis, van boven tot
onder, met toenemende boosheid op zichzelf.

Een uurtje later vond ze David, die beneden televisie zat te
kijken. Ivy bleef in de deuropening staan en onderdrukte een
snik.

David keek om. 'Stretch?'

Belachelijk, natuurlijk. Alleen omdat ze de amulet van haar grootmoeder niet kon vinden... Ivy drukte een hand tegen haar mond en snikte nog eens.

David sprong overeind en kwam naar haar toe.

'Wat is er?' Hij streek een traan van haar wang. 'Hé, wat is er nou?'

Ze vertelde het hem.

'Is dat alles? Je kunt je kettinkje niet vinden?'

'Het is zo frustrerend! Ik raak van alles kwijt, en ik zie de vreemdste dingen.'

'Wat zie je dan?'

Ivy vertelde hem over de vrouw die ze op de stoep had zien staan.

'Hoor eens, we wilden toch zelf dat mensen die spullen zouden meenemen?' zei David.

'Maar ze leek precies op mij.'

David knipperde met zijn ogen. 'Volgens mij heb je je eigen spiegelbeeld gezien...'

'Nee. Ik had het licht uitgedaan. En ze droeg een zonnebril.'

'Een zonnebril?'

'Dat zeg ik toch!'

David trok zijn wenkbrauwen op. 'Laat zien dan.'

Ze nam hem mee naar de donkere keuken, waar ze door het raam naar buiten tuurden. De rieten hutkoffer aan de stoeprand was weer dicht.

'Een halfronde zonnebril,' zei Ivy.

'Het is donker buiten.'

'Er kwam net een auto voorbij. Ik zag haar bij het licht van de koplampen.'

David draaide zich naar haar om. 'Goed. Dus er kwam een vrouw voorbij met een zonnebril, die bleef staan om in de koffer te kijken. Misschien heeft ze zelfs wat meegenomen.' Hij legde zijn handen op haar schouders. 'Nou en?'

Ivy zuchtte. 'Je hebt gelijk, dat weet ik wel. Alleen...' Ze hikte verdrietig. 'Nu is het kettinkje van oma Fay ook al...' Het laatste woord bleef steken in haar keel. 'Het spijt me. Ik weet niet wat me mankeert.'

Natuurlijk wist ze dat wel. Veel te laat naar bed en negen maanden zwanger.

'Heb je al in de...' begon David.

'Ik heb overal gekeken.' Haar toon was luid en zeurderig. De zwangerschap had haar hele weerstand ondergraven.

David deinsde terug. 'Ach, waarschijnlijk is het terechtgekomen bij mijn verdwenen sokken en jouw vermiste tandenborstel.'

Ivy pakte een tissue en snoot haar neus.

'Zal ik je helpen zoeken?' vroeg hij. 'Twee zien meer dan één.'

'Dat is waar.'

Ze liep achter David aan, het hele huis door, langs alle plekken waar ze zelf al had gezocht en een paar waar ze nog niet had gekeken.

'Het is weg, dat zeg ik je toch?' zei ze, toen het niets opleverde.

Hij sloeg een arm om haar middel. 'Zilver is niet bio-afbreekbaar. Het moet ergens zijn, geloof me. Maar ondertussen heb je iemand nodig die je in bed stopt. Je was vanochtend al voor dag en dauw op.'

Zorgzaam maar beslist duwde hij haar de trap op.

Ivy zat rechtop in bed, te nerveus om te kunnen slapen. Ze opende het in leer gebonden boekje dat ze in de rieten hutkoffer had gevonden en streek met haar vingertoppen over een van de droge, broze pagina's. De notities waren met een vulpen gemaakt.

Emilia V. – 23 mei 1922

Emilia... een ouderwetse naam. De 'V' zou wel voor Vlaskovic staan. En de datum, 1922, tussen de beide wereldoorlogen, omstreeks de tijd dat Ivy's eigen grootmoeder en overgrootmoeder uit Europa waren vertrokken.

*Een nieuw dagboek, een nieuw begin. Vandaag zijn we in
dat mooie huis in Laurel Street getrokken. Het is al na
middernacht, maar ik ben te opgewonden om te kunnen slapen.
Vanmiddag heb ik voor het eerst op de veranda gestaan,
mijn eigen veranda. Het weiland tegenover ons staat vol met
boterbloemen.*

Was er een weiland geweest aan de overkant? Ivy las verder.

*Terwijl ik keek hoe de man die Joseph had ingehuurd de tafel
naar binnen droeg die we van vader en moeder hebben gekregen,
voelde ik de baby schoppen. Ik wilde het tegen moeder en
Matilda roepen, maar mijn brief zal er een week over doen om
in Toronto aan te komen.*

De baby was een jongen geweest, daarvan was Ivy overtuigd,
zoals ze ook zeker wist dat Emilia V. die sombere vrouw met
het lange gezicht op de foto moest zijn en dat Emilia's vingers
het dunne, blauwe satijnen lint om de lok van babyhaar hadden
gebonden die Ivy in dit opschrijfboekje had ontdekt.

Terwijl Ivy de pagina's doorlas, geschreven in een vloeiend
handschrift, veranderde de schim op de foto geleidelijk in een
vrouw van vlees en bloed, die het druk had gehad met haar huishouden, wachtend op de geboorte van haar eerste kind en ver-
langend naar haar vrienden en familie, die ze in Canada had achtergelaten. Ivy bezat niets zoals dit dagboek om verslag te doen
van het verleden van haar eigen familie.

Tegen juli werd het handschrift steeds onrustiger. Ivy stelde
zich de zwangere Emilia voor, terwijl ze zat te schrijven aan haar
secretaire in de huiskamer, met de pen in haar hand geklemd en
haar gezicht gefronst.

De notitie voor 20 augustus las ze twee keer.

*Toen ik van mijn wandeling terugkwam, heb ik een hele tijd naar
mezelf gekeken in de spiegel. Ik zag precies wat ik verwachtte.*

*Mijn gezicht is te mager, mijn neus te groot en mijn huid te
bleek. Mijn haar is te kort om weelderig te worden genoemd
en de kleur is niet blond en niet bruin. Mijn vingers zijn dik en
stomp, in plaats van slank. Geen wonder dat Joseph nauwelijks
oog voor me heeft.*

Arme vrouw. Daar zat ze dan, hoogzwanger, gestrand in Brush
Hills met haar onnozele Joseph. Geen zwangerschapscursus
waar ze andere jonge stellen kon ontmoeten. Geen telefoontjes
met vriendinnen en familie. Geen e-mail, geen MySpace.

Tel je zegeningen, hoorde Ivy haar grootmoeder zeggen. Hoewel Ivy in haar negende maand alle gratie bezat van een stoom-
wals, gaf David haar nog altijd het gevoel dat ze een 'lekker wijf'
was, zoals oma Fay zou hebben gezegd. Ze had vrienden, collega's en een baan om naar terug te gaan.

Ivy legde haar handen over haar dikke buik. Ze zou heel gauw
een kind krijgen. Langzamerhand begon ze het ook zelf te geloven.

Ivy geeuwde en klapte het boekje dicht. Ze deed het licht uit,
draaide zich op haar zij en sloot haar ogen.

Een uurtje later was ze nog altijd wakker terwijl David al
rustig naast haar lag te snurken. De lucht van schimmel leek
haar slijmvliezen te irriteren. Haar gedachten sprongen van het
moeizame, onrustige handschrift naar het opgejaagde gezicht
dat haar vanaf die sepiafoto had aangekeken en de vrouw die ze
door het keukenraam had gezien – lang, donker haar en pony
rond een bleek gezicht dat gedeeltelijk schuilging achter een
zonnebril. Morticia ii.

Ivy trok haar kussen over haar hoofd, alsof gedempte geluiden de beelden in haar hoofd konden verjagen. Ze dacht weer
aan die mooie pentekening op de eerste bladzij van *Madeline*:
een oud huis in Parijs met klimop tegen de gevel en twee vrolijk rokende schoorstenen boven het pannendak. Haar vader
had haar dat kinderboek zo vaak voorgelezen dat ze het uit haar
hoofd kende. Als ze niet kon slapen, had ze het altijd rustgevend

51

gevonden om door die speelse illustraties en de tekst op rijm te dwalen.

En eindelijk werkte de magie. Ivy viel in slaap en droomde dat ze op de zolder van Madelines school was in Parijs, een zolder vol met schimmelige rieten hutkoffers, die tot de rand toe vol zaten met rottende donzen dekbedden en linnengoed. En ergens, uit een van die koffers, klonk het kermen van een baby.

6

De volgende middag laat lag Ivy op de onderzoekstafel van dr. Shapiro door een stethoscoop te luisteren naar de hartslag van de baby. Een klein apparaatje, verbonden met een monitor, drukte zwaar op haar buik, waar de dokter haar had ingewreven met een ijskoude gel.

Lab-dab, lab-dab. Geluiden tegen een klotsende achtergrond. Ivy voelde zich warm worden vanbinnen en een glimlach gleed over haar gezicht.

David luisterde mee via een andere stethoscoop en sperde zijn ogen open. 'Is dat een baby? Het klinkt meer als een zware truck.'

'Dat,' zei dr. Shapiro, een stevige oudere dame met een kort, zakelijk peper-en-zoutkleurig kapsel, zo'n type dat Ivy zich voorstelde op golfschoenen en met een negen-ijzer in haar hand, 'is wat wij een goede, krachtige hartslag noemen.'

Dr. Shapiro pakte Ivy's hand en gaf er een kneepje in. Ze had een inwendig onderzoek gedaan, Ivy's eerste in maanden, en toen ze vertelde dat Ivy's baarmoederhals zich terugtrok en al twee centimeter ontsluiting vertoonde, was David wit weggetrokken.

'Dat is heel normaal. Het betekent gewoon dat het bijna zover is,' legde ze uit. 'Maar natuurlijk heb je mij of deze leuke apparaatjes niet nodig om je dat te vertellen.'

53

Met een geoefend oog bekeek de arts Ivy's knokkels, betastte haar pols en inspecteerde haar enkels. Het was dr. Shapiro die Ivy had verteld dat de miskraam die ze ruim een jaar geleden had gekregen een meisje was geweest.

'Maak je vooral geen zorgen als deze opeens wat rustiger wordt. Dat gebeurt, zo tegen het eind. Het wordt wel heel krap daarbinnen.'

'Vertel mij wat,' zei Ivy. 'Wanneer denkt u...?'

'Een paar dagen, of misschien wel een paar weken,' zei dr. Shapiro. 'Het is geen exacte wetenschap.'

Een paar dagen? Dat was een beangstigende gedachte. Maar wat was het alternatief? Nog weken rondlopen alsof ze een nijlpaard had ingeslikt? Als mannen zwanger konden raken, zouden ze wel een manier hebben gevonden om deze laatste fase te bespoedigen.

'Ze heeft een schoonmaakmanie,' zei David, terwijl hij de stethoscoop uit zijn oren haalde.

'En ze hallucineert,' voegde Ivy eraan toe.

'O, ja?' vroeg dr. Shapiro.

'Niet echt, hoor,' zei Ivy.

'Het is goed om actief te blijven,' zei dr. Shapiro, en ze werkte energiek het onderzoek af. 'Doe maar wat je altijd doet. Schoonmaken is prima, zolang je je er prettig bij voelt, genoeg water drinkt en niet te veel zout neemt. En denk na over een naam, want deze baby is klaar voor de boogie-woogie!'

'Boogie Rose,' zei David toen hij terugreed in Ivy's auto. Het verkeer op de hoofdweg dreigde al vast te lopen door de avondspits. Hij keek over zijn schouder toen hij van baan verwisselde. 'Wat vind je? Dat is geschikt voor een jongen én een meisje.'

'Het is meer geschikt voor een rockband,' vond Ivy.

'We kunnen haar geen Spruit blijven noemen.'

'Gwyneth Paltrow heeft haar kind Apple genoemd.'

David legde zijn hoofd naar achteren en smakte met zijn lippen, alsof hij de naam proefde. 'Niet slecht. Maar zullen we haar dan noemen naar iets dat ik echt graag lust?'

'Vergeet het maar. Dit kind wordt geen Big Mac. Bovendien is het een meisje.'

'Dat weet je niet zeker.'

'Wedden om een miljoen?'

David snoof. Hij nam de afslag en stopte aan het eind van een lange rij auto's voor de eerste verkeerslichten. 'Of Bier Rose. Dat heeft ook wel een zekere... klasse.'

'Haar voornaam mag niet op een "r" eindigen.'

'Waarom niet?'

'Omdat onze achternaam met een "r" begint. Bierose.' Ivy plakte de namen aan elkaar. 'Dan denken de mensen dat ze Ose van haar achternaam heet.'

'Of dat haar voornaam Bie is.'

'Ik wil ook geen naam met maar één lettergreep,' ging Ivy verder.

'Aha. Regel nummer twee,' zei David. 'Jij met al je regeltjes...'

'Jane Rose. Jill Rose. Een korte voornaam klinkt zo bonkig met Rose als achternaam.'

'Bonky Rose.'

'*Tah-dum* Rose. Of *tum-te-de-dum* Rose. En...'

'Lily Rose? Honeysuckle Rose?' David gaf richting aan.

'Lily is niet zo gek. Maar vind je twee bloemen niet overdreven? *Ivy* Rose is al erg genoeg.'

David draaide hun straat in. 'Hé, ik vond één bloem al overdreven, maar niemand heeft mij ooit om mijn mening gevraagd. Bovendien...' Hij zweeg. Er stond een politiewagen voor hun huis. 'Wat krijgen we nou?'

Ivy's eerste gedachte was mevrouw Bindel. Een hartaanval? Een beroerte? Maar mevrouw Bindel stond achter haar hordeur met haar vest strak om haar smalle schouders getrokken en haar hand tegen haar mond gedrukt.

Een agent in uniform zat voor hun huis naast de rieten hutkoffer geknield en praatte in zijn mobiel. Het deksel van de koffer stond open. Hij keek op toen David langs de stoep stopte.

De agent klapte zijn mobieltje dicht, sloot het deksel van de mand en stond op. Hij was lang en mager, als een bidsprinkhaan.

David stapte uit, gevolgd door Ivy.

'Woont u hier?' vroeg de agent, en hij knikte met zijn hoofd in de richting van hun huis. De uitdrukking op zijn gezicht hield het midden tussen een glimlach en een grimas. Zijn blik gleed naar Ivy's zwangere buik.

'Ja,' zei David.

De agent schoof zijn pet naar achteren. Zijn dunne haar was strogeel.

'Agent Fournier, politie Brush Hills.' Hij liet zijn penning zien en hield hun toen een foto onder de neus. 'Heeft een van u deze vrouw gezien?'

Ivy herkende deze versie van Melinda White meteen: een mollige jonge vrouw, tegen een geschilderde achtergrond van wolken en een veel te blauwe hemel. Ze lachte een beetje zuinig naar de camera.

'Dat is Melinda White,' zei ze.

'Dus u kent haar?' vroeg agent Fournier.

'Zo'n beetje,' zei Ivy. 'Niet echt goed. Ik heb met haar op school gezeten.'

'En wanneer hebt u haar voor het laatst gezien?'

'Ze was hier dit weekend, op zaterdagochtend,' zei Ivy. Ze kon de gespannen blik die David haar toewierp niet interpreteren. 'We hielden een rommelmarkt.'

'Hoezo? Is haar iets overkomen?' vroeg David.

Agent Fournier stak de foto weer in zijn zak, haalde een opschrijfboekje tevoorschijn en klikte een balpen open. 'Dat willen we juist weten.'

Hij noteerde hun namen en maakte een paar aantekeningen. Toen tuurde hij tegen de ondergaande zon in. 'Dus u hebt met haar gesproken en haar zien weggaan?'

David opende zijn mond, maar zweeg.

'Ik heb met haar gepraat', zei Ivy. 'Ze kocht een zwanenschaaltje... u weet wel, zo'n groene zwaan van jaren dertig-glaswerk. Of eigenlijk heeft ze het niet gekocht maar van mij gekregen. Ze zei dat haar moeder – of was het haar zus? – zwanen verzamelde, en...' Ivy besefte dat ze stond te kwebbelen. 'Ze is hier geweest en we hebben met haar gepraat. Ze noemt zich nu Mindy en ze ziet er heel anders uit dan op die foto.'

'Anders? Hoe dan?'

'Haar haar lichter, steiler, korter.' Ivy hield de zijkant van haar hand onder haar oor om aan te geven hoe kort. Agent Fournier maakte nog wat aantekeningen. 'Ze is niet zo gewoontjes meer, als u begrijpt wat ik bedoel.'

Agent Fournier stopte met schrijven en keek haar uitdrukkingsloos aan.

'Accenten in haar haar, gemanicuurde nagels', voegde Ivy eraan toe.

'Weet u nog wat ze droeg?'

'Een baseballcap', zei Ivy. 'Een donkere broek en een zwangerschapsblouse met een blauw-geel bloemetjesmotief. Rudbeckia's.'

David wierp haar een verbaasde blik toe. Wat moest ze zeggen? Kleren vielen haar nu eenmaal op.

'Een zwangerschapsblouse? Dus ze was in verwachting?' vroeg agent Fournier.

'Ja, heel duidelijk. En ze had een witte canvastas bij zich, ongeveer zo groot als een winkelwagentje', zei Ivy.

'U weet zeker dat dit de vrouw was die u hebt gezien?' vroeg Fournier.

'Ze stelde zich voor', zei Ivy.

'Anders zouden we haar geen van beiden hebben herkend', vulde David aan. 'We hadden haar niet meer gezien sinds school.'

'En ze was heel anders, zoals ik al zei', zei Ivy.

'Hoe weet u dat ze hier is geweest?' vroeg David aan de politieman.

'Haar zuster heeft haar als vermist opgegeven en we hebben haar auto gevonden. Die stond een straat verderop, met een exemplaar van de *Weekly Shopper* op de voorbank. Uw advertentie voor de rommelmarkt was omcirkeld.' Agent Fournier wachtte even. 'Ze is nooit thuisgekomen, hoewel haar appartement sterk de indruk wekte dat dat wel de bedoeling was. Zelfs het koffiezetapparaat stond nog aan.'

Agent Fournier zweeg nog even. Zijn blik ging van Ivy naar David. 'Ze is niet op haar werk verschenen en heeft zich ook niet ziek gemeld. Haar zuster probeerde haar steeds te bellen. Ze was behoorlijk van streek, zoals u zich kunt voorstellen.'

Ivy voelde haar nekharen overeind komen toen hij hen maar bleef aanstaren.

'Laat ik het nog eens samenvatten,' zei hij. 'De rommelmarkt begon om negen uur. Melinda White verscheen om... hoe laat?'

'Vroeg,' zei Ivy. 'Een paar minuten over negen, denk ik. We waren net begonnen.'

'En ze stelde zich voor?'

'Ja,' zei Ivy.

'Heeft iemand van u gezien of ze nog met andere mensen heeft gepraat?'

'Ik niet,' zei David, en Ivy schudde haar hoofd.

Agent Fournier krabde zich op zijn hoofd. 'Hoe lang is ze hier geweest – vijf of tien minuten?'

'Eerder twintig of dertig,' zei Ivy. Het had haar een eeuwigheid geleken.

'U hebt ook niet gezien of ze met iemand anders vertrok?'

'Ze...' Ivy wilde zeggen dat David haar mee naar binnen had genomen, maar iets in zijn blik weerhield haar. 'Ik heb haar niet zien weggaan,' zei ze, en ze beet op haar lip.

'Niemand is haar gevolgd?'

'Het was druk, agent,' zei David. 'We hadden een grote voorraad spullen te koop, achtergelaten door de vorige eigenaar, en er was veel belangstelling.'

'Misschien kent u ook vrienden van mevrouw White?'

'Sorry,' zei David. 'Weet u, we kennen haar eigenlijk niet. We hebben alleen op dezelfde middelbare school gezeten, eeuwen geleden. Brush Hills is niet zo groot, maar toch hadden we meer dan duizend eindexamenleerlingen in ons jaar. Ze was geen vriendin van mij – of van jou, toch, Ivy?'

Ivy knikte.

'Hm,' zei agent Fournier, en hij klapte zijn opschrijfboekje dicht. 'En dit is van u?' Hij wees met zijn pen naar de rieten hutkoffer.

'Nee... ja,' zei David. 'Nu wel, neem ik aan. Onze buurvrouw' – hij knikte naar mevrouw Bindel, die nog steeds toekeek vanachter haar hordeur – 'heeft hem zo'n beetje aan ons gegeven.'

'Zo'n beetje?'

'Ze had hem bij het oud vuil gezet,' zei Ivy.

'En nu zet ú hem bij het oud vuil?'

'Precies,' zei David. 'Het is een lang verhaal.'

Agent Fournier klikte zijn balpen open en dicht en wachtte.

'Het is een mooie oude mand,' zei Ivy, 'en ik was nieuwsgierig naar wat erin zat. Ik dacht dat dit misschien nog iets van waarde kon zijn.'

'En was dat zo?'

'Voor een deel. Eerst dacht ik nog dat ik de mand zelf kon opknappen, maar de bodem is verrot en hij stinkt.'

'Juist,' zei agent Fournier. 'Daarom hebt u hem aan de straat laten staan voor de vuilniswagen?'

'Klopt,' zei David. 'Maar als ik hem de avond tevoren nog niet mag neerzetten, kan ik hem wel naar de garage slepen...'

'Nee, nee. Geen probleem,' zei agent Fournier. 'Normaal gesproken niet, tenminste. Maar in dit geval...' Hij stak het opschrijfboekje in zijn zak en tilde toen het deksel van de rieten hutkoffer op. Met het uiteinde van zijn pen viste hij er iets uit.

Ivy herkende het bloemetjespatroon van blauwe korenbloemen en gele rudbeckia's. De stof van de blouse was schoon en fris geweest toen Melinda hem had gedragen.

Nu was hij gekreukt en besmeurd met roestbruine vlekken.

7

De grond onder haar voeten leek opeens een hellend vlak en Ivy kreeg een metaalachtige lucht in haar neus, als van de binnenkant van een soepblik. Ze probeerde niet te kokhalzen toen agent Fournier de besmeurde blouse aan zijn pen liet bungelen voor nadere inspectie.

'Enig idee hoe die hier terechtgekomen is?' vroeg hij.

'Wat is dat in godsnaam?' zei David. 'Die zat er gisteren niet in, toen we de hutkoffer aan de straat zetten.'

'O nee?' vroeg agent Fournier onverstoorbaar.

'Nee. Ik heb die mand zelf weer ingepakt,' zei Ivy, verbaasd dat haar stem zo vast en rustig klonk. 'Er zijn heel veel mensen blijven staan om erin te kijken. Iemand anders moet die blouse erin hebben gedaan, wij zeker niet.'

'Iemand anders? Juist.' Agent Fournier liet de blouse weer in de hutkoffer vallen, sloot het deksel en richtte zich op. 'Zullen we naar binnen gaan?' Hij tuurde in de richting van het huis, en toen naar David. 'Ik heb nog een paar vragen en ik wilde even rondkijken, als u het niet erg vindt.'

David sloeg zijn armen over elkaar en stak zijn kin naar voren. 'Ja, dat vind ik wél erg. Dit is ons huis, en wij hebben niets verkeerds gedaan.'

'Wat is het probleem dan?' De beleefde toon van agent Fournier kreeg opeens een scherpe klank. 'Als u niets te verbergen hebt...'

'Die insinuatie bevalt me niet,' zei David.

'Dat begrijp ik. En dat is uw goed recht. Maar de zaak ligt zo. Ik ga nu met u mee naar binnen om even rond te kijken, of ik haal een huiszoekingsbevel en breng collega's mee om uw huis te doorzoeken. Grondig. Ik neem aan dat iedere rechter het met me eens zal zijn dat dít' – hij tilde met zijn knie het deksel van de mand een paar centimeter op en keek met afstandelijke interesse naar de blouse – 'meer dan genoeg reden is voor een rechterlijk bevel.'

Wat zou er zijn gebeurd, vroeg Ivy zich af, als David had gezegd: 'Oké, mij best' of 'Ga uw gang' toen agent Fournier vroeg of hij mocht binnenkomen? Een uur later voelde ze zich gevangen in een herhaling van de rommelmarkt, maar nu met de stilteknop ingedrukt. Alleen was het geen ochtend en waren dit geen potentiële klanten die aan het begin van de oprit samendromden, belust op een koopje. Dit waren nieuwsgierigen, die op afstand bleven maar door een ziekelijke interesse hierheen waren gelokt. Hun bewegingen leken houterig in het blauw-witte schijnsel van de politiezwaailichten.

Auto's remden af als ze voorbijreden. Aan de overkant keken de buren toe vanachter hun verlichte ramen. Een onbekende op een fiets hield zijn mobiel hun kant op gericht. Stuurde hij foto's door?

Ivy voelde zich misselijk, betrapt aan de verkeerde kant van de zoeker. Het liefst zou ze naar binnen stormen en de deur achter zich dichtslaan, maar een agent in uniform versperde haar de weg.

David had onmiddellijk zijn vriend Theo gebeld, die advocaat was. Theo's instructies waren kort en zakelijk: 'Werk mee en wees beleefd. Niet tegenspreken. En geen enkele – *geen enkele* – vraag beantwoorden voordat ik er ben.'

De menigte op straat leek met de minuut aan te groeien, en de man op de fiets stond nu in zijn mobieltje te praten. Een goudkleurige Crown Victoria stopte. De koplampen doofden en een man in een donker pak stapte uit. Hij kneep zijn ogen tot spleetjes, keek eens goed naar de door bomen omzoomde straat en de huizen, en overlegde kort met agent Fournier. Toen kwam hij energiek op Ivy en David af.

De penning die hij Ivy liet zien drong nauwelijks tot haar door, evenmin als zijn naam toen hij zich voorstelde. Al haar aandacht ging naar het papier dat hij David gaf.

David vloekte en verfrommelde het in zijn vuist. 'Een huiszoekingsbevel,' zei hij. 'Waar blijft Theo, verdomme? Zijn kantoor is hier om de hoek!'

Met zijn lippen strak op elkaar geklemd liep David de treden op en maakte de voordeur open.

De nieuwkomer en de agenten in uniform stroomden het huis binnen. Een agent bleef achter om de deur te bewaken.

David en Ivy trokken zich terug onder het afdak. Terwijl ze daar in het halfdonker stonden te wachten waren ze in elk geval onzichtbaar voor al die nieuwsgierige blikken. Het begon al fris te worden, zo vroeg in de avond, maar de ijzige kou die Ivy in haar botten voelde kwam heel ergens anders door. David had zijn arm om haar heen, maar hij leek afwezig en straalde maar weinig warmte uit terwijl hij naar de straat staarde en elke keer zijn spieren spande als er een auto naderde.

Eindelijk stopte er een zwarte Lexus. Theo stapte uit, zakelijk en efficiënt in zijn donkere pak met overjas. Hij wierp een ongemakkelijke blik naar de menigte op straat.

'Goddank. Dat zal tijd worden,' zei David, en hij wenkte hem.

Theo kwam naar hen toe en zette zijn uitpuilende koffertje van cordovanleer neer. 'Ik weet dat de politie probeert om krachtdadig op te treden, maar dit is belachelijk,' mompelde hij nijdig. 'Het spijt me dat jullie dit moeten doormaken. Vooral nu.' Hij keek Ivy meelevend aan en sloeg zijn armen om haar heen in een wolk van muskusachtige bodylotion.

Ivy voelde zich onuitsprekelijk dankbaar en opgelucht.

David gaf Theo het verfrommelde huiszoekingsbevel. Theo streek het papier glad en las het door. Toen keek hij op. 'Jullie hebben toch geen vragen beantwoord?'

'We hadden geen idee dat we bezig waren met "vragen te beantwoorden", zei David zacht maar heftig, terwijl hij aanhalingstekens schetste in de lucht. 'We kwamen gewoon thuis en...'

Theo hief een hand op. Ivy volgde zijn blik naar de straat. Een reportagewagen was voor het huis gestopt. 'Momentje.'

Theo liep naar de agent bij de voordeur en verdween naar binnen. Een paar minuten later ging de zijdeur open en stak hij zijn hoofd naar buiten.

'Kom maar binnen. Ze zijn klaar in de keuken.'

Ivy beklom het trapje en stapte het huis in. Via de kleine bijkeuken, waar hele stapels jassen aan haken achter de deur hingen, kwam ze in de keuken. Haastig trok ze de gordijnen dicht en sloot de laden en kastdeurtjes die de politie open had gelaten. Toen leunde ze tegen het aanrecht, trok haar jack om zich heen en bleef huiverend staan, met haar armen over haar buik gevouwen.

'Ik heb een gevoel alsof we zijn overvallen,' zei David, en hij sloeg met zijn vuist tegen de deur van de koelkast.

Theo gooide het huiszoekingsbevel op de keukentafel, deed de deur naar de eetkamer dicht en ging aan tafel zitten.

David begon te ijsberen. 'Wat gebeurt hier in godsnaam? Ze behandelen ons als...'

'Stil. Ga zitten,' zei Theo. 'We moeten praten.'

David en Theo wisselden een lange blik. Toen haalde David diep adem en streek met zijn hand door zijn haar. Hij trok zijn jack uit, hing het over een keukenstoel en ging zitten.

'Jij ook,' zei Theo tegen Ivy.

Ivy liet zich op een stoel zakken.

Op dat moment klonk de tune van de oude tv-serie *Dragnet*, maar dan vertolkt op een speelgoedpiano. Theo viste zijn mobieltje uit zijn zak, klapte het open en keek naar de display. Hij zette de telefoon uit en de ringtone zweeg.

'Waarom doen ze dit?' vroeg David. 'Ze behandelen ons als misdadigers.'

'Iedereen wordt tegenwoordig hard aangepakt. Vooral sinds die zaak JonBenét Ramsey.' Sinds de recherche van Boulder zo had misgekleund bij het onderzoek naar de moord op dat kleine meisje, deed de politie alles weer volgens het boekje, merkte Theo op. 'Zeker als het om een blank huishouden in de buitenwijken gaat. Het is niet persoonlijk bedoeld.'

Hij las het huiszoekingsbevel nog eens door en haalde een zilveren pen en een blocnote met geel lijntjespapier uit zijn koffertje. 'Oké, laat maar horen. Die vermiste vrouw?' Theo fronste zijn voorhoofd, trok zijn das los en keek David vragend aan. 'Hebben we het over Melinda White – dezelfde Melinda White van school?'

'Precies.' David legde uit dat de politie haar gangen was nagegaan tot aan de rommelmarkt.

'Oké. Dus haar zuster geeft haar op als vermist,' zei Theo. 'Ze vinden haar auto en die advertentie in de krant brengt ze bij jullie. Maar dat is nog geen grond voor een huiszoekingsbevel.'

David vertelde hem over de rieten hutkoffer van mevrouw Bindel, die aan de straat had gestaan voor de vuilniswagen, en dat de politie daarin Melinda's kleren had gevonden.

'Kunnen ze dat zomaar doen, Theo? Ik bedoel, is dat geen schending van de privacy?' vroeg David.

'Alles wat open en bloot op straat staat is vogelvrij. De politie heeft alle recht zo'n koffer open te maken en erin te kijken.'

'Die blouse zat er niet in toen wij die koffer op zondagavond buitenzetten,' zei David, en hij keek vragend naar Ivy.

'Nee, natuurlijk niet,' zei ze.

'Je hoeft mij niet te overtuigen,' zei Theo. 'Ik ben jullie advocaat.' Hij wierp David nog een lange, onderzoekende blik toe. 'En jullie vriend.'

Het plafond kraakte. Waarschijnlijk was de politie bezig hun slaapkamer te doorzoeken – het beddengoed, Ivy's ondergoed.

'Ivy heeft een heleboel mensen in die koffer zien snuffelen,' zei David. 'Iedereen heeft die blouse erin kunnen leggen.'

Theo maakte aantekeningen. 'Wat voor mensen? En hoeveel, precies?'

'Onze buurvrouw,' zei Ivy. 'Een andere vrouw uit de buurt. Een lange vent, maar toen was het te donker om hem goed te kunnen zien.' Ivy pakte een zoutvaatje van de tafel, een kleine stenen kikker die ze bij de kringloop had gevonden. Ze streek met haar duim over het gladde kopje en probeerde niet te klappertanden. 'En er zullen nog wel anderen zijn geweest. Ik heb niet steeds gekeken.'

'Wij dachten dat ze er spullen uit haalden,' zei David, 'en dat vonden we best, want eigenlijk hoopten we dat het hele ding de volgende ochtend verdwenen zou zijn. Nou ja, we hoopten...' stamelde hij.

'Voddenrapers,' verduidelijkte Ivy. 'Het is beter dat iemand er nog iets nuttigs mee doet dan dat je alles weggooit.'

Nu was het Theo's beurt om verbijsterd te kijken. Ivy dacht aan zijn appartement, met veel chroom, glas en witte berberkleden. Theo kon zich net zomin voorstellen dat iemand een afgedankte rieten hutkoffer mee naar huis zou slepen als dat hij een Timex zou dragen of wijn uit een fles met een schroefdop zou drinken.

'Ivy schrok wel toen ze die avond laat een vrouw daar zag staan,' vervolgde David, wat zachter.

'O, ja?' zei Theo. 'Ivy?'

'Ik hoorde een geluid en keek door het keukenraam. Daar stond ze.'

'Herkende je haar, die vrouw?' vroeg Theo, terwijl hij weer aantekeningen maakte.

Ivy slikte. 'Ze leek op mij.'

Theo hield zijn pen stil.

'In elk geval had ze hetzelfde haar als ik,' ging Ivy verder.

'Zwanger?' vroeg Theo.

Ivy sloot haar ogen en probeerde het zich te herinneren. 'Ik... ik weet het niet. Het deksel van de hutkoffer stond omhoog.'

'Heb je de politie verteld over de mensen die je daar hebt gezien?'

'Ze vroegen er niet naar, dus...' begon Ivy.

'Goed,' zei Theo. 'Want je kunt je wel voorstellen wat ze zullen denken als je ze vertelt dat je iemand hebt gezien die op jou leek. Alsof je daar zelf hebt gestaan en nu een verklaring probeert te bedenken voor het geval er getuigen waren.'

'Maar ik was het niet!'

'Natuurlijk niet. Dat weet ik ook wel,' zei Theo op scherpe fluistertoon. Hij legde een vinger tegen zijn lippen en knikte met zijn hoofd naar de deur van de eetkamer. 'Ik zeg alleen...'

'Dat ze zullen denken dat ik lieg of dat ik een hysterisch zwanger wijf ben.'

'Jij bent niet hysterisch,' zei David met trillende stem. 'Als er iemand hysterisch is, is het Melinda. Ik wou dat ik nooit...' Hij zweeg toen Theo hem een vernietigende blik toewierp.

'Oké, terug naar Melinda.' Theo keek van Ivy naar David. 'Wanneer hebben jullie haar voor het laatst gezien?'

David staarde naar zijn schoot.

'Schat?' vroeg Ivy.

'Wat?' zei Theo.

David leek bleek en vermoeid zoals hij daar zat, onderuitgezakt op zijn stoel. 'Ik denk dat ik haar het laatst gezien heb,' gaf hij toe. 'Ik heb haar een rondleiding gegeven door het huis.'

'Hij moest toch naar binnen,' vulde Ivy aan. 'Om die laatste doos met boeken te halen. Melinda vroeg steeds wat we binnen hadden veranderd, dus zei David dat ze maar mee moest komen.'

David staarde naar het tafelblad. 'Ze zei dat ze als klein meisje in dit huis had gespeeld. Haar moeder werkte hier, of zo. Maar ik zag dat Ivy genoeg van haar had.'

'Oké. Dus jij liet haar het huis zien. En toen?'

'Toen niks. Boven en beneden, dat was het,' zei David.

'Heb jij haar zien weggaan?' vroeg Theo aan Ivy.

Ivy schudde haar hoofd.

'Heeft iemand anders haar zien vertrekken?'

'De rommelmarkt was op de oprit, aan de zijkant van het huis,' zei David. 'Iemand zal haar toch wel hebben gezien? Ik had haast om...'

Er werd zachtjes op de deur geklopt.

Theo boog zich naar hen toe. 'Oké, luister goed,' zei hij zacht. 'Het is heel simpel. Jullie beantwoorden geen enkele vraag totdat ik zeg dat het mag. Het is geen misdrijf om te zwijgen tegenover de politie. En nee, je wekt ook niet de indruk dat je iets te verbergen hebt. Ze denken gewoon dat je goed naar je advocaat luistert, die het beste met je voor heeft.'

Theo stond op. 'Alles, en ik bedoel letterlijk álles, wat je zegt kan tegen je worden gebruikt. Iets wat je zelf misschien heel onschuldig vindt, kan zo uit zijn verband worden gerukt dat het verdacht lijkt. Duidelijk?'

Hij schikte zijn das, streek met zijn handen zijn haar glad en trok zijn manchetten onder de mouwen van zijn jasje uit. 'Duidelijk?' herhaalde hij.

Ivy knikte, weggedoken in de opgeslagen kraag van haar jack. Ze had het zo koud.

8

'Dus we hebben een advocaat?' De man die met de Crown Vic was gearriveerd en het huiszoekingsbevel had meegebracht deed hun keukentafel en stoelen verschrompelen tot poppenhuismeubeltjes. Hij was minstens een meter negentig. Hij had zich voorgesteld als rechercheur Blanchard en had een agent in uniform bij zich.

'We willen DNA afnemen van u allebei,' vervolgde hij met een hese rokersstem. 'Dan kunnen we alles elimineren wat...'

'Dat raad ik mijn cliënten af,' viel Theo hem in de rede.

Blanchards sombere blik maakte duidelijk dat ze hem daarmee persoonlijk teleurstelden. Ivy trok haar jack nog wat strakker om zich heen.

'We hebben een paar van uw buren ondervraagd,' ging Blanchard verder, 'om iemand te vinden die Melinda White heeft zien vertrekken. Voorlopig was er...' Hij zweeg. 'Mevrouw Rose? Voelt u zich wel goed?'

'Ik... ik heb het alleen maar k-koud,' zei Ivy, die nog steeds probeerde niet te klappertanden.

David nam haar handen in de zijne, die heet aanvoelden.

'Wil je de verwarming wat hoger zetten?' zei Blanchard tegen de agent.

'De thermostaat hangt in de huiskamer,' zei David.

'Dat weten we,' zei Blanchard met een zuur lachje.

'Wilt u iets warms te drinken maken voor uzelf?' vroeg Blanchard.

Ivy stond op, blij dat ze iets te doen had. Ze voelde zich duizelig worden en zocht steun bij de tafel. Toen ze weer vaster op haar benen stond, pakte ze een mok en wat kamillethee. De cv-ketel in de kelder sloeg aan. Ivy's handen trilden toen ze de waterketel vulde en op het fornuis zette. Ze stak het gas aan en bleef erbij staan om zich te warmen aan het vuur.

Eten zou misschien helpen. Ze pakte een zoute cracker en nam een hap. Zaagsel. Met moeite werkte ze hem naar binnen.

De ketel liet zijn tweetonige fluitje horen en Ivy draaide het gas uit. Blanchard wachtte, met alle geduld van de wereld, totdat ze een dampende mok thee had ingeschonken en tegen de gietijzeren radiator bleef staan, die langzaam warm werd.

'Zoals ik al zei, hebben we getuigen gezocht die Melinda White bij u vandaan hebben zien komen. We weten dat ze niet met haar auto is vertrokken en blijkbaar is ze nooit in haar appartement teruggekomen. Toch moet ze ergens naartoe zijn gegaan. Het zou nuttig zijn als u ons de namen of desnoods de signalementen kunt geven van de mensen die omstreeks dezelfde tijd op uw rommelmarkt waren.' Op dat moment deed rechercheur Blanchard Ivy denken aan haar oom Bill, de broer van haar vader en de enige persoon op de hele wereld die haar ertoe kon krijgen haar kamer op te ruimen toen ze elf was.

Theo knikte voorzichtig en de spanning in de kamer scheen iets te zakken.

'Er moeten minstens twintig mensen op de rommelmarkt zijn geweest toen Melinda er ook was,' zei David. 'Maar de meesten kenden we niet.'

'Alles wat u weet kan ons helpen.'

David noemde de buren die waren geweest. Ivy zocht de cheques die ze had ontvangen en beschreef iedereen die ze zich kon herinneren, ook de vaste rommelmarktklanten die waren gekomen.

'En ik begrijp dat u ook mensen hebt gezien, later die dag en 's avonds, die een kijkje kwamen nemen bij de hutkoffer die u buiten had gezet?' vroeg Blanchard.

Ivy beschreef iedereen die ze had gezien. Theo's opgestoken wijsvinger waarschuwde haar dat de politie niet hoefde te weten hoe sterk de vrouw met het lange, donkere haar en de zonnebril op Ivy zelf geleken had.

'Dank u,' zei Blanchard, en hij klapte zijn opschrijfboekje dicht. 'Nog één ding. Ik vroeg me af wanneer iemand van u voor het laatst hier op zolder is geweest.'

De vriendelijke, overredende oom Bill was opeens verdwenen. Theo schraapte zijn keel, maar Ivy had het al begrepen.

'Hm,' vervolgde Blanchard. 'Nou ja, ik vraag het omdat er nu een stofzuiger staat in de niet afgebouwde helft. U moet een keurige huisvrouw zijn, mevrouw Rose, maar het is wel vreemd dat de stofzak uit het apparaat is gehaald, vindt u niet? Ik vraag me af waarom, want hij was nog lang niet vol. We hebben hem in de vuilnisemmer buiten gevonden. Iemand had hem opengesneden.'

Zelfs als Ivy antwoord had mogen geven, had ze de woorden niet kunnen vinden.

David keek alsof hij op het punt stond te ontploffen. 'De hele bedoeling van die rommelmarkt was om alle oude troep weg te doen en de zolder en de kelder schoon te maken, of waar de vorige eigenaars verder nog hun rotzooi hadden opgeslagen.' Hij legde zijn handen op de tafel en kwam half overeind. 'Mijn vrouw – die zwanger is, voor zover u dat nog niet had gezien – is de laatste tijd heel druk met schoonmaken.'

Theo legde een hand op Davids schouder. David ging weer zitten, sloeg zijn armen over elkaar en kantelde zijn stoel naar achteren op de poten. Er trilde een spiertje bij de hoek van zijn kaak.

De rechercheur glimlachte meelevend. 'Hé, dat begrijp ik best. Ik heb het zelf ook meegemaakt.' Meteen was de harde uitdrukking op zijn gezicht weer terug. 'Eerlijk gezegd vroeg ik me af of ú het was die de zolder had gestofzuigd en schoongemaakt, meneer Rose. Het maakt niet uit, want ondanks al uw moeite hebben we minstens één interessante vondst gedaan.'

Blanchard legt een kleine bewijszak op tafel, met een klap als van een steen in een stille vijver. Ivy voelde dat ze als door een magneet naar voren werd getrokken om te zien wat het was. Door het heldere plastic kon ze een groen stukje glas onderscheiden, zo groot als een knikker.

'Mevrouw Rose, u zei tegen agent Fournier dat u Melinda White een groen glazen schaaltje had gegeven in de vorm van een zwaan?' zei Blanchard.

De mok gleed uit haar handen en sloeg tegen de grond in een fontein van hete thee.

'Zo is het genoeg. We stoppen ermee,' zei Theo.

De politie bleef nog een halfuur in huis. Toen ze waren vertrokken, zaten Ivy, David en Theo weer in de keuken. Ivy had een andere broek aangetrokken, maar de binnenkant van haar benen deed nog pijn waar de hete thee haar had geraakt.

Ze pakte het huiszoekingsbevel dat Theo op tafel had gegooid en las:

```
In beslag te nemen bewijzen: Alle
voorwerpen die betrekking kunnen hebben
op de verdwijning van Melinda Jane White,
geb. 18/05/76.

Lijst van mogelijke vondsten:
Bloed; weefsel; vezels; haar;
lichaamssappen; materiaal; kleding; drugs;
wapens, zoals, maar niet uitsluitend,
snijgereedschap en messen; vuurwapens;
stompe voorwerpen; koorden en/of kabels.
```

De kop van de glazen zwaan! Die had de politie meegenomen. Ze hadden de wasmand in de badkamer doorzocht en de kleren eruit gehaald die Ivy en David op de dag van de rommelmarkt hadden gedragen, plus een paar handdoeken. Ivy vroeg zich af hoe ze hadden geweten waarnaar ze moesten zoeken. Waarschijnlijk van mevrouw Bindel.

Ook de rieten hutkoffer was afgevoerd, en ongetwijfeld Ivy's badjas met de vlek in de zoom waarmee ze haar eigen bloed had weggeveegd toen David de splinter uit haar voet had getrokken. Nu wist ze waar dat groene glasscherfje vandaan was gekomen.

'Het spijt me,' zei David. Hij pakte haar hand en keek haar aan, voor het eerst sinds de glazen zwanenkop op de tafel was beland. 'Ik had het je eerder moeten zeggen.'

Ivy onderdrukte een huivering. 'Wat?'

'Het punt is, ik heb Melinda niet zien vertrekken.' David wreef met zijn hand over zijn mond. 'Toen we op zolder kwamen...'

Theo stond op en pakte zijn koffertje. 'Misschien kan ik dit beter niet horen.'

'Idioot.' David greep zijn arm. 'Zet neer. En kijk me niet zo aan. Er is helemaal niets gebeurd! Nou ja, niet wat jij misschien denkt dat er gebeurd kan zijn.'

Theo liet zich weer op zijn stoel zakken.

David haalde diep adem en stak van wal. 'We komen dus op zolder, en zij slentert heen en weer. Ze strijkt met haar hand over de muur en streelt de deurknoppen. Ze loopt de hele zolder rond, gaat dan midden op de vloer zitten, met gekruiste benen, vormt haar handen tot een kom, schudt ze op en neer en zingt: "Eén, twee, drie, vier!" Dan maakt ze een gebaar alsof ze een bal gooit en bikkels oppakt.'

Theo's mond viel open.

'Dacht je dat ik zoiets zou kunnen verzinnen?' zei David. 'Ze vertelt me dat ze vroeger in ons huis heeft gespeeld, toen ze nog een kind was. "Oké..." zeg ik. Daarna vertelt ze over haar moeder en haar zus, en hoe moeilijk ze het had op school. Ze wordt steeds emotioneler.' Hij sloot zijn ogen en legde zijn hoofd in zijn nek. De wervels kraakten. 'Dan begint ze te huilen. Jezus, dacht ik, hoe kom ik hier weg?' Hij keek naar Ivy. 'En toen gooide ze ermee.'

'Met het schaaltje,' zei Ivy.

David spreidde hulpeloos zijn handen.

'Waarom heb je me dat niet eerder verteld?' vroeg Ivy.

'Die vrouw is niet goed bij haar hoofd. Daar wilde ik jou niet mee belasten.' David kwam achter haar staan en sloeg zijn armen om haar heen. 'Waarom zouden we daar allebei over in zitten?'

Ivy trok zich los. 'Nog meer dingen waarvan jij denkt dat ik er niet mee om kan gaan?'

'Ivy, zo bedoel ik het helemaal niet!'

'En wat gebeurde er toen?' vroeg Theo.

David stak zijn handen in zijn zak. 'Ik heb een glas water en een paar tissues voor haar gehaald, en toen ben ik naar beneden gegaan voor een stoffer en blik om het glas op te vegen.'

'En toen?' wilde Theo weten.

'Niks. Toen ik terugkwam, was ze verdwenen.'

9

De zenuwen gierden door Ivy's keel toen ze de trap beklom, doodmoe en verward. David en Theo zaten nog te praten in de keuken.

Waarom zouden we daar allebei over in zitten? Het klonk als een plausibele verklaring. Maar sinds wanneer was Ivy zo kwetsbaar dat David het nodig vond haar te beschermen? Ze waren toch altijd eerlijk tegen elkaar geweest?

Ivy bleef op de drempel van de slaapkamer staan. De politie had de kamer doorzocht, dat was duidelijk. Het bed was afgehaald, de kastdeuren stonden nog open en de kleren waren opzijgeschoven. Dingen op haar toilettafel waren verplaatst en er hing een sterke geur van sandelhout en kruidnagel, haar lievelingsluchtje. Ze hadden dus haar flesje Opium-parfum geopend. Ivy had geen idee waarom.

De middelste la van haar toilettafel stond op een kier. Ze trok hem open. Haar nachtponnen waren ondersteboven teruggelegd, aan de verkeerde kant van de la. Ze haalde er een uit, wapperde ermee en snoof eraan, maar het enige wat ze rook was wasverzachter.

Ze pakte de zilveren victoriaanse handspiegel die ze uit de rieten hutkoffer had gered. Een schijfje sprookjesachtig licht danste over het plafond. Haar ogen verrieden haar vermoeidheid en haar haar zat in de war.

Ze stak een hand uit naar de bijpassende haarborstel. Het gepoetste zilver had een warme gloed. In de borstel zaten nog wat donkere haren.

Diep in- en uitademen. Ivy keek omlaag naar haar buik. Ze voelde zich nog steeds gigantisch zwanger, maar toch was er iets veranderd – een beweging naar het zuiden.

Toen ze haar handen op haar buik legde, kon ze haar bovenste ribben weer voelen. De baby moest zijn gedaald. Dat hoorde nu ook te gebeuren, tegen het eind. Geen wonder dat ze de laatste tijd minder moest boeren en zich minder vol voelde. En waarom het nu leek of de baby rechtstreeks op haar blaas drukte.

Ze ging naar de badkamer om te plassen. Daarna liep ze uit gewoonte naar haar werkkamer om haar e-mail op te vragen, maar in paniek bleef ze staan toen ze haar lege bureau zag. Had de politie haar computer meegenomen?

Toen herinnerde ze het zich weer: haar laptop lag nog in de auto. Een geluk bij een ongeluk.

Ivy liep de trap af. David en Theo hielden op met praten toen ze door de keuken liep. Ze stapte de zijdeur uit en haalde haar koffertje uit de achterbak.

Terug op haar werkkamer haalde ze haar laptop tevoorschijn, stak de stekker erin en zette hem aan. Zoals gewoonlijk was er een bericht van kamala@nextgen.com. Kamala was 'de ideale partner' uit een van Jody's favoriete afleveringen van *Star Trek: The Next Generation.*

Ivy opende het bericht.

En? Ik weet dat je liever niet hebt dat ik je bel, maar je bezorgde vriendin wil het graag weten.
xx
J

Het duurde even voordat Ivy begreep dat Jody naar haar afspraak bij de dokter vroeg. Het leek al dagen geleden, in plaats van een paar uur, dat ze op de behandeltafel van dr. Shapiro had gelegen, luisterend naar de rustige hartslag van haar baby.

Ivy begon aan een antwoord:

Alles goed. Het staat nu vast dat ik zal bevallen van een waterbuffel. Vermoedelijke aankomsttijd: 1 april.

Ze wachtte even. *Raad eens? Melinda White is verdwenen en ze hebben haar bebloede kleren op ons grasveld teruggevonden.*

Dat kon ze niet typen. Ze zou Jody morgen zien, bij de babyshower. Met een beetje geluk zou het mysterie van Melinda Whites verdwijning dan wel zijn opgelost.

Een tijdje later lag Ivy in bed en luisterde naar de stemmen van Theo en David, die uit de keuken naar boven zweefden. Kroegvrienden, pokervrienden, quarterback en wide-receiver in het schoolteam... ze hadden samen avonturen beleefd die teruggingen tot hun vroegste jeugd. Toch klonk het nu alsof ze ruzie hadden.

Ze dwong zich haar ogen te sluiten. Andere geluiden dreven om haar heen. Een gebrom en het geluid van een kraan die open- en dicht werd gedraaid. Kraken en knarsen, als van een rieten deksel dat werd opgetild – het zou de esdoorn voor haar raam wel zijn, die wiegde in de wind. Een astmatische, langgerekte zucht, gevolgd door een heel zacht *plop-plop-plop*. Dan de nadering van heimelijke voetstappen, die haar hart in haar keel deden bonzen.

Even later besefte ze wat het was: druppelend water.

Ze stapte uit bed, liep op blote voeten naar de badkamer, draaide de kraan dicht en legde een washandje over het putje om het nadruppelen te dempen. Terug in bed draaide ze zich op haar zij en begroef haar hoofd tussen de kussens. Achter haar gesloten oogleden dacht ze aan het geruststellende kloppen van haar baby's hartje. *Een goede, krachtige hartslag*, had dr. Shapiro gezegd.

Haar gedachten gingen weer naar het moment waarop ze waren thuisgekomen en die politieman op de stoep hadden zien staan – de manier waarop hij hen had ontwapend en in de val gelokt. Opeens zag ze weer die vrouw bij de hutkoffer, 's avonds laat, alleen twijfelde ze nu of het misschien toch haar eigen reflectie was geweest. Toen doemde het beeld van de fietser voor haar op, met de camera van zijn mobieltje op hun huis gericht.

Ivy probeerde stukken uit *Madeline* te citeren, maar Miss Clavell in haar lange nonnenhabijt met het kruisje op haar borst herinnerde Ivy aan haar verdwenen amulet.

Ze draaide zich op haar andere zij, met het koele kussen tegen haar wang. Waar kon Melinda zijn gebleven? Als ze huilend en van streek bij hen was vertrokken, zou ze het misschien niet hebben gemerkt als iemand haar volgde. Stond haar auto daar al geparkeerd sinds zaterdag, of was hij weggehaald en later teruggebracht? Praatte de politie nu met Melinda's vrienden en collega's? Probeerden ze de vader van haar ongeboren kind te vinden?

Al die vragen... Hoe kon Melinda's zwangerschapsblouse in vredesnaam in die rieten hutkoffer terecht zijn gekomen? Hoe lang zou de politie nodig hebben om vast te stellen of die bloedvlekken van Melinda waren?

Ivy's gedachten bleven maar malen.

Ten slotte draaide ze zich op haar rug, propte de kussens onder haar hoofd, pakte de afstandsbediening en zette de tv aan. Ze zapte langs kookprogramma's die haar misselijk maakten en politieseries waar ze op andere momenten graag naar keek. Maar moordzaken hadden opeens hun amusementswaarde verloren.

Ze kwam langs een nieuwskanaal en ging meteen weer terug. Een ernstige verslaggeefster in een goedzittend lichtblauw pakje stond voor een huis, hun huis. Ivy hees zich op haar ellebogen, opeens klaarwakker.

'Nog altijd wordt een vrouw uit Brush Hills vermist. Melinda White is voor het laatst gezien op zaterdagmorgen, bij een rommelverkoop bij dit huis.' De camera draaide opzij, naar hun voordeur met de agent ervoor.

Ivy kwam overeind en gooide de dekens van zich af.

'Ze is in verwachting van haar eerste kind.' Op het scherm verscheen een foto van een mollige jonge vrouw, met dikke wangen, een volle kin en donkere wenkbrauwen. Het was dezelfde foto die de politie hun had laten zien: Melinda op de middelbare school. 'Iedereen die over informatie beschikt wordt verzocht dit nummer te bellen.' Onder in beeld werd een telefoonnummer geprojecteerd.

Vervolgens was het de beurt aan een vrolijke weerman. 'We gaan een periode tegemoet van onbestendig weer...'

Je meent het.

Ivy zette de tv uit, zwaaide haar benen over de rand van het bed en drukte haar vingertoppen tegen haar ogen. Toen stond ze op en ze stak de gang over naar haar werkkamer. Op de bovenste plank van de hoge boekenkast vond ze het jaarboek van Brush Hills High School uit 1993. Ze sloeg de laatste pagina's op.

Ja, daar stond ze, tussen de laatste namen in het register: White, Melinda. Ze had vijf bladzijden als verwijzing.

Ivy ging naar het eerste paginanummer, met Melinda's eindexamenfoto, die de politie haar had laten zien en die ook op tv was getoond. De volgende verwijzing was een dubbele pagina met feitjes, bijvoorbeeld dat Melinda door haar klasgenoten tot 'vriendelijkste leerling' was uitgeroepen. Ivy kromp ineen bij de herinnering aan die wrede grap, die alleen Melinda zelf niet had begrepen.

David stond er ook bij, op de tegenoverliggende bladzij, als 'meest gespierd.' Hij poseerde voor de camera als een soort bodybuilder, loerend naar de weelderig gevormde Marla Ward.

Ivy werd niet genoemd. Slim, maar niet de slimste. Lid van het atletiek- en voetbalteam, maar geen topsporter. Ivy had ook voor het jaarboek geschreven, de eerste afdeling van Amnesty International op hun school opgericht en decors geschilderd voor de toneelclub.

David was een atleet geweest, Ivy een halve nerd en Melinda een paria. In het petrischaaltje van Brush Hills High, waar kliekjes werden gekweekt als kolonies giftige schimmels, mocht het een wonder heten dat Ivy en David elkaar hadden gevonden. Stom toeval, eigenlijk.

Het was in de late herfst van de hoogste klas geweest, toen het footballteam op het veld aan het trainen was en de meisjesestafetteploeg op de atletiekbaan eromheen. Ivy had niet gezien dat David een pass gaf en dat de receiver achterwaarts terugrende. Ook hoorde ze de waarschuwing niet. De bal raakte haar hard en zuiver tussen de schouders en sneed haar letterlijk de adem af.

Voordat ze het wist zat haar mond vol aarde en zat David over haar heen gebogen, een silhouet tegen de zon. 'Gaat het? Gaat het weer een beetje?'

Die avond had hij haar gebeld en drie uur later zaten ze nog aan de telefoon. Met een zucht herinnerde Ivy zich die heerlijke eerste dagen en de verbaasde blikken toen ze hand in hand door de gangen van de school hadden gelopen.

De volgende bladzij met een foto van Melinda White was de Franse Club, die vooral vermaard was om zijn jaarlijkse kaasparty. Melinda stond aan het eind van de achterste rij, in een jasje met koperen knopen, epauletten zo groot als pannenkoeken, en een hoed met veren. Voor iemand die toch al zoveel tegen had, leek het geen goede keus om tuba te spelen. Ze scheen een willig slachtoffer, zoals Jody al had gezegd.

Ivy bladerde terug naar Melinda's eindexamenfoto. Daaronder stond haar 'schooltestament'. Het begon met: 'Ik, Melinda White, ben ontzettend blij dat ik hier weg ben.' Misschien toch niet zo onnozel als ze leek.

Ivy las verder:

Ik wil heel graag meneer Ball bedanken, de beste leraar ooit, en mevrouw Markovich, die er altijd voor me was als ik haar nodig had. En het team, bedankt voor de herinneringen!

Welk team? Ivy raakte Melinda's foto even aan. Opeens voelde ze een geweldige woede opkomen en moest ze zich beheersen om niet haar nagel in dat domme, bleke lachje te boren.

'Waar ben je nu, verdomme?' fluisterde Ivy. Waarom had Melinda geen andere rommelmarkt kunnen kiezen om te verdwijnen?

Ivy klapte het boek dicht en deed het licht uit.

Ze stak het gangetje over naar de hoekkamer die ze hadden opgeknapt voor de baby. Ze streek met een hand over de koele muur, die ze vrolijk geel had geverfd. De grote scheur in het stucwerk die ze had geplamuurd en gladgeschuurd was nauwelijks meer te voelen. Ze keek omhoog naar de strook met blauwe zeilbootjes die ze met sjablonen onder het plafond had geschilderd. Toen liep ze naar het raam aan de voorkant, met haar handen tegen haar buik gedrukt, om wat te kalmeren en enige rust de kant van de baby op te sturen.

De menigte buiten was verdwenen, net als Theo's verkiezingsbord. Misschien had iemand het meegenomen als souvenir, of misschien had Theo het zelf weggehaald omdat hij zijn naam niet voluit op het avondnieuws wilde hebben in verband met een verhaal over een vermiste zwangere vrouw.

Ivy liep naar het zijraam. Beneden brandde nog licht in de huiskamer van het buurhuis. Mevrouw Bindel zat in een leunstoel bij het raam, zoals ze wel vaker deed. Een krant lag opgevouwen op haar schoot en ze zat doodstil, met haar ogen dicht, haar hoofd naar voren en haar mond open.

'Ik ben het inbraakalarm van de buurt,' had ze ooit tegen Ivy gepocht.

Mevrouw Bindel bewoog zich in haar stoel en geeuwde. Toen boog ze zich naar voren en staarde omhoog, alsof ze Ivy recht aankeek.

10

Tegen de ochtend was Ivy uitgeput. Heerlijk weggekropen onder de warme dekens had ze weinig zin om uit bed te komen, maar ze ontkwam er niet aan. Ze moest plassen. Alweer.

Ze sleepte een deken met zich mee naar de badkamer. Terug in bed viel ze eindelijk diep in slaap, wat haar de hele nacht niet was gelukt. Het was al over negen toen ze weer wakker werd.

Ze liep naar beneden en tuurde naar buiten door het glazen paneel naast de voordeur. De stoep en de straat leken verlaten.

Op het aanrecht had David hun adresboek open laten liggen op de pagina met het nieuwe adres en telefoonnummer van meneer Vlaskovic. Op haar favoriete koffiebeker lag een notitieblokje met een herinnering: 'Drie uur! Babyshower!'

Ivy gooide het laagje koffie weg dat David in het apparaat had achtergelaten en deed een boterham in de broodrooster. De krant lag op de keukentafel. Op de voorpagina van het stadskatern, boven de vouw, zag ze Melinda's foto met de kop: ZWANGERE VROUW UIT BRUSH HILLS VERMIST.

Ivy las het stukje door. De politie maakte blijkbaar weinig vorderingen. In elk geval werd er met geen woord over Ivy of David gesproken.

Het brood was geroosterd en Ivy schonk zich een glas melk in. Ze ging aan tafel zitten en las de rest van het verhaal. Volgens het artikel woonde Melinda in een appartement in Brush Hills. Ruim een jaar geleden was ze van werkgever veranderd en had ze haar werk als laborante in het Neponset Hospital verruild voor een baan op een makelaarskantoor in South Boston.

Ivy nam een hap van haar toast en dwong zichzelf om te kauwen. Ze dronk wat melk.

Het Neponset Hospital. Daar gingen David en zij naar zwangerschapscursus en daar moest ze ook naartoe als Spruit klaar was om de wereld te betreden. En het was het ziekenhuis waar Ivy haar laatste miskraam had gehad.

Anderhalf jaar geleden was het nu. Het was zomer en Ivy was in haar twintigste week. Volgens de boeken zou een baby dan levensvatbaar moeten zijn en juist toen Ivy eindelijk opgelucht adem kon halen, kreeg ze opeens kramp en begon ze te vloeien. Ze had zoveel pijn gehad, zoveel bloed verloren. David was bij haar gebleven en had haar hand vastgehouden, hulpeloos en doodsbleek.

Ivy duwde de krant weg.

Die kleine baby was kerngezond geweest. Dr. Shapiro had er geen verklaring voor. Gewoon 'zo'n ramp die de beste kan overkomen'. Ivy wist dat de gemeenplaats troostend was bedoeld.

Daarna had ze zich aan David vastgeklampt, niet in staat om te stoppen met huilen. Maandenlang had ze zich leeg en hol gevoeld, alsof het haar schaduw was die naar haar werk ging en thuiskwam, haar dagelijkse leven van haar overnam.

En toen was ze opnieuw zwanger geworden. De afgelopen negen maanden had ze het gevoel gehad dat ze langs de afgrond liep, ervan overtuigd dat ze elk moment kon uitglijden en in de diepte storten. Ze had David en Jody plechtig laten beloven dat ze het geheim zouden houden en niemand anders verteld dat ze in verwachting was totdat ze haar jas niet meer dicht kreeg. Ze geloofde er eigenlijk zelf niet in voordat haar navel naar buiten wipte, als een vleesthermometer in een braadkip.

Nu zou het anders gaan. Dat moest. Ze keek omlaag en raakte haar buik aan, stevig en hard.

Deze kleine meid zou gezond en op het juiste moment ter wereld komen.

Het liep al tegen de middag toen meneer Vlaskovic terugbelde. Hij zou haar graag ontvangen, zei hij. Schikte het haar nu?

Ze had nog net genoeg tijd om bij hem langs te gaan en om drie uur bij Rose Gardens te zijn voor de babyshower.

Ivy reed naar het zuiden over de I-95, keurig in de rechterbaan. Ongeveer de helft van de bomen langs de autoweg was al kaal; de resterende blaadjes waren leerachtig bruin verkleurd, met hier en daar nog wat rood of geel, als herinnering aan hun prachtige herfstgloed.

Ze keek even op de stoel naast haar, waar de routebeschrijving lag die ze van MapQuest had geprint. De afslag was nog een paar kilometer verder.

Ivy zette de radio aan en schakelde naar het nieuws, in de hoop op een bericht als 'Vermiste zwangere vrouw uit Brush Hills duikt levend en wel op in Albuquerque'. In plaats daarvan kreeg ze alles te horen over de zoveelste autobom in Irak en de problemen op de huizenmarkt. Toen de nieuwslezer begon over de nieuwste DNA-tests voor aangeboren afwijkingen, zette ze haastig de radio uit.

Ze remde af achter een truck die een grote, heldergele vorkheftruck op zijn platte laadbak vervoerde, hetzelfde type dat David gebruikte om rotsblokken te verplaatsen. Op de armen van de vorkheftruck rustte een kleinere, groot genoeg voor het transport van pallets met graszoden.

De kleinste van de twee vorkheftrucks rammelde verontrustend en maakte een sprongetje bij elke oneffenheid in het wegdek. Het leek of het wiebelende kleine ding ieder moment kon kantelen of van de truck vallen.

Toen Ivy de afslag nam, moest ze lachen en huilen tegelijk. Een mama- en een minivorkheftruck? Haar zwangerschap had haar een hersenverweking bezorgd. Ze was niets anders meer dan een door hormonen beheerste krankzinnige, dacht Ivy, terwijl ze de bochtige, door bomen omzoomde weg volgde.

Meteen voelde ze een steek vanuit haar buik naar haar middenrif. Zelfs de baby was het met haar eens.

Een groot, handgesneden bord kondigde haar bestemming aan: OAK RIDGE VERZORGINGSHUIS. Ivy draaide de oprit in. Meneer Vlaskovic zat al op haar te wachten, ineengedoken in een grote leunstoel in de lobby, als enige man tussen een hele meute vrouwen in pastelkleurige broekpakken, die Ivy met grote belangstelling opnamen.

Hij hees zich overeind. Onder de vlekkerige, bijna transparante huid op de rug van de hand die hij haar toestak waren de blauwe aderen goed te zien. Zijn keurige overhemd en kakibroek waren zo strak geperst dat ze ook zonder hulp overeind konden blijven staan.

'Dag, kind,' zei hij, met een stevige handdruk. Hij was ooit een lange man geweest, maar om haar aan te kijken moest hij nu zijn hoofd als een nieuwsgierige ooievaar opzij draaien.

'Kom,' zei hij met een hoffelijke buiging, en hij bood Ivy zijn arm. Ze stak haar arm door de zijne en liep met hem mee. Meneer Vlaskovic keek nog eens om naar de vrouwen in de lobby, die elkaar aanstootten en fluisterden. Hij knipoogde tegen Ivy.

Een vrouw met een rollator schuifelde naar hen toe en staarde strak naar haar eigen knokkels. Toen ze hen passeerde, keek ze op en er gleed een glimlach over haar gezicht. 'Gefeliciteerd, Paul. Dit is er een die telt.'

Meneer Vlaskovic lachte terug en knikte. Toen ze buiten gehoorafstand waren, mompelde hij: 'Flauwekul, verjaardagen. Ze denkt dat ik tachtig word, maar ik ben al zesentachtig. Een mens wordt steeds ouder, bah.' Hij hield een deur voor haar open en Ivy stapte langs hem heen, een zonnige binnenplaats op.

Hij liet zich op een bank zakken, net zo voorzichtig als Ivy's grootmoeder vroeger haar kostbare porseleinen theekopje op een plank in de servieskast zette.

'Dus je bent in verwachting,' zei hij, terwijl hij een dunne, grijze wenkbrauw optrok in de richting van haar buik. 'En het kan niet lang meer duren, zo te zien.'

Ivy kwam naast hem zitten. 'Ik ben uitgerekend op Thanksgiving,' zei ze, verbaasd dat ze zomaar de echte datum noemde. Waarom ook niet? Meneer Vlaskovic zou haar niet dagelijks bellen als het bijna zover was.

'Nog drie weken.' Hij tuitte zijn lippen en schudde verwonderd zijn hoofd. 'En? Waar heb ik dit onverwachte bezoekje aan te danken? Ik herinner me duidelijk dat ik jullie het huis heb verkocht *zoals het was*, dus ik hoop dat je niet bent gekomen om geld terug te vragen.'

Ivy lachte. 'Nee, zeker niet. We zijn heel blij met het huis. Het gaat om wat dingen die zijn achtergebleven in een rieten hutkoffer die bij onze buurvrouw in de garage stond. Ze zei dat die van uw familie waren.'

'Een rieten hutkoffer,' herhaalde meneer Vlaskovic, en hij trok nog diepere rimpels in zijn voorhoofd. 'Ik herinner me wel een oude koffer die de familie van mijn vader had meegebracht, maar ik heb geen idee wat erin zat. Hoezo? Wil ze me huur vragen? Mevrouw Bindel is een keiharde onderhandelaar, weet je.'

'Absoluut,' zei Ivy. 'Nee, ze wilde die koffer bij het oud vuil zetten, maar er zaten wat dingen in' – Ivy opende de tas die ze had meegenomen – 'die misschien nog sentimentele waarde hebben voor u of uw familie.' Ze haalde de verzilverde haarborstel, de spiegel, het haardoosje en het in leer gebonden dagboek tevoorschijn en legde alles op de bank tussen hen in.

Meneer Vlaskovics vingers bleven boven het zilveren deksel van het haardoosje zweven.

Ivy pakte de foto. Ze had de twee helften weer aan elkaar geplakt.

'O,' zei meneer Vlaskovic, en hij nam hem van haar over.

'Bent u dat?'

'Op mijn vaders schoot?' Hij keek van Ivy naar de foto. 'Nee, dat is mijn broer Stefan. En dit...' hij tikte met een knokige vinger op de vrouwenfiguur, 'zal mijn moeder zijn, neem ik aan.'

'Dat neemt u aan?'

'Wij hadden geen foto's van haar. Deze is waarschijnlijk genomen vlak voordat ik geboren werd. Niet lang voordat...' Hij zweeg.

Ivy bekeek de foto nog zorgvuldiger. Ze had eenzelfde soort jurk in de rieten hutkoffer gevonden en herinnerde zich dat hij geen taille had, alleen een koordje aan de achterkant. De sombere vrouw was misschien zwanger geweest.

Meneer Vlaskovic knikte heel even. 'Na mijn geboorte is mijn moeder...' Hij schraapte zijn keel.

Hij pakte het dagboek, sloeg het open en haalde de haarlok met het blauwe lint eruit. Toen las hij de eerste notitie. Zwijgend bleef hij zitten, met de haarlok in zijn hand, en staarde in het niets.

'Deze toiletset moet van haar zijn geweest,' zei Ivy.

'Dat denk ik ook,' beaamde hij, nog steeds in gedachten verzonken.

'Ik dacht dat u ze wel terug zou willen hebben. Het zijn toch erfstukken, familiegeschiedenis. Een herinnering aan haar.'

'*Pfft.*' Meneer Vlaskovic slaakte een diepe zucht en werd wakker uit zijn trance. 'Herinnering wordt erg overgewaardeerd. Als je een tijdje in een huis zoals dit woont, zul je begrijpen wat ik bedoel. En voor erfstukken heb je erfgenamen nodig. Die zijn er niet. Ik ben de laatste.' Hij grinnikte. 'Een doodlopende straat.'

Hij legde de foto en de haarlok in het dagboek en sloeg het dicht. Heel even maakte hij een gebaar alsof hij het aan Ivy wilde teruggeven, maar toen bedacht hij zich.

'Dank je. Ik denk dat ik dit maar houd,' zei hij met een dun lachje. 'Met de rest mag je doen wat je wilt.'

Ivy borg de spiegel, de haarborstel en het haardoosje in haar tas.

Meneer Vlaskovic kwam overeind en bood haar zijn arm. Samen stapten ze weer naar binnen.

'Tussen haakjes,' zei Ivy, 'een paar dagen geleden liep ik iemand tegen het lijf die uw familie kende. Melinda White. Ze zei dat haar moeder vroeger voor u werkte.'

'White?' Meneer Vlaskovic hield zijn pas in en probeerde de naam te plaatsen. 'Ik kan het me niet herinneren... O, wacht eens. Er was een mevrouw White die bij ons schoonmaakte. Maar dat moet al heel lang geleden zijn, minstens vijfentwintig jaar.'

'Dat kan ongeveer kloppen,' zei Ivy.

'Vijfentwintig jaar.' Meneer Vlaskovic zoog zijn lippen naar binnen. 'Tegenwoordig lijkt dat niet eens meer zo lang, vreemd genoeg.'

Terug in de lobby liet hij Ivy's arm los en verdraaide zijn nek om haar aan te kijken. 'Het was heel aardig van je om dat hele eind te rijden voor een bezoekje. Je had die spullen ook gewoon weg kunnen gooien.'

'We hebben wel wat kleren weggedaan waarvan we dachten dat niemand ze meer zou willen. En er was...' Ivy aarzelde of ze verder moest gaan. 'En er was een dwangbuis bij.'

'O, ja. Dat.' Meneer Vlaskovics ogen werden vochtig. 'Ook iets waar we nooit over praatten,' zei hij, zo zacht dat Ivy het niet zou hebben gehoord als ze niet zo dichtbij had gestaan.

'Uw broer?' vroeg Ivy, denkend aan het verhaal dat de makelaar hun had verteld.

'Hemel, nee. Hoe kom je daar nou bij? Nee, waarschijnlijk mijn moeder. Ik kan me er weinig van herinneren, maar ze was... niet goed. Ongelukkig. Depressief, zouden ze tegenwoordig zeggen. In die tijd bestond er nog geen behandeling. Alleen gedwongen verzorging, en gelukkig kon mijn vader die betalen.' Hij schudde zijn hoofd. 'Hij heeft zijn best gedaan, verpleegsters ingehuurd om te voorkomen dat ze zichzelf iets zou aandoen.

'Maar toen, op een dag, was ze opeens verdwenen. Zo ging dat in die dagen bij ziekten, vooral bij geestesziekten. Dood. Ze vonden het beter om door te gaan en niet te blijven stilstaan bij zo'n tragedie.

'Maar, weet je, dat is eigenlijk heel slecht. Mijn vader...' Hij wendde zijn blik af, zonder de gedachte te voltooien. 'Als kleine jongen was ik bang om de zolder op te gaan. Ik had er nachtmerries over. Ik dacht dat zij daar nog was en op me wachtte om me te verslinden. Het zou veel beter zijn geweest als ze mijn broer en mij hadden verteld wat er met haar was gebeurd.'

Hij keek Ivy doordringend aan. 'Geheimen kunnen giftig zijn,' zei hij. 'De waarheid is zelden zo verschrikkelijk of angstig als iets wat je zelf bedenkt.'

11

Dus hun makelaar had het bij het verkeerde eind gehad, dacht Ivy toen ze over de slingerweg terugreed naar de hoofdweg. De slaapkamer op zolder was ooit ingericht voor de moeder van Paul Vlaskovic, niet voor zijn broer. Verhalen uit het verleden, mondeling doorgegeven, raakten vaak verhaspeld. Emilia Vlaskovic had die dagboeknotities geschreven toen ze zwanger was van Stefan, haar eerste kind, aan het begin van wat later een depressie zou worden die ze nooit meer te boven kwam.

Was ze afgevoerd naar een inrichting? Ziek geworden en gestorven? Of had ze zelfmoord gepleegd? Wat er ook was gebeurd, zou het werkelijk minder afschuwelijk of angstig zijn geweest dan haar jonge zoon Paul zich had voorgesteld?

Mensen verdwenen niet zomaar. Of wel? Ivy raakte het kuiltje in haar hals aan, waar de zilveren amulet van haar grootmoeder had moeten hangen.

Ze draaide de hoofdweg op. Het tv-station langs de weg, met zijn reusachtige satellietschotels op het dak, herinnerde haar weer aan de parmantige verslaggeefster die de vorige avond zo sensatiebelust verslag had gedaan vanaf hun grasveld. *Nog altijd wordt een vrouw uit Brush Hills vermist.* Ivy zette de radio aan, hopend op nieuws.

Ze naderde al de afslag naar Brush Hills toen ze aan de babyshower dacht. Verdorie. Het was drie uur. De eerste gasten moesten er al zijn.

Ivy reed snel de stad door en remde alleen af voor de vaste snelheidscontrole van de politie om forenzen te verschalken die de sluiproute door de stad namen. Ten slotte draaide ze een zijstraat in, naar de wijk waar de zeer welgestelden al generaties lang in mooie oude huizen woonden.

De straat daalde af naar de brede monding van de rivier de Neponset. Wat lager gelegen, op een plek die ooit een moeras was geweest, en later in cultuur was gebracht, stonden nu een stuk of tien verlaten 'McMansions', oversized huizen die massaal worden geproduceerd, in diverse stadia van afbouw. De projectontwikkelaar had niet voldoende kopers kunnen vinden en was in geldnood geraakt, waardoor de bouw nu stillag.

Ivy sloeg af bij een mooi bord met gouden reliëfletters: ROSE GARDENS AND LANDSCAPING. Via een door bomen omzoomde zandweg kwam ze op een van de weinige nog niet bebouwde stukken grond in de stad. Officieel huurde David het land van zijn moeder, erfgename van de familie die het in de negentiende eeuw als landbouwgrond in bezit had gehad.

Davids vader had bijna een beroerte gekregen toen David al in zijn eerste jaar zijn studie aan het Boston College aan de wilgen hing om Rose Gardens te beginnen. Hij had iets onvoorstelbaars gedaan: een footballbeurs opgegeven. Universitair football was de grote droom van Rose senior geweest. En natuurlijk had hij voor zijn zoon een gouden toekomst in het verschiet gezien als hij met zijn bul op zak in het bedrijfsleven was gegaan. Maar David wilde liever in de buitenlucht werken, met zijn handen.

De mannen in hun familie harkten geen bladeren aan en maaiden geen gras, had zijn vader schuimbekkend uitgeroepen. Daar had je personeel voor. Zowel voor David als voor zijn vader was het een grote opluchting geweest toen zijn ouders vijf jaar geleden met pensioen gingen en naar Park City in Utah verhuisden. Op dit moment zaten ze op een cruiseschip, dat ergens ver weg langs de kust van Zuid-Amerika voer.

Aanvankelijk had David kantoor gehouden in een kleine stacaravan, een koekblik met ventilatie. Het bedrijf specialiseerde zich in de aanleg van milieuvriendelijke tuinen met inheemse, onderhoudsarme planten en spectaculaire brokken graniet uit de plaatselijke steengroeven. Zijn verkoopfilosofie luidde: 'Het is respectloos om mensen iets te verkopen wat ze niet willen en niet kunnen onderhouden.'

Maar overigens viel de appel niet ver van de boom. 'Jouw man kan nog mest aan een dierentuin verkopen,' had Lillian Bailiss, de kantoormanager van Rose Gardens, eens tegen Ivy opgemerkt. Van een eenmansbedrijf was de zaak uitgegroeid tot een personeelsbestand van vier vaste medewerkers en vijf of zes reguliere krachten, die drie seizoenen per jaar werk hadden.

Ivy stopte bij het houten gebouw dat jaren geleden voor de stacaravan in de plaats was gekomen. Het was verdeeld in een lichte, luchtige showroom met grote ramen aan de voorkant, en kantoren achterin. Een brede, uitnodigende veranda met houten schommelstoelen strekte zich uit over de hele breedte van het gebouw.

Het omheinde parkeerterrein voor het kantoor stond vol. Ivy herkende de zwarte Camry van haar baas, de marketingdirecteur van Mordant Technologies, Naresh Sharma. De rode SUV behoorde toe aan haar collega Patty-Jo Linehan. De zwarte Lexus was van Theo, en de gifgroene Volkswagen van Jody. Davids truck en de auto's van zijn medewerkers stonden aan de achterkant.

Ivy inspecteerde haar gezicht in het spiegeltje en streek met haar vingers door haar haar. De deur van de showroom ging open en David verscheen, met een gebaar van waar-blijf-je-nou?

Er klonk applaus toen ze binnenkwam. Zes of zeven van haar collega's waren gekomen, allemaal zakelijk gekleed, naast Davids medewerkers in jeans en werkhemden. Jody stak haar hand op aan de andere kant van de kamer. Riker met zijn vollemaansgezicht zat op haar heup en zwaaide met een zoute stengel alsof hij de menigte dirigeerde. Theo, de enige in een streepjespak, leunde tegen de muur.

Vanuit de aangrenzende kas zweefde de lucht van vochtige pootaarde de ruime, lichte showroom binnen. In een hoek lagen babycadeautjes opgestapeld.

Ivy voelde zich opeens blij toen ze al hun vrienden en collega's zag, die waren gekomen om hen geluk te wensen. En ze was trots op deze prachtige ruimte die David tot stand had gebracht. Aan een van de muren hingen foto's van landschapsprojecten, 'voor' en 'na', een andere muur was gereserveerd voor alle prijzen en certificaten van plaatselijke organisaties en liefdadigheidsinstellingen die David steunde.

Lillian Bailiss kwam binnen, pezig en onverwoestbaar, ook al was ze eind zestig. Een natuurkracht. Het was Davids beste zakelijke beslissing geweest, vond hij zelf, om haar in dienst te nemen, hoewel ze al met pensioen was. Lillian had orde geschapen in de chaos, en sindsdien was het snel bergopwaarts gegaan met de omzet van Rose Gardens.

Lillians ogen glinsterden van plezier. 'Hallo, schat.' Ze legde een koele hand tegen Ivy's wang, maar er gleed een bezorgde uitdrukking over haar gezicht toen ze in Ivy's ogen keek. 'Hou je het wel vol?' Ivy wist dat ze het niet alleen over de zwangerschap had.

Ivy knikte moeizaam.

Een jonge vrouw die ze niet herkende kwam naar haar toe en glimlachte. 'Dus jij bent Ivy,' zei ze. Ze had een zonverbrande wipneus en wangen met de kleur van rijpe perziken. 'Ik heb al zoveel over je gehoord.' Haar paardenstaart wipte op en neer toen ze op haar afkwam en haar hand uitstak. 'Ik ben Cindy Goodwin.'

Ze had een krachtige handdruk, eelt op haar handpalmen en stompe vingers met kortgeknipte nagels. Uit de zakken van haar jeans staken een paar werkhandschoenen.

'Cindy is onze nieuwe assistent-bedrijfsleider,' zei Lillian.

Ivy probeerde haar verbazing te verbergen. Ze wist dat David een assistent wilde aannemen en ze herinnerde zich zelfs dat hij haar had verteld dat hij met een vrouwelijke sollicitant had gesproken.

'Yvy-y!' eiste iemand haar aandacht op. Ivy draaide zich om en zag Jody met Riker, die naar voren hing en zijn mollige armpjes naar haar uitstak.

'Hé, jochie,' zei Ivy, en ze ving hem op. Hij was nu een jaar, een stevig gebouwde, stralende engel met kuiltjes in zijn roze wangen.

'Hallo, lieverd,' zei Jody. Met haar lichtbruine haar en haar ronde vormen was Jody altijd Ivy's tegenpool geweest. Als sprinter was ze bliksemsnel. Haar korte passen en pompende benen leken met het blote oog haast niet waarneembaar, net als bij het stripfiguurtje Road Runner. Jody had voor diezelfde snelheid maar half zoveel lange, soepele passen nodig. 'Wie is dat daar?' Jody knikte in Cindy's richting.

'De nieuwe assistent-bedrijfsleider van Rose Gardens,' zei Ivy.

'Assistent-bedrijfsleider? Daarbij denk ik toch aan iemand in een slobberige overall, niet aan Cheerleader Barbie. Een maag als een plank, verdorie,' mompelde Jody. Zelf was ze na de geboorte van Riker die laatste vijfentwintig pond nog steeds niet kwijt.

'Wat staan jullie te fluisteren?' vroeg David, en hij sloeg zijn arm om Ivy heen. Met een onnozele grijns stak hij een fles champagne in de lucht en riep: 'Op mijn prachtige vrouw!'

Hier en daar klonk applaus.

David bracht zijn mond bij Ivy's oor. 'Hé, Stretch, ik hou van je, weet je dat? Van jou en van wie zich daar in je buik verborgen houdt.'

Ivy voelde zich emotioneel worden en pinkte een traan weg. Ze gaf Riker aan Jody terug en omhelsde David.

Cindy kwam uit het kantoor met een stel pastelkleurige heliumballonnen en een grote, in cellofaan verpakte mand. Aan de mand was een baby-baseballcap bevestigd met het logo van Rose Gardens. Lillian volgde haar met een witte glazuur bedekte taart, versierd met gele randjes.

Theo reed een bureaustoel naar haar toe en Ivy liet zich zakken, terwijl ze een glas met bubbels aanpakte. Ze nam een kleine slok – mousserende appelcider – en leunde naar achteren. Eindelijk ontspande ze zich en ze liet zich bedwelmen door de geuren van veenmos, mulch en suikerglazuur.

Een uurtje later had ze een schandalige hoeveelheid kaas en crackers, superchips en taart naar binnen gewerkt. Ze maakte de cadeautjes open. Het grote pak van haar collega's bij Mordant was een Italiaanse *jogging-stroller*. Het etiket vermeldde trots een draagvermogen van 125 pond. In gedachten zag Ivy zich al rennen met Baby Huey in haar wagentje.

'Pas maar op,' zei Naresh. Hoewel hij al vier jaar haar baas was, hadden ze heel collegiaal samengewerkt aan de architectuur van Mordants website. 'Als dat kind eenmaal in deze wagen heeft gereden zal hij later alleen nog genoegen nemen met een Porsche.' Naresh, anders altijd pijnlijk formeel, omhelsde Ivy nu met stijve armen. Toen stapte hij terug, keek haar lang aan en kreeg vochtige ogen. 'Nou, ja.' Ivy schoot ook vol.

'Die *stroller*,' zei Ivy met moeite, 'is het mooiste cadeau dat ik had kunnen bedenken. Wie heeft hem uitgekozen?'

Naresh straalde en tikte even met zijn vingertoppen tegen zijn voorhoofd. 'O, en ik heb ook nog iets voor de jonge vader.' Hij zocht in zijn zak en haalde er een klein pakje uit, dat hij aan David gaf.

David hield het doosje bij zijn oor en schudde ermee. De inhoud rammelde als droge bonen. 'Oordopjes?'

'Ik weet het! Genoeg slaapmiddel voor een heel jaar,' opperde Ivy. Aan Naresh' geschokte gezicht te zien had ze goed geraden.

Er werd hartelijk gelachen. David hief zijn hand op en vroeg om stilte. 'Vreselijk bedankt, allemaal. Jullie zijn de beste vrienden' – buiten klonk het geluid van banden op grind, en een autoportier sloeg dicht – 'die we maar kunnen wensen.' Weer een autoportier, en nog een. Hoofden draaiden die kant op. 'En...'

Theo liep naar het raam en toen naar de deur, nog net op tijd om rechercheur Blanchard en drie agenten te onderscheppen.

12

'Iemand nog wat taart en champagne?' vroeg Cindy. Haar stem klonk geforceerd vrolijk en hol in de pijnlijke stilte die in de kamer heerste terwijl David en Theo buiten met de politie spraken.

Jody stond naast Ivy, met een hand op haar arm, terwijl Riker een beetje jengelde, zich bewust van de spanning. Lillian Bailiss stond bij het raam en keek naar buiten. Iedereen leek Ivy's blik te mijden.

Eindelijk kwamen David en Theo terug, gevolgd door rechercheur Blanchard. Hij bleef in de deuropening staan en liet zijn blik over de ballonnen, de bergen cadeaupapier en de restanten van de taart glijden.

'Hé, iedereen, het spijt me heel erg,' zei David. Zijn glimlach kon de spanning op zijn gezicht niet verbergen. 'Ik wil jullie allemaal bedanken dat jullie zijn gekomen. En voor de goede wensen en de geweldige cadeaus. Ik zou het zeer op prijs stellen als mijn eigen mensen nog even bleven als iedereen vertrokken is.'

Even later leek het of tweederde van de gasten in rook was opgegaan. Cindy zat opgerold in een stoel op haar duim te bijten, als een klein meisje. Lillian scheurde een zwarte vuilniszak van een rol en sloeg hem met een klap open. Efficiënt liep ze de ruimte door om cadeaupapier, linten, borden met half opgegeten taart en plastic champagneglazen op te ruimen. De mannen, Davids werknemers in de kassen en de leiders van zijn teams, keken toe.

David schraapte zijn keel en hield een vel papier omhoog. 'Dit is een huiszoekingsbevel, zoals sommigen van jullie misschien al vermoedden. De politie onderzoekt de verdwijning van een vrouw die voor het laatst is gezien op een rommelmarkt bij ons thuis, afgelopen weekend.'

David keek een paar seconden uit het raam. Een spiertje in zijn kaak bewoog. 'Ik heb geen idee hoe lang dit gaat duren, dus nemen jullie de rest van de middag maar vrij.' Hij spreidde zijn handen. 'Ik wil net zo graag als iedereen dat ze erachter komen wat er met die vrouw is gebeurd. Wij mogen ze niet voor de voeten lopen. Ze doen gewoon hun werk.'

De coniferen wierpen hun schaduw al over het parkeerterrein toen David en Theo een tijdje later de cadeaus in de kofferbak van Ivy's auto laadden. Op het moment dat ze uit de showroom vertrokken, was een agent bezig de bureauladen in Davids kantoor te doorzoeken. Een ander was aan het werk in Lillian Bailiss' kamer. Ivy hoorde de geluiden van een schep in de berg mulch bij de schuur.

'Ik zou het liefst hier blijven,' zei ze.

'Laat het maar aan ons over, dat lijkt me beter,' zei Theo.

'Maar ik heb er ook mee te maken.' Ze keek steun zoekend naar David, maar hij staarde naar zijn voeten en wrikte met zijn hak een steen in het zand.

'Als jij hier niet bent,' zei Theo, 'kunnen ze je ook geen vragen stellen waarop jij het antwoord weigert. David moet hier blijven. Rose Gardens is zijn bedrijf.'

Zijn leven, maar niet het hare?

David kwam voor haar staan. Hij legde zijn armen op haar schouders en drukte zijn lippen tegen haar voorhoofd. 'Ik weet dat het moeilijk is, maar ik zal me veel geruster voelen als ik dit zelf kan regelen, terwijl jij veilig bent.'

Veilig? Waar dan? Thuis voelde ze zich in een vissenkom.

'Hoe lang denk je...?' begon ze, maar het leek of een van de stenen uit het pad in haar keel was blijven steken.

'Totdat ze ervan overtuigd zijn dat hier niets te vinden is,' zei Theo.

'Maar...'

'Niks maar,' zei Theo, en hij hield het portier voor haar open. 'De beste manier waarop jij nu kunt helpen is door niet hier te zijn.'

Met tegenzin stapte Ivy in de auto. Ze zwaaide, reed achteruit en vertrok van het bedrijf. Het verkeer in de stad zat vast – allemaal mensen op weg naar huis na de werkdag, die zich bezighielden met de vraag of ze zelf zouden koken of uit eten zouden gaan.

Het was al donker tegen de tijd dat ze in Laurel Street kwam. Ze parkeerde op de oprit, onder het afdak, en zette de motor af. Het was niet bij haar opgekomen een paar lichten aan te laten. Nerveus tuurde ze in haar spiegeltjes en keek om zich heen in de duisternis. Ze voelde zich begluurd, hoewel ze geen reportagewagens kon ontdekken en geen fietsers die haar met een mobieltje wilden fotograferen. Toch stonden de spieren van haar rug zo strak als vioolsnaren.

Ze had niet moeten toegeven. Ze wilde hier niet in haar eentje op David zitten wachten terwijl ze zich van alles in het hoofd haalde.

Ten slotte pakte ze haar telefoon, toetste Jody's nummer in en wachtte op verbinding.

Toen er op het raampje werd getikt, schrok ze zo hevig alsof iemand een hand in haar keel had gestoken en haar hart naar boven rukte.

Eerst zag ze alleen twee smalle lichtbundels, als scherpe ogen die haar aanstaarden. Even later besefte ze dat het mevrouw Bindel was, die een brilmontuur droeg met twee kleine lampjes in de hoeken.

Ivy zwaaide met een slap handje. Ze zette haar mobiel uit en haalde een paar keer diep adem om haar hart tot rust te brengen voordat ze het portier opende en uitstapte.

'Ik dacht dat je wel wat hulp zou kunnen gebruiken,' zei mevrouw Bindel, en ze hield haar een bord voor dat met folie was afgedekt. 'Dit moet een zware tijd voor je zijn.' Ze keek Ivy aan, waardoor de lampjes recht in Ivy's gezicht schenen. Ivy hiel een hand boven haar ogen.

'Sorry,' zei mevrouw Bindel. 'Leeslampjes. Heel handig, vind je niet? Gekocht op internet.' Ze tastte naar het montuur en de lampjes doofden, waardoor het nog donkerder leek dan daarnet. 'Een prachtige uitvinding, dat internet.'

'Absoluut.' Ivy lachte. En dan beweerden ze nog dat oude mensen zich niet konden aanpassen.

Ze beklom het trapje naar de keukendeur en zocht naar het sleutelgat. Zodra ze de deur open had, stak ze haar hand naar binnen om het buitenlicht aan te doen.

'Verschrikkelijk, die vermiste vrouw,' zei mevrouw Bindel met een stem als droge bladeren. 'Zelfs in mijn tijd liep zo'n verhaal maar zelden goed af. De politie heeft me een foto laten zien, maar ik zei dat ik haar niet herkende.'

Ivy liep naar haar auto terug en haalde de doos met de mooie *stroller* uit de kofferbak. Het ding woog een ton. Toen ze een hoekje van de doos op de rand van de auto had getild, trok ze hem naar zich toe totdat het zwaartepunt verschoof en hij op de grond zakte.

Mevrouw Bindel zette het bord op de treden en hielp Ivy de doos naar de deur te slepen, waar ze hem tegen de zijkant van het huis zetten. 'Laat hem hier maar staan tot je man thuis is. Dan kan hij hem naar binnen dragen,' zei ze.

Ivy pakte de geschenkenmand en de draagtassen vol met de andere cadeaus. Mevrouw Bindel liep met haar mee naar de keukendeur. Ivy liet de mand en de tassen op de vloer van de bijkeuken zakken en draaide zich naar haar buurvrouw om.

'Wat lief van u om dit te brengen.' Ze nam het bord en tilde een puntje van het folie op. De geur van bananen. 'Heerlijk. Maar u hebt gelijk, het is een moeilijke tijd.'

'Ik kan best even blijven, als je gezelschap wilt,' zei mevrouw Bindel.

Een paar minuten geleden zou Ivy dat aanbod met beide handen hebben aangenomen, maar nu wilde ze het liefst naar binnen, zonder gezeur. 'Dank u, dat is aardig. Maar ik red me wel. Ik ben alleen doodmoe.'

'Weet je het zeker?' zei mevrouw Bindel.

'Ja, hoor.'

Mevrouw Bindel wilde al vertrekken toen Ivy iets te binnen schoot. 'Weet u echt zeker dat u die vrouw niet hebt gezien naar wie ze op zoek zijn? Ze kwam naar de rommelmarkt toen u er ook was.'

Haar buurvrouw draaide zich om.

'Ze was hoogzwanger en ze stond met mij te praten, met een groene glazen zwaan en een fles mineraalwater in haar hand.'

Mevrouw Bindel leek een paar centimeter te groeien toen ze die informatie verwerkte. 'O, is dát de vrouw die ze zoeken?'

'Die foto was nog van de middelbare school. Ze is nogal veranderd sinds die tijd.'

Mevrouw Bindel trok haar wenkbrauwen op, en haar pruik gleed naar voren. 'Zeg dat wel. Je hebt gelijk, ik heb haar inderdaad gezien.' Ze keek Ivy met haar scherpe blik zo onderzoekend aan dat Ivy zich net een oester in de schelp voelde die met een mes hardhandig wordt geopend. 'Je man heeft haar toch mee naar binnen genomen?'

'Ja. En daarna is ze vertrokken. Hebt u haar niet zien weggaan?'

'Dat wilde de politie ook graag weten.' Mevrouw Bindel fronste haar voorhoofd en dacht even na. 'Natuurlijk. Nu ik begrijp over wie ze het hadden... Nee, ik heb haar niet zien vertrekken, dat weet ik zeker.' Ze keek Ivy ernstig aan. 'Het spijt me, kind. Ik was er met mijn hoofd niet bij. Ik liep te denken aan alles wat ik zelf moest wegdoen.'

'Weet u nog dat u ons de volgende dag die rieten hutkoffer gaf, die David later bij de straat heeft gezet? Hebt u ook mensen gezien die daar bleven staan om in die koffer te kijken?'

'Dat vroeg de politie me ook. Ik heb gezegd dat jan en alleman in die koffer kwam snuffelen, hoewel ik niet weet wat ze erin hoopten te vinden... een ongesigneerde Van Gogh, misschien?'

'Ik dacht dat ik ú daar ook zag staan, op een gegeven moment,' zei Ivy.

'Ja. Ik was zo verbaasd dat ik maar eens ging kijken of ik iets over het hoofd had gezien.' Ze keek een beetje zuur. 'Maar dat was niet zo. Ik meende jou ook nog te zien, later die avond.'

'Mij?'

'Ik keek net op van mijn krant. Het was donker, maar ik dacht dat jij daar stond, op de stoep. Alsof je bezig was dingen op te vouwen en terug te leggen in de koffer.'

Voordat Ivy kon tegenspreken, prutste mevrouw Bindel weer aan haar montuur en gingen de lampjes aan. 'Dag, kind,' zei ze, en ze verdween over de oprit in het donker, totdat Ivy alleen nog de twee lichtbundeltjes door de avond zag dansen. Op het laatste moment draaiden ze weer Ivy's kant op en richtten zich op haar.

'Tsss. Ik had echt geen idee wat je daar deed, in je eentje in het donker,' zweefde de stem van mevrouw Bindel over het oprijpad. 'En waarom droeg je in vredesnaam een zonnebril, midden in de nacht?'

13

En zonnebril! Mevrouw Bindel had dezelfde vrouw gezien als Ivy. Maar Ivy's opluchting verdween al snel. Helaas had mevrouw Bindel de vrouw voor Ivy aangezien en dat waarschijnlijk ook tegen de politie gezegd, die nu een getuige had dat Ivy die avond in de hutkoffer had staan rommelen.

Ivy sloot de zijdeur af en hing haar sleutelbos naast de reservesleutels die ze aan een haakje in de bijkeuken bewaarde. Het antwoordapparaat op het aanrecht in de keuken knipperde: meer berichten dan ze zo snel kon tellen. Aarzelend speelde ze de eerste boodschap af. 'Dit is Steve Hamlin van de *South Shore Times...*' Haastig ging Ivy naar het tweede bericht.

Ze luisterde naar het begin van de volgende drie. Nog meer journalisten. De vierde boodschap begon met: 'Hallo, Ivy? Met Frannie Simon. Ik ben zo geschrokken toen ik hoorde wat er aan de hand was...' De vrouw ging nog een tijdje door, zonder dat Ivy enig idee had wie ze was, totdat ze zei: 'Ik zie je op de fitnessclub.' Ivy onderbrak het bericht. Frannie Simon had haar nooit eerder gebeld.

Ga weg! Ga weg, allemaal!

Snel luisterde Ivy de rest van de boodschappen af. Nog meer journalisten en kennissen die belden om hun nieuwsgierigheid te bevredigen. De Roses waren een soort circusnummer geworden, waarmee je goede sier kon maken als je hen kende.

Net toen ze het laatste bericht doorspoelde, ging de telefoon. Ivy deinsde terug.

Het toestel ging een paar keer over voordat het antwoordapparaat inschakelde.

'Sorry, er kan niemand aan de telefoon komen,' meldde Ivy's opgenomen stem. 'Als u een bericht achterlaat, bellen we zo snel mogelijk terug.' Ze kromp ineen. Deze mensen zou ze zeker niet terugbellen.

Piep.

Ze wachtte tot de beller iets zou zeggen, maar er klonk een klik en het apparaat schakelde zichzelf uit.

Ivy staarde naar de telefoon, als een uitdaging om opnieuw te rinkelen. Toen dat niet gebeurde, wiste ze alle berichten en nam een nieuwe tekst op. Zakelijk en bruusk verklaarde ze: 'Er is niemand thuis om op te nemen.' En daar liet ze het bij.

Voldaan hing ze weer op.

Ze liep door de eetkamer naar het halletje bij de voordeur en deed onderweg alle lampen aan. Toen ze langs de trap omhoogkeek, voelde ze zich als Alice nadat die de helft van de paddenstoel die haar kleiner maakte had gegeten – of misschien was het huis wel groter geworden, om haar heen.

'Waar kijk je naar?' vroeg ze het bronzen beeld. Bessie leek haar verwijtend aan te staren vanaf de onderkant van de trapleuning.

Ivy raapte de post op van de mat, gooide de visitekaartjes en handgeschreven briefjes van journalisten weg en nam de rest mee naar de huiskamer.

Op de bank lag de krant van gisteren, met de kruiswoordpuzzel waar David mee bezig was geweest. Ivy tilde het deksel van de houten vensterbank op en gooide de krant erin.

Ze kreeg het weer koud, dus trok ze de gordijnen dicht, pakte de gehaakte sprei, sloeg die om zich heen en ging op de vensterbank zitten, starend naar de ongeopende post op haar schoot.

Een muur van geluid, die had ze nodig. Ivy stond op en zette de stereo aan, behoorlijk hard. De etherische keyboardmelodieen van Radiohead, met hun vage, vloeiende, zoemende percussie, vulden haar hoofd.

Acht uur, en David was nog steeds niet thuis. Ze belde zijn mobiel, maar hij nam niet op. En bij Rose Gardens kreeg ze de voicemail.

Ze liep de trap op naar haar werkkamer en keek op de websites van de *Boston Globe* en Channel 7 voor het laatste plaatselijke nieuws. Niets bijzonders. Ze opende haar e-mail. Alleen een berichtje van Jody. Of Ivy goed thuisgekomen was? Ivy mailde een geruststelling.

Beneden in de keuken warmde ze een overgebleven pizzapunt op. Terwijl ze de pizza at, probeerde ze er niet aan te denken waarom David zo laat kon zijn.

Om negen uur belde ze hem opnieuw.

Tien uur, en ze zat op het puntje van een stoel in de keuken, met de gehaakte sprei nog steeds om zich heen, zenuwachtig luisterend naar elk geluid in huis. Iedere auto die de straat door reed deed een rilling over haar rug lopen.

De baby schopte tegen haar ribben. Ivy legde haar vingers ertegenaan en duwde zachtjes terug. *Hallo, Spruit. Blijf maar lekker waar je bent. Wij regelen het wel, maak je geen zorgen.*

Eindelijk hoorde ze het zware geluid van Davids truck. Ze sprong overeind. Een minuut later werd de sleutel in het slot gestoken. De zijdeur ging open en David kwam de keuken binnen met de doos waarin de *jogging-stroller* zat. Hij zette hem in een hoek.

'Waar zat je nou? Ik heb geprobeerd je te bellen,' zei Ivy, en ze had meteen spijt, omdat het zo beschuldigend klonk.

David scheen het niet te merken. Hij ritste zijn jack los, trok het uit en gooide het over een keukenstoel. Toen schopte hij zijn werkschoenen in een hoek, haalde zijn portemonnee uit zijn achterzak en legde hem op het aanrecht.

Hij rook naar whisky – waarschijnlijk de fles Jack Daniel's die hij in zijn bureau had. Ze kon het hem niet kwalijk nemen. Hij opende de koelkast en pakte een biertje.

'Honger?' vroeg ze. 'Er is nog een stuk pizza. Of we kunnen Chinees bestellen. En mevrouw Bindel heeft een bananencake gebracht.'

David liet zich op een kruk zakken. Hij wipte de dop van het flesje, legde zijn hoofd in zijn nek en dronk. Toen sloot hij een paar seconden zijn ogen, opende ze weer en staarde in het niets.

'En?' vroeg ze. 'Wat is er gebeurd?'

'Papieren zakken.' Met een klap zette hij het bierflesje op het aanrecht. 'Ze hebben overal gezocht en van alles meegenomen in papieren boodschappenzakken, verdomme.'

'Meegenomen? Wat dan?'

'Dat hebben ze me niet verteld. Theo zei dat hij wel bericht zou krijgen. Hij zou het me laten weten.'

'Wanneer?'

'Later?'

'Wanneer is later?'

'Hoe moet ik dat weten?' David kneedde zijn vuist met zijn andere hand. Eindelijk keek hij haar aan. 'Hé, het spijt me. Dit is de eerste keer dat ik van moord word verdacht.'

Moord? Tranen welden op in Ivy's ogen toen ze naar hem keek.

Zonder iets te zeggen stak David zijn armen uit, trok haar tegen zich aan en legde zijn hoofd op haar buik. Ze voelde hoe hij beefde en moeite had zich te beheersen.

'Ze denken...' Hij zweeg, schraapte zijn keel en keek naar haar op. 'Ze denken dat ik iets te maken heb met de verdwijning van Melinda.'

'Dat is belachelijk, dat weten we allebei.'

'Maar stel dat ze iets gevonden hebben?'

'Wat was er dan te vinden?'

'Dat weet ik niet, verdomme,' zei David. 'Wij dachten ook niet dat ze iets in die oude hutkoffer zouden vinden, en toch was dat zo. En het lijkt er niet op dat de politie veel moeite doet om de mensen op te sporen die jij daar buiten hebt gezien – terwijl iedereen die kleren in de koffer had kunnen leggen.'

'David, herinner je je nog de vrouw die ik zag? Mevrouw Bindel heeft haar ook gezien. Zij dacht dat ik het was.'

David maakte zich van haar los. 'En heeft ze dat tegen de politie gezegd?' Hij kreunde. 'Geweldig. Nu denken ze dat ik een medeplichtige had: mijn eigen vrouw.'

'Zouden ze echt denken dat we zo stom zijn? Dat we haar bebloede kleren in een hutkoffer hebben gegooid om die vervolgens aan de straat te zetten met een bordje erbij: GRATIS MEENEMEN? Briljant plan. Als ik me van zulke bewijzen wilde ontdoen, zou ik ze verbranden, begraven of in een vuilniszak op een parkeerplaats langs de I-95 achterlaten. Of beter nog, alles keurig wassen, opvouwen en in mijn kast opbergen, bij mijn eigen kleren. Ik zou ze alleen in die rieten hutkoffer hebben gedaan als ik...' Die gedachte deed haar huiveren.

'Precies,' zei David. 'Dat zou je alleen hebben gedaan als je wílde dat de politie ze zou vinden.'

14

De volgende morgen, toen David naar zijn werk was, belde Ivy een slotenmaker. Ze keek toe terwijl de beleefde jongeman, die tatoeages op zijn armen had als doorschijnende mouwen, gaten boorde in de honderd jaar oude eikenhouten voordeur. Ook het glimmende koper rond het nieuwe sleutelgat leek een soort heiligschennis.

Grendels op de voor- en zijdeur? Belachelijk. De sloten die ze al hadden waren goed genoeg. Maar nu haar leven zo op zijn kop stond, moest Ivy iets doen om zich extra te beschermen.

De slotenmaker liet twee sleutels bij haar achter. De ene hing ze aan haar sleutelbos, de andere aan de haak in de bijkeuken bij de zijdeur, voor David. Ze zou er nog een bij laten maken als reserve.

Bezig blijven, vooral niet nadenken, dat waren haar plannen voor de dag. Toen ze het huis afsloot putte ze toch troost uit het geluid van de nieuwe sloten en de koperen grendels die op hun plaats werden geschoven.

Eerst ging ze naar de supermarkt om melk, wc-papier en de ingrediënten voor Thaise kip met chilipepers te kopen. Ze wilde alvast wat porties invriezen om een voorraadje te hebben voor als de baby er eenmaal was.

Het was stil in de winkel rond het middaguur, niet zo druk als ze gewend was na het werk of in het weekend. Binnen een halfuur was ze klaar. Ze reed langs de bibliotheek om een luisterboek terug te brengen, een thriller van Ruth Rendell, waar ze in de file van en naar haar werk naar had geluisterd.

Op weg naar huis stopte ze op Brush Hills Square, een verzameling logge gebouwen met granieten gevels van twee verdiepingen hoog waarin zich winkels en bedrijven bevonden, om een reservesleutel te laten maken bij Three Brothers Hardware. De winkel was van eigenaar veranderd toen de laatste van de 'drie broers' jaren geleden met pensioen was gegaan, maar had zijn naam behouden. Ivy was er al in tijden niet geweest, sinds er een kilometer verderop een woonwinkel was gekomen.

Ze parkeerde bij een meter en deed er een kwartje in, toen ze een politiewagen ontdekte. De auto remde naast haar af en reed langzaam door. Ivy voelde het bloed naar haar gezicht stijgen. Werd ze geschaduwd? Kon ze niet eens boodschappen doen zonder te worden lastiggevallen?

Haastig liep ze langs de ingang van een inmiddels gesloten bowlingcentrum in het souterrain van het gebouw. Een belletje rinkelde boven haar hoofd toen ze de ijzerwinkel binnen stapte.

Door de etalageruit zag ze dat de politiewagen bij de goedereningang op de hoek was gestopt. Daar stond vaak politie om het verkeer in de gaten te houden en automobilisten te betrappen die door rood reden, stelde ze zichzelf gerust.

Ze keek om zich heen. De winkel, die nog herinnerde aan de tijd dat je in ijzerwinkels ook allerlei andere dingen kon krijgen, rook naar zaagsel, zweet en terpentine. Er waren smalle gangpaden met huishoudelijke artikelen – beslagkommen, keukengerei en theedoeken – naast elektrische graskantmaaiers en verfspullen. Onder een metalen weegschaal stond een kist met spijkers, die nog altijd per gewicht werden verkocht.

Een man met grijs haar kwam achter uit de zaak en klom op een kruk achter een toonbank met een veelgebruikt blad van linoleum. Hij had een bleek en sproetig gezicht, als de onderkant van een platvis. Zijn blik gleed naar haar buik.

Ivy gaf hem de sleutel. 'Kunt u daar een kopie van maken?'

Hij bestudeerde de sleutel. 'Was er een probleem...?' Toen keek hij haar aan en hij knipperde met zijn ogen. 'O, neem me niet kwalijk. Ik dacht...' Hij wreef over de grijze stoppels op zijn kin, schudde zijn hoofd en haalde zijn schouders op. 'Natuurlijk. Als u even wilt wachten?'

Later, toen ze wegreed, dacht Ivy nog eens na over de kennelijke verwarring van de verkoper. De politiewagen was verdwenen, maar op weg naar huis zag ze wel een grote sedan met een getinte voorruit die hardnekkig in haar spiegeltje bleef hangen.

Ze sloeg rechtsaf. De wagen volgde. Linksaf. Nog steeds was ze hem niet kwijt. Toen ze haar oprit indraaide, kwam hij achter haar aan. Een autoportier werd dichtgeslagen. In haar zijspiegel zag ze rechercheur Blanchard naar zich toe komen.

Ivy's hart bonsde in haar keel en ze klampte zich vast aan het stuur. Ze had het gevoel dat ze geen kant meer op kon. Haar gedachten tolden door haar hoofd. Waren er nieuwe ontwikkelingen? Kwam hij haar arresteren?

Tok. Ze sloot de portieren af met de automatische vergrendeling en pakte haar mobiel. Met trillende vingers belde ze Davids kantoor.

Lillian Bailiss nam op. 'Hij is er niet, denk ik,' zei ze, toen ze in Davids kamer was gaan kijken en hem had opgeroepen. 'Hij is om halftwaalf gaan lunchen, maar het is niets voor hem om langer dan een uur weg te blijven zonder zich te melden. Het spijt me, ik weet ook niet wat ik moet zeggen. Heb je zijn mobiel geprobeerd?'

Rechercheur Blanchard verscheen naast haar raampje, heel ontspannen, met een vriendelijke glimlach op zijn gezicht. Maar hij verstijfde toen hij zag dat Ivy aan het bellen was.

Ivy belde Davids mobiel, maar kreeg bijna meteen de voicemail. Ze sprak een korte, halfhysterische sos-boodschap in.

Blanchard leunde nu tegen haar motorkap, terwijl hij een wijsje floot en zijn nagels schoonmaakte.

Ivy belde Theo. Die was er ook niet. Waar zat iedereen, verdomme?

Theo's assistente gaf haar zijn mobiele nummer. Het toestel ging één keer over toen Theo opnam.

'Wat wil hij? Hij dreigt toch nergens mee?' vroeg Theo.

'Hij heeft nog niets gezegd. Hij staat daar gewoon, totdat ik uit mijn auto kom. Ik weet helemaal niets. Hoe vaak moet ik dat nog zeggen?' Ivy hoorde de hysterie in haar eigen stem.

Rechercheur Blanchard hield haar door de voorruit in de gaten. Ivy's hart ging tekeer en ze voelde het bloed in haar oren kloppen.

'Rustig blijven. Ben je daar nog?' vroeg Theo.

'Ja,' fluisterde Ivy met opeengeklemde kaken.

'Diep ademhalen,' zei Theo. 'Stap maar uit en vraag wat hij te zeggen heeft. Niet ophangen, oké? Hou de lijn open.'

'Oké.' Met de telefoon in haar hand opende Ivy het portier.

Blanchard sprong in de houding en hield het portier voor haar open. Ivy trok haar bezwete rug van de stoel los en stapte uit, zonder acht te slaan op de hand die hij haar aanbood.

'Mevrouw Rose, ik wil u meenemen voor een paar vragen,' verklaarde Blanchard.

'Vraag hem of je onder arrest staat,' zei Theo in haar oor.

'Sta ik onder arrest?'

'Ik heb alleen wat vragen. U vindt het toch niet erg om even mee te komen?'

'Ik hoor het,' zei Theo. 'Goed, ga maar mee. Maar zeg niets totdat ik bij je ben. Geen vragen beantwoorden. Je hebt helemaal niets misdaan, onthoud dat goed. We zien elkaar zo.'

Rechercheur Blanchard gaf haar alle gelegenheid om de boodschappen uit te laden en bood zelfs aan te helpen. Toen wachtte hij tot ze het huis had afgesloten.

Achter in de Crown Vic, door getint glas tegen de buitenwereld beschut, reed Ivy naar het politiebureau, over het plein en langs de eindeloze huizenblokken in de buitenwijken. Het gaf haar het vreemde gevoel dat de auto stilstond, terwijl de

109

huizen en bomen als een panorama op grote doeken geschilderd en aan een waslijn gehangen langs hen heen werden getrokken.

De auto nam de lange oprit naar het politiebureau, een groot
gebouw met witte shingles, dat eruitzag als een country club. Ze
was er dikwijls voorbijgekomen maar was er nog nooit binnen
geweest.

Blanchard reed langs een verbodsbord naar een aangebouw-
de garage achter het gebouw, parkeerde de auto en stapte uit. Ivy
zocht naar een portierkruk, maar kon die niet vinden. Ook geen
knoppen voor het raampje.

Ze dwong zichzelf te blijven zitten terwijl de garagedeur
openschoof. Het was een onopvallende ruimte, veel groter dan
de gemiddelde garage, maar niet anders. Blanchard boog zich
naar het raampje en keek haar aan.

Hij opende het portier voor haar, maar deze keer bood hij
haar geen helpende hand en zei hij geen woord.

Ivy stapte uit en liep mee, de garage door. Een bord op de deur
van het gebouw waarschuwde: LET OP: DEUREN SLUITEN AUTO-
MATISCH.

Blanchard drukte op de knop van een intercom. Boven hun
hoofd klonk een zoemend geluid. Ivy keek op. Twee camera's
draaiden naar hen toe en even later ging de deur met een klik
open. Blanchard volgde haar naar binnen. Met een dreun, gevolgd door weer een luide klik, viel de deur achter hen dicht.

Het eerste wat Ivy opviel was de lucht: zweet, poep en een
schoonmaakmiddel met dennengeur. Ze kokhalsde en slikte
haar maagzuur in. Ze voelde dat rechercheur Blanchard achter
haar bleef staan zonder aan te dringen, zodat ze de omgeving
goed op zich kon laten inwerken.

Ramen waren er niet. Het was een anonieme, kleurloze ruimte van witgekalkte cementblokken en een betonnen vloer. Onder
een grijze balie bungelden twee paar handboeien aan kettingen
van bijna een halve meter die aan de muur waren bevestigd. Hier
werden de arrestanten blijkbaar geregistreerd.

110

Ivy zag alles met een bovennatuurlijke helderheid. In de hoek stonden een paar mannengympen en modderige bruine werkschoenen, waarvan ze de omtrekken zo scherp zag dat ze die met Photoshop uit hun omgeving had kunnen lichten.

Blanchard liep om de balie heen. 'U hebt het recht om te zwijgen en geen antwoord te geven op onze vragen.' Hij stelde een monitor bij die naast hem op de balie stond. Op het scherm was haar gezicht te zien, van bovenaf opgenomen. Ze ontdekte de camera tegen de muur, boven Blanchards schouder.

'Begrijpt u dat?'

'U zei toch dat ik niet onder arrest stond?'

'Dat is ook zo.'

'Waarom...' begon ze, maar Blanchard las haar de rest van haar rechten voor, zoals ze al duizenden keren op tv had gehoord. Bij elke volgende bepaling wachtte hij even op haar antwoord.

Je hebt niets misdaan, onthoud dat goed. Maar Theo's woorden en het feit dat ze niet onder arrest stond stelden haar toch niet gerust.

'U bent dus op de hoogte van uw rechten en begrijpt wat ik u heb gezegd,' besloot Blanchard. 'Bent u nu bereid mijn vragen te beantwoorden zonder de aanwezigheid van een advocaat?'

Ivy haalde diep adem. 'Nee.'

'U wacht op meneer Spyridis?'

Ivy knikte.

'Dat is goed. Hij is hier al. Met uw man.'

'Met mijn...?'

'We hebben uw man een paar uur geleden al opgehaald voor ondervraging.'

Ivy voelde haar knieën knikken. *Een paar uur geleden?* Waarom had David haar dan niet gebeld? En waarom had Theo niet gezegd dat hij bij David op het politiebureau was?

Ivy keek nog eens naar de werkschoenen. Die moesten van David zijn. Ze liep naar een open deur en zag een gang met een rij cellen. De twee waar ze naar binnen kon kijken waren leeg.

'Weet u, ik heb de ervaring...' zei Blanchard, nu weer op die vaderlijke toon van Ivy's oom Bill, 'dat het niet altijd verstandig is voor man en vrouw om dezelfde advocaat te hebben. Er kunnen tegenstrijdige belangen zijn, als u begrijpt wat ik bedoel.' Hij kauwde op zijn onderlip.

'Wilt u meneer Spyridis alstublieft zeggen dat ik er ben?' vroeg Ivy in zorgvuldige bewoordingen. Ze deed haar best een keurige zin te vormen en de suggestie te wekken dat ze absoluut niet onder de indruk was van de situatie. 'Ik wil dit graag zo snel mogelijk achter de rug hebben.'

15

Ivy liep achter rechercheur Blanchard een trap op en een gang door, naar een deur aan het eind. Ze vroeg zich af of David achter een van de andere deuren waar ze langsliepen zat.

Hij opende de deur en loodste haar naar binnen.

Ivy had een soort verhoorkamer verwacht, maar blijkbaar was het Blanchards kantoor – aangenomen dat de prettig ogende oudere dame op de ingelijste foto op het bureau zijn vrouw was en de jongeman in het militaire uniform zijn zoon.

De politieman nam achter zijn bureau plaats en Ivy ging op het puntje van de rechte houten stoel ertegenover zitten. Hij keek even naar de telefoon op het bureau, waarop een rood lampje brandde.

Het kantoor was gerieflijk ingericht, met gordijnen voor het raam, dat uitkeek over het parkeerterrein. Het vloeiblad was leeg. Tegen de ene muur stond een boekenkast, aan de andere hing een grote spiegel, met daarnaast een ingelijst diploma van de universiteit van Suffolk uit 1970. Albert, dat was Blanchards voornaam.

Zweet parelde op Ivy's bovenlip en voorhoofd. Ze trok haar jasje uit en hing het over de rugleuning van de stoel. Misschien werd het hier opzettelijk zo warm gestookt.

'U zei toch dat mijn advocaat hier was?' vroeg ze.

'Dat is ook zo. Ik zal even kijken waar hij blijft.'

Hij vertrok, maar liet de deur open. Ivy hoorde zijn voetstappen verdwijnen. Toen een klop op een deur, verderop in de gang.

'Waar is ze?' Dat was Davids stem. 'Ik wil mijn vrouw zien.'

Ivy liep naar de deur en keek de gang in, net toen Blanchard de aangrenzende kamer binnen stapte. Ze hoorde stemmen, maar kon niet verstaan wat er gezegd werd.

Ze aarzelde een moment. Blanchard had niet gezegd dat ze moest blijven zitten, dus glipte ze de gang in. Hij had de deur van de andere kamer op een kier gelaten. Ivy sloop erheen.

'Stelletje klootzakken.' Weer Davids stem, kwaad en opgewonden. 'Kunnen ze dat zomaar doen?'

Een zachtere stem, waarschijnlijk die van Theo. Toen een vrouw.

Door de kier kon Ivy de kamer in kijken. Hij was vaag verlicht, en ongeveer net zo groot als Blanchards kantoor. Ze kwam nog dichterbij en nam snel de details in zich op: kale muren, een tafel bezaaid met papieren en bruine mappen, een telefoon en een cassetterecorder, vijf of zes stoelen.

De vrouw was jong en droeg een donker broekpak, geen uniform. David en Theo zaten samen aan de tafel, in een verhitte discussie gewikkeld, zich niet bewust van Ivy's aanwezigheid. Agent Fournier, de lange politieman die hen had ondervraagd over de hutkoffer voor hun huis, stond tegen een muur geleund.

Opeens bleef ze stokstijf staan. In de tussenmuur zat een ruit waardoor ze een bureau kon zien, en een stoel met haar jasje over de rugleuning. Het was een doorkijkspiegel.

'Rechercheur Blanchard zal uw vrouw ondervragen in aanwezigheid van haar advocaat,' zei de vrouw. 'U mag blijven om het te zien, of we kunnen u naar een cel brengen, als u dat liever wilt.' Ivy begreep dat ze de officier van justitie moest zijn.

Ze wilden haar ondervraging observeren zonder haar dat te zeggen?

'David,' zei Theo zacht, maar nog net verstaanbaar, 'ik herhaal nog eens met klem dat het niet in je eigen belang is om te blijven kijken. Laat het nou aan mij over. Je moet me vertrouwen.'

'Ik vertrouw je wel, maar ik wil hier zijn voor Ivy.'

'Dat ben je niet. Je zit in een andere kamer, waar je niets voor haar kunt doen. En ik kan je niet bijstaan, omdat ik haar al adviseer.'

Ivy zag dat rechercheur Blanchard met zijn ogen rolde in de richting van de vrouw.

Theo en David discussieerden nog even, zich niet bewust van haar aanwezigheid. Theo raakte steeds meer geïrriteerd toen David in zijn standpunt volhardde.

'Mevrouw Rose,' zei Blanchard luid, 'ik dacht dat ik u had gevraagd in mijn kamer te wachten.'

David draaide zich om. Zodra hij haar zag, gleed er een wanhopige uitdrukking over zijn gezicht. Toen verhardde zijn blik en keek hij Blanchard aan. 'Klootzakken,' zei hij nog eens.

Blanchard en de vrouw wisselden een veelzeggende blik en Ivy begreep dat Blanchard bewust zijn deur open had gelaten om haar naar deze kamer te lokken, zodat ze getuige zou zijn van Davids dilemma en zou ontdekken dat ze zou worden geobserveerd bij het verhoor. De politie maakte gebruik van het feit dat zij en David dezelfde advocaat hadden, en Ivy was in de val gelopen.

Verdeel en heers. Het echtpaar tegen elkaar uitspelen – een oude, beproefde tactiek.

Met een gevoel als van een passagier in een op hol geslagen trein liet Ivy zich door Blanchard naar zijn kamer brengen, waar ze tegenover zijn bureau ging zitten, met haar vingers in elkaar verstrengeld, de duimen over elkaar.

Even later kwam Theo binnen. Zijn gebruikelijke zelfvertrouwen was weer terug.

'De intercom,' zei Theo tegen Blanchard, met een knikje naar de telefoon op het bureau. 'Wilt u die uitschakelen, alstublieft, terwijl ik met mijn cliënt overleg?'

Blanchard drukte op een toets en het rode lampje ging uit.

'Vijf minuten,' zei Blanchard, en hij verliet de kamer.

Ivy voelde zich misselijk. Dit kon toch niet echt gebeuren? 'David?' vroeg ze.

Theo knikte in de richting van de aangrenzende kamer. 'Hij zit daar nog. Hij wilde dit zien. Ik kon het hem niet uit zijn hoofd praten.'

Ivy stond op en keek naar zichzelf in de spiegel. Ze liep om het bureau heen, bracht haar gezicht vlak bij het glas en legde haar handen ertegenaan. Ze hoopte dat David aan de andere kant stond en hetzelfde deed.

'Ivy.' Theo's stem klonk zacht maar scherp. 'We moeten praten.'

Hij draaide haar stoel, zodat ze met haar rug naar de spiegel zat en trok een andere stoel bij.

Met zijn hand voor zijn mond zei hij: 'Het is heel belangrijk dat je precies doet wat ik zeg. Begrepen?' Ivy knikte met tegenzin. 'Deze lui hebben geen idee wat er met Melinda White is gebeurd,' vervolgde Theo op scherpe fluistertoon. 'De enige bewijzen die ze hebben zijn wat kleren en bloedsporen. Als ze werkelijk iets hadden, zouden jullie wel in staat van beschuldiging zijn gesteld. Ze hebben dus niets. Ze hengelen ernaar.'

'Hengelen ernaar,' herhaalde Ivy.

'Jij bent niet gearresteerd, en David ook niet. Maar zodra je iets verkeerds zegt, maken ze daar gebruik van. Ze zullen proberen je te manipuleren en de feiten te verdraaien. Het zal niet makkelijk zijn. Dit zijn slimme jongens. Ze weten precies je zwakke punten te vinden.'

Ivy voelde zich als verdoofd en had de grootste moeite zich op Theo's woorden te concentreren.

'Ze zullen je vragen stellen en alles opnemen wat je zegt. De officier zit aan de andere kant van die doorkijkspiegel om alles te volgen, samen met David. Wat er ook gebeurt, overleg eerst met mij voordat je iets zegt. En hou je aan de feiten. Niet raden of gissen en geen informatie geven waar niet om wordt gevraagd. Duidelijk?'

'Ik geloof het wel.'

'Nee. Je moet het zeker weten.' Hij boog zich naar haar toe en pakte haar hand. 'Ben je daar toe in staat?'

Ivy knikte.

Even later werd er geklopt en kwam Blanchard binnen. Hij ging achter zijn bureau zitten, drukte op een toets van de telefoon, en het lampje ging weer branden. Daarna trok hij een la open en haalde er een kleine cassetterecorder uit. Hij deed er een nieuw bandje in en zette het apparaat aan.

'Brigadier Albert Blanchard, recherche Brush Hills, woensdag 5 november...' begon hij.

De eerste vragen waren onschuldig genoeg: Ivy's naam, haar leeftijd, waar ze was opgegroeid, hoe lang ze met David getrouwd was en hoe lang ze al in dat huis woonden. Terwijl Ivy antwoord gaf, had ze het gevoel dat dit niet echt was, dat ze in een toneeldecor zat en teksten uitsprak die Theo voor haar had geschreven.

Hadden ze problemen in hun huwelijk? Theo knikte dat ze mocht antwoorden. 'Nee,' zei Ivy beslist.

Blanchard ging door op Ivy en Davids relatie met hun buren. Ten slotte wilde hij weten hoe goed ze Melinda White had gekend.

Ivy vertelde hem dat ze in dezelfde stad waren opgegroeid en op dezelfde school hadden gezeten, maar nooit vriendinnen waren geweest.

'Wanneer had u haar voor het laatst gezien – vóór de rommelmarkt, bedoel ik?'

Theo knikte naar haar. 'Ik kan me eigenlijk niet herinneren dat ik haar na ons eindexamen nog heb gezien.'

'Melinda White heeft geen eindexamen gedaan,' zei Blanchard. 'Ze is in het laatste jaar van school gegaan.'

'Dat wist ik niet,' zei Ivy.

'Pas een jaar later heeft ze het laatste deel van dat jaar afgemaakt en haar examen gehaald,' zei Blanchard, op een toon alsof het er niet toe deed.

'Mevrouw Rose,' ging hij verder, 'kunt u me vertellen wat er die zaterdag, de eerste november, is gebeurd, in het bijzonder tussen uzelf en het slacht... Melinda White?'

Theo aarzelde, maar knikte toen. Ivy deed haar verhaal, met zoveel mogelijk details. Blanchard maakte zo nu en dan een aantekening, maar scheen niet echt te luisteren.

'We hebben uw buren en nog een heleboel anderen gesproken die op uw rommelmarkt zijn geweest. Er waren wel mensen die Melinda White naar binnen hebben zien gaan met uw man, maar niemand die haar naar buiten heeft zien komen. Hebt u daar een verklaring voor?'

Ivy wilde al antwoorden toen ze zag dat Theo zijn hoofd schudde. *Niet raden of gissen.*

Blanchard vervolgde: 'Als we maar íémand kunnen vinden die kan bevestigen dat Melinda die ochtend uw huis heeft verlaten, zullen we ons onderzoek in een andere richting voortzetten. Maar voorlopig is het uw woord tegen dat van... iedereen.'

Ivy kon zich niet inhouden. 'Ze is gekomen en ze is weer weggegaan. Dat is alles wat ik weet.'

Blanchard haalde zijn schouders op. Toen begon hij over de rieten hutkoffer. Ivy vertelde hem dat de koffer afkomstig was uit mevrouw Bindels garage en beschreef wat erin had gezeten.

'Hebt u of uw man, voordat u die koffer aan de stoeprand zette, er nog iets in gedaan wat er niet in zat toen u hem openmaakte?'

Ivy wachtte niet eens op Theo's knikje. 'Nee. We hebben alleen dingen teruggelegd.'

'En hebt u er *naderhand* nog iets in gedaan?'

'Nee!'

Theo schraapte zijn keel, als een subtiele berisping. *Rustig blijven.*

Blanchard leunde naar achteren en nam Ivy onderzoekend op. 'Mevrouw Rose, we hebben een betrouwbare getuige die u later die avond nog op de stoep heeft gezien, in uw eentje, terwijl u iets in die koffer legde.'

Daar had je het. Ivy wist dat het zou komen, maar toch voelde ze zich overvallen. 'Dat was ik niet. Zoals u het zegt, lijkt het...'

'Ivy!' zei Theo met klem, en ze zweeg.

'Deze getuige is bereid te verklaren dat u en uw man de koffer op zondagmiddag naar de straat hebben gesleept,' vervolgde Blanchard. 'Dat u hem daar hebt laten staan en dat u 's avonds naar buiten bent gekomen, de koffer hebt geopend en...'

'Zo is het genoeg,' viel Theo hem in de rede. 'Mevrouw Rose heeft uw vraag beantwoord. Ga door, alstublieft.'

Blanchard tastte in zijn bureaula en haalde een bruine map tevoorschijn. 'Het maakt ook niet uit. We hebben een overstelpende hoeveelheid bewijzen.'

Hij pakte een foto en legde die op het bureau voor Ivy neer. Het was een opname van de geel-blauwe bloemetjesblouse en een spijkerbroek. 'Deze blouse en broek zijn in de koffer voor uw huis aangetroffen. Die vlekken zijn menselijk bloed, van dezelfde bloedgroep als van Melinda White.'

Ivy hoefde niet eens naar Theo's frons te kijken om te weten dat ze haar mond moest houden.

Blanchard legde nog een foto neer, van de glazen zwanenkop. 'Dit weet u al. We hebben nog meer glassplinters gevonden in de stofzuigerzak in uw vuilnisbak. Ik vraag me af wat de jury zal zeggen als we aantonen dat u uw zolder hebt gestofzuigd ná de verdwijning van het slachtoffer. En dat de stofzuigerzak was opengesneden en doorzocht.'

Theo leek ontspannen en weinig onder de indruk, alsof al dit omstandige bewijs niets voorstelde. Maar Ivy's hart ging tekeer toen Blanchard doorging met zijn verhaal, op de toon van een openbare aanklager tegenover een jury. Ze hoorde hoe verdacht het allemaal klonk.

'Weet u wat we gisteren hebben gevonden toen we het bedrijf van uw man doorzochten?' Hij pakte een foto van een witte canvastas, net zo een als Melinda White op de rommelmarkt bij zich had gehad. Daarop lag een mes met een houten handvat en een lang, recht lemmet, eindigend in een scherpe punt. Ivy kromp ineen en sloeg haar ogen neer.

'Herkent u deze voorwerpen? Ze lagen in een vuilniscontainer achter de schuur bij Rose Gardens. En als ik u nu vertel dat het úw vingerafdrukken zijn die we op de handgreep hebben ontdekt?'

Onwillekeurig keek Ivy weer naar de foto. Op het aanrecht in haar keuken stond een houten messenblok met precies zo'n mes als dit. Als dit haar mes was, moesten haar vingerafdrukken op het heft zitten. En die van David. Dat was logisch.

'Zou het u verbazen als bleek dat er sporen van menselijk bloed op dit mes zijn aangetroffen?' Blanchard keek grimmig, maar voldaan. 'Bovendien hebben we bloedsporen gevonden in de auto van uw man. En wat denkt u als ik u vertel dat het DNA van dit bloed exact overeenkomt met het DNA op de tandenborstel uit Melinda Whites appartement?'

DNA-bewijs? Nu wist ze dat hij loog. Dat mes was gisteren pas gevonden, dus hadden ze geen tijd gehad voor een DNA-onderzoek. En als Melinda's bloed erop zat, moest iemand anders dat hebben gedaan en het mes vervolgens op het terrein van Rose Gardens hebben verborgen, omdat de politie daar zou komen.

'Wie heeft u het idee aan de hand gedaan om daar te gaan zoeken?' vroeg Ivy. 'Dat zou u zich moeten afvragen. Want dat is degene die deze zogenaamde bewijzen heeft rondgestrooid.'

'Zogenaamde bewijzen?' Blanchard keek haar meewarig aan. 'We hebben ook nog een paar interessante zaken gevonden in het appartement van Melinda White.' Hij legde een bewijszak op het bureau. 'Herkent u deze man?'

Door het plastic heen zag Ivy een foto, een spontaan kiekje. Een close-up van David.

'Die zat op de deur van haar koelkast geplakt. Het is dezelfde foto die Melinda's collega's in het Neponset Hospital zich herinneren, omdat ze hem vorig jaar aan iedereen heeft laten zien, voordat ze ontslag nam. Ook haar collega's bij het makelaarskantoor, SoBo Realty, kennen die foto. Melinda vertelde dat dit haar verloofde was.'

Nee! Het was zomaar een foto. Ivy boorde haar nagels in haar handpalm. Iedereen had dat kiekje kunnen maken. Ze hadden nooit een relatie gehad. Dat kon niet.

'Wanneer begon u te vermoeden dat uw man een verhouding had?' vroeg Blanchard, en hij keek haar doordringend aan.

Hij schoof de foto nog dichter naar Ivy toe en liet zijn stem dalen. 'Melinda White heeft een zuster. En een moeder. U kunt zich wel voorstellen hoe wanhopig ze zich voelen nu ze niet weten wat er met haar gebeurd is.'

Hier was Ivy niet op voorbereid. Ze kon de snik die in haar keel opwelde niet meer onderdrukken.

'Hoe zou u zich voelen, in hun plaats, als uw kind, dat u nu draagt, spoorloos zou verdwijnen – in rook zou opgaan?' Blanchard voerde de druk nog verder op. 'Als u ook maar iets weet wat hen kan helpen om hiermee om te gaan, is dit het moment om dat te zeggen.'

Ivy boog haar schouders en draaide bij de doorkijkspiegel vandaan. David mocht niet zien hoe ze eraan toe was.

Blanchard tikte met een potlood op zijn bureau en wachtte.

'O, en dan hebben we nog iets.' Uit zijn bureaula kwam een cassetterecorder tevoorschijn, die hij tussen hen in legde. 'Dit is een bericht dat we op Melinda Whites antwoordapparaat hebben gevonden. U zult het interessant vinden, net als wij.'

Hij zette de recorder aan. Een elektronische stem meldde: 'Zaterdag, 1 november, achttien uur vijf.' Een piep en toen: 'Melin... Mindy? Ben je daar?' Het was Davids stem. 'Neem alsjeblieft op als je thuis bent.' Een lange stilte. 'Shit. Je bent er niet. We moeten praten. Het spijt me wat er is gebeurd, echt waar. Ik besefte niet... ik kon me niet meer herinneren... Dat zal jou krankzinnig in de oren klinken, maar... kunnen we in elk geval praten? Ik wil het hier niet bij laten.'

De telefoon op het bureau ging. Eén keer maar, toen was het weer stil. Het geluid galmde nog na, als de bel aan het einde van een boksronde.

Blanchard wachtte tot er opnieuw werd gebeld voordat hij opnam. Hij luisterde met een ondoorgrondelijk gezicht, hing toen op, kwam overeind en keek Theo rustig aan. 'Ik geloof dat uw andere cliënt bereid is tot een bekentenis.'

16

Met stomheid geslagen zag Ivy hoe Theo overeind sprong en de kamer verliet, op de voet gevolgd door Blanchard. Ivy wankelde achter hen aan en bleef in de deuropening staan, terwijl de twee mannen op de gang discussieerden.

'Dit wordt bij de behandeling van de zaak onmiddellijk van tafel geveegd,' zei Theo. 'U oefent onrechtmatige druk uit, terwijl mijn cliënt op dat moment niet eens juridische bijstand heeft. Er is geen enkel excuus voor...'

'Hou toch op,' reageerde Blanchard nijdig. 'Meneer Rose had zelf de keuze of hij die ondervraging wilde zien.'

'De keuze? Onzin. Wat hij ook zegt, het is niet toelaatbaar als bewijs, dat zal elke rechter met me eens zijn. Het is mijn taak mijn cliënten te beschermen, en dat hebt u onmogelijk gemaakt...'

'Als u uw werk had gedaan, meneer de raadsman, zou u uw cliënten hebben geadviseerd ieder een eigen advocaat te nemen. In dit geval kun je een belangenconflict niet vermijden, dat weet u net zo goed als ik.'

Ivy wrong zich langs hen heen en stapte de andere kamer binnen. David zat met zijn hoofd in zijn handen. Ze knielde naast hem op de grond.

'Wat doe je?' vroeg ze.

Hij keek haar aan, uitgeput en leeg. 'Het spijt me. Het was een vergissing. Ik...'

'David!' zei Theo vanaf de drempel. 'Hou je mond.'

'Dat kan ik niet,' zei David. 'Als ik niets zeg, maken ze een moordenaar van mijn vrouw. Dus zal ik de waarheid vertellen, wat er ook van komt. Ik kan niet anders.' David kneep in Ivy's hand. 'Het spijt me,' fluisterde hij nog eens.

Ivy had het opeens ijskoud.

David richtte zich op en keek Blanchard aan. 'Ja, ik heb die canvastas met het mes in de vuilniscontainer gegooid. Gisteren heb ik ze achter in mijn truck gevonden toen ik op mijn werk kwam. Maar ik zweer u dat ík ze daar niet had neergelegd.'

'In uw truck,' herhaalde Blanchard.

'Achterin, onder een stuk plastic.'

Blanchard stond op en wisselde een paar woorden met agent Fournier, die uit de kamer verdween.

'Ik weet dat het krankzinnig klinkt,' ging David verder, 'maar ik kan er ook niets aan doen. Ik herkende die tas. Als hij in mijn bezit werd aangetroffen, zou het lijken of ik iets met Melinda's verdwijning te maken had. Ik wist niet dat er een mes in zat, want ik heb die tas niet opengemaakt. Ik wilde hem gewoon kwijt.'

'David,' zei Theo. Hij schudde zijn hoofd en liet gelaten zijn schouders hangen.

'Ik weet het, ik weet het. Ik had de politie moeten bellen, maar ik raakte in paniek. Ik wilde ervan af zijn. En eerlijk gezegd weet ik ook niet wanneer Melinda bij ons is weggegaan,' zei hij toonloos, zonder enige uitdrukking op zijn gezicht. 'Ik heb haar nooit zien vertrekken.'

De vrouwelijke officier van justitie wierp Blanchard een verbaasde blik toe.

'Ik heb haar mee naar binnen genomen om haar het huis te laten zien, precies zoals ik heb gezegd,' vervolgde David. 'Maar toen we op zolder kwamen, ging ze maar door over haar ongelukkige jeugd. Alsof er een schakelaar bij haar was overgehaald

123

nu ze weer in dit huis was. Ze ging helemaal door het lint en smeet die glazen zwaan tegen de muur.

'Ik keek toe. Wat moest ik anders doen? Ten slotte vroeg ze me of ik haar alleen wilde laten, zodat ze tot zichzelf kon komen. Een tijdje later, toen ik terugging, was ze verdwenen.'

'Hoeveel later?' vroeg Blanchard.

'Een minuut of tien. Ik nam aan dat ze op eigen houtje was vertrokken. Daarom heb ik haar die avond nog gebeld: om te horen of alles goed met haar was.'

'Dus u beweert dat Melinda White op eigen gelegenheid is vertrokken?' zei Blanchard sceptisch. 'En dat ze nog leefde toen u haar voor het laatst hebt gezien, op uw zolder?'

'Ja. Helemaal overstuur, maar ze leefde nog. Dat is de waarheid. Waarom zou ik haar hebben gebeld en een boodschap hebben ingesproken als ik wist dat ze verdwenen was?'

'Goede vraag,' zei Blanchard. 'Weet u wat ik denk? Dat u haar hebt gebeld en dat bericht hebt achtergelaten omdat u de suggestie wilde wekken dat u dacht dat ze nog leefde, terwijl u heel goed wist dat ze dood was.'

'David Rose, u staat onder arrest wegens het verduisteren van bewijsmateriaal...' De woorden klonken nog na in Ivy's hoofd toen ze door Theo naar huis werd gebracht. Ze waren via de achteruitgang van het politiebureau vertrokken, onopgemerkt door de media, die zich hadden verzameld voor een haastig georganiseerde persconferentie.

In de paar seconden die de politie hun had gegund voordat ze David meenamen had hij Ivy hard op haar mond gekust. 'Ik weet niet wat ik zonder jou zou moeten beginnen.' Hij begroef zijn gezicht in haar haar. 'Ik heb haar niets gedaan en haar met geen vinger aangeraakt. Ik kende haar niet eens. Je moet me geloven, Ivy.'

Geloven? Met elke nieuwe versie van de gebeurtenissen werd Ivy's geloof verder ondergraven.

Theo reed snel, kleefde aan bumpers van langzame rijders, sprintte door oranje en remde nauwelijks af als hij een verkeerslicht naderde. Met piepende banden nam hij de bochten, waarbij het kleine zilveren kruisje dat met een kettinkje aan het spiegeltje hing, woest heen en weer zwaaide. Er stonden Griekse letters op. Ivy herkende een cirkeltje met een streep erdoor: de phi.

'Morgen is er een voorlopige zitting. We zullen om borgtocht vragen. Maak je geen zorgen, morgenmiddag is David weer thuis.' Het klonk arrogant en geruststellend. Precies wat Ivy wilde horen.

Ze stak een hand uit en zocht steun bij het dashboard toen Theo op de rem ging staan voor een stoplicht.

'Ik bel je zodra ik iets weet,' zei hij, en hij waarschuwde haar om niets over de hele zaak te zeggen tegen journalisten, buren of zelfs haar vrienden.

Ivy knikte alsof ze luisterde, hoewel zijn woorden als kwikzilver langs haar heen gleden.

Het licht sprong op groen en Theo gaf gas. 'Als je advocaat...' Zo ging hij nog een tijdje door. Ivy keek naar hem, terwijl hij door het verkeer zigzagde en met zijn hand tegen zijn stuur sloeg om zijn woorden kracht bij te zetten.

Misschien had ze te haastig de suggestie van rechercheur Blanchard verworpen dat ze beter een eigen advocaat kon nemen. Theo en David waren al tientallen jaren bevriend en hadden samen van alles meegemaakt. Maar was het wel verstandig om zo'n goede vriend als advocaat te hebben? Misschien had juist David wel iemand anders nodig, met meer emotionele afstand en meer ervaring in strafzaken.

Het was bijna donker toen Theo de hoek om reed, Laurel Street in.

'O, jee,' zei hij.

Ivy voelde zich misselijk worden toen ze al die wagens in de straat geparkeerd zag staan. Een cameraploeg was bezig apparatuur op te stellen bij hun huis.

'Niet voor het huis stoppen!' zei ze. 'Anders stormen ze allemaal op me af. Ik stap hier wel uit.'

Theo stopte. Het kettinkje met het kruisje aan zijn spiegeltje tikte nog even heen en weer als een metronoom. Ivy zag haar eigen hand naar de portierkruk gaan.

'Hou je haaks.' Theo legde een hand op haar schouder. 'En onthoud: ze hebben geen slachtoffer, geen lijk en geen getuigen. David en jij zijn allebei keurige burgers. Jullie kenden Melinda nauwelijks. Er zijn allerlei andere verklaringen te bedenken.'

Probeerde hij nu haar te overtuigen of zichzelf?

'Jullie zijn zelf het slachtoffer,' vervolgde Theo. 'Alles wat ze hebben gevonden kan worden verklaard. Het zal ons geen enkele moeite kosten om redelijke twijfel te zaaien bij een jury.'

Een *jury*? David was alleen gearresteerd voor het verduisteren van bewijsmateriaal.

'Het was gewoon domme pech dat die vrouw voor het laatst is gezien bij jullie huis. Of misschien is het geen pech. Probeer eens te bedenken wie een wrok tegen jullie koestert. Wie een reden heeft om wraak te nemen op jou en David. Want zulke bewijzen stapelen zich niet vanzelf op.

'Eén ding begrijp ik niet. Als iemand David erin wil luizen, waarom heeft hij of zij dan het lijk verborgen? Want dat is alles wat de politie nog nodig heeft om hem te beschuldigen van moord.'

17

In de invallende schemering liep Ivy de straat door naar haar huis. Het viel niet mee om onzichtbaar te blijven als je negen maanden zwanger was, maar ze wist langs de zijkant van mevrouw Bindels huis te sluipen en via de achtertuinen bij haar eigen huis te komen zonder dat iemand haar zag.

In de schaduw van het afdak had ze een paar pogingen nodig om de nieuwe sleutel in het slot te krijgen. Ze had net de deur open toen de zijgevel opeens in een fel wit schijnsel werd gezet, gevolgd door een tweede, verblindende lichtflits. Ivy hoorde snelle voetstappen achter zich.

'Mevrouw Rose, wat is uw reactie nu uw man wegens moord is gearresteerd?' riep een man.

Ze kreeg microfoons onder haar neus geduwd.

'Wat kunt u ons vertellen over de bewijzen die de politie op het terrein van Rose Gardens heeft gevonden?' wilde een vrouw weten.

'Was u bevriend met Melinda White?'

Ivy wist zich naar binnen te worstelen, de deur achter zich dicht te trekken en aan de binnenkant te vergrendelen. Hijgend en trillend bleef ze in de donkere bijkeuken staan. Buiten hoorde ze nog steeds stemmen. Deze mensen probeerden de muren van haar huis te ondergraven en in de poriën van haar huid door te dringen.

Dit was haar huis, waar ze zich veilig zou moeten voelen, waar ze spiernaakt moest kunnen rondlopen als ze dat wilde, of kunnen krijsen als een heks en ongestraft met borden gooien.

Er werd luid op de deur geklopt en aangebeld. Ivy drukte haar handen tegen haar oren en rende de keuken uit. Zo snel mogelijk liep ze de benedenverdieping door en trok overal de gordijnen of de zonwering dicht.

Toen liep ze naar de keuken terug. Davids favoriete koffiebeker stond nog op tafel. Ze pakte hem op en wilde ermee naar het aanrecht lopen. Op dat moment zag ze dat het messenblok naar voren was getrokken vanaf zijn gebruikelijke plek tegen de muur. Ze kon zich niet herinneren dat ze het zelf zo had achtergelaten.

Het vleesmes, het type dat de politie in de witte canvastas in de vuilniscontainer bij Rose Gardens had gevonden, was verdwenen.

Van buiten klonk een vrouwenstem: '... vermist sinds zaterdag...'

Ivy smeet Davids beker tegen de muur. Hij sloeg kapot en liet een bruine vlek achter. Ivy liep achteruit totdat ze met haar rug de andere muur raakte. Haar voeten leken onder haar vandaan te glijden, ze zakte omlaag en kwam met een klap op de grond terecht.

De baby!

De telefoon ging. Niet opnemen.

Ivy kon geen risico's nemen met de baby. Niet nu. Ze legde haar handen over haar buik en negeerde de vlammende pijn vanuit haar stuitje door haar rug. Haar vliezen waren niet gebroken. Ze bloedde niet.

Weer ging de telefoon. De schop van de baby, omhoog naar haar onderste rib, stelde haar gerust.

Voor de derde keer werd er gebeld. Het zou wel een van die aasgieren buiten zijn. Of misschien Theo, die wilde weten of ze heelhuids binnen was gekomen.

Ivy hees zich op haar knieën. Het antwoordapparaat sloeg aan en ze hoorde haar eigen stem, die de wereld verzocht om te verdwijnen. *Piep.*

'Hé! Waar zit je nou, verdorie?' galmde Jody's stem uit het apparaat.

Ivy worstelde zich naar de telefoon en greep de hoorn. 'Jody!'

'Goddank,' zei Jody. 'Ik spreek al de hele dag berichten in. Je had beloofd me te bellen, weet je nog? Ik ben bij je langs geweest, maar je buurvrouw zei dat je was gearresteerd.' Ivy hoorde Riker jengelen op de achtergrond.

'Nee, niet gearresteerd. Ze hebben me meegenomen voor ondervraging. Maar David zit wel vast.'

'Waarvoor?'

'Verduistering van bewijsmateriaal.'

'Ben je nu alleen thuis?'

'Alleen? Was dat maar zo. De hele pers staat voor de deur.'

'Wil je hier logeren? Natuurlijk wil je dat. Ik kom je halen.'

In een reflex wilde Ivy antwoorden: Nee, ik red me wel, maar Jody was haar voor: 'Pak een koffer in. Nu. Over een kwartier, niet langer, sta ik in de straat. Ik bel je vanaf de hoek.' En de verbinding werd verbroken.

Ivy staarde naar de telefoon. Jody was precies wat ze nodig had. Goddank dat er nog iemand verstandig bleef.

Ivy belde Theo en sprak een bericht in dat ze bij Jody zou logeren en haar mobiel bij zich had. Tien minuten later zat ze aan de keukentafel, met al haar spieren gespannen. Ze had een tandenborstel, een nachtpon en een verschoning in een draagtas gepropt.

Ze nam meteen op toen de telefoon ging.

'Ik rij nu het plein over,' zei Jody. 'Door Elm Street...' Een lange stilte. 'En daar is Laurel Street.' Weer een pauze. 'Oké, nu draai ik bij jou de hoek om. Jemig, waar komen al die mensen vandaan?'

'Niet voor het huis stoppen, dan bestormen ze je met...'

Jody viel haar in de rede. 'Wie zei er iets over stoppen? Luister, doe wat ik zeg. Hoor je me?'

'Ga door.'

'Ben je in de keuken?'

'Ja.'

'Doe het licht uit en kijk of er iemand bij de zijdeur staat.'

Ivy deed het. 'Nee, daar is niemand.'

'Goed. Hang op en kom naar buiten. Dan tel ik tot twintig en rijd langs het huis. Jij rent de straat op en springt aan boord.'

Rennen? Springen? Vooruit maar.

'Net als vroeger,' riep Jody. *'Girls rock!'* Het klonk een beetje stom, maar dat was hun strijdkreet geweest na de groepshug van het meisjesestafetteteam voor een wedstrijd.

'Oké. Tel maar met me mee. Een, twee...' begon Jody.

'Drie, vier,' sloot Jody aan, en ze verbrak de verbinding.

Vijf, zes... Ivy keek eens naar haar buik. Deze meid zou meer waggelen dan rocken. *Acht, negen...* Ze pakte haar tasje en de draagtas, stapte de zijdeur uit en sloot hem af. Toen sloop ze tot aan de rand van het afdak.

Aan de menigte voor het huis te zien had niemand haar nog in de gaten. Verderop in de straat kon ze niets anders onderscheiden dan twee koplampen, maar ze wist dat het Jody's Kever moest zijn, die met draaiende motor op de hoek stond te wachten.

Toen ze bij twintig was, hield ze de tas voor haar gezicht en rende de oprit af naar de stoep, verbaasd over haar eigen snelheid.

'Mevrouw Rose!' riep een stem.

Maar Jody's auto kwam al aanstormen, als een geel-groene streep. Het portier zwaaide open en Ivy stapte in. Met piepende banden gaf Jody weer gas en het portier sloeg dicht.

'Joho! Maak je gordels vast!' riep Jody, terwijl ze slippend de bocht nam.

Hun uitgelaten stemming duurde niet veel langer dan tien seconden.

'Dus David wordt morgenochtend voorgeleid?' vroeg Jody later, terwijl ze Riker op haar schoot liet dansen. Ze zaten aan de keukentafel van haar bungalow uit de jaren vijftig. Op tafel stonden nog bakjes met de restanten van de afhaalchinees: mihoen met garnalen, tjap tjoi met kip en koe loe yuk met varkensvlees.

'Voorgeleid', een woord waarvan Ivy niet had gedacht dat ze het ooit in verband met David zou horen.

'Theo zegt dat hij morgenmiddag alweer op borgtocht vrij zal zijn.' Ivy zocht in haar zak naar haar mobieltje en keek of het aan stond. Er waren geen berichten.

Jody haalde Rikers kinderbeker en een prop verfrommelde servetjes van zijn kinderstoel en legde ze op het aanrecht. De bovenkant van haar wijde marineblauwe trui zat onder de vlekken – havermout, waarschijnlijk.

Het voelde goed, dit rommelige huishouden om haar heen, met vuile vaat in de gootsteen en speelgoed en platgetrapte zoutjes op de grond. Riker wreef aan zijn oor en jengelde.

Jody's man, Zach, kwam binnen in een stoffige spijkerbroek en een roodbruine sweater met gerafelde manchetten. Hij rook naar zaagsel, lak en sigaretten. Hij was timmerman, wat verklaarde – zoals Jody vaak lachend zei – waarom hun huis van onafgemaakte klussen aan elkaar hing. In de huiskamer stond een halve boekenkast, en in de keukenvloer zat een geul waar hij een muur van de voormalige bijkeuken had weggebroken. Als hij even niets te doen had, begon hij aan een project in huis, dat hij weer liet liggen zodra er nieuwe opdrachten kwamen. Nu Jody nog niet voor de klas stond, konden ze elke cent gebruiken die hij verdiende.

'Hé, Ivy.' Zijn gezicht stond rustig. 'Ik hoorde van Jody wat er is gebeurd. Een nachtmerrie. Je weet dat je hier altijd welkom bent, David ook, wanneer en hoe lang je maar wilt.'

Riker stak zijn mollige armpjes uit naar Zach.

'Kom hier, stinkerd', zei Zach. Hij tilde hem van Jody's schoot, hield hem boven zijn hoofd en kon nog net een klodder slijm ontwijken toen Riker begon te giechelen. 'Tijd voor je bedje, knul.'

Met Riker onder zijn arm als een spartelende bal liep hij de kamer uit.

'Weet je wat me net te binnen schoot?' zei Jody, terwijl ze een verdwaalde garnaal uit de mihoen viste en in haar mond stak. 'Melinda had iets met jou. En met David. Met jullie allebei.'

'Wat bedoel je?'

'Een soort obsessie.'

'Welnee.'

'Ja, absoluut.'

'De politie heeft bij haar thuis wel een foto van David op de koelkastdeur gevonden. Blijkbaar laat ze die al meer dan een jaar aan vrienden zien, met het verhaal dat David haar vriend is.'

'Ja, hoor. En ik zoen met Brad Pitt.' Jody veegde haar handen af aan een theedoek. 'Wacht even.'

Ze liep de kamer uit en kwam even later terug met haar exemplaar van het schooljaarboek uit hun eindexamenjaar. Haastig bladerde ze het door. 'Verdorie, waar is het nou?' Ze bladerde terug. 'Ja, hier!'

Ze legde het jaarboek open op tafel en tikte met haar vinger op een foto van een stel scholieren bij een of andere wedstrijd. Een paar football-spelers stonden te grijnzen in hun wedstrijdshirt, met hun helm onder hun arm. David was erbij, met het nummer 7 op zijn borst – het nummer van Doug Flutie, Davids held en de belangrijkste reden waarom hij naar Boston College was gegaan.

'Dat ben jij toch?' Jody wees op een meisje dat met haar rug naar de camera stond, zwaaiend naar het team. 'Ik herinner me nog dat stomme jack dat je altijd droeg.'

Ja, daar stond ze, in Davids football-jack, dat een body had van dikke rode wol en mouwen van wit leer, dat nog niet helemaal vergeeld was van ouderdom.

'Dat is waar. Ik was dol op dat jack.'

'Je was dol op David en niet goed bij je hoofd. Maar kijk hier eens.' Jody wees op een meisje dat in haar eentje stond, apart van de anderen. Ze had pluizig haar en een bril. 'Zie je hoe ze naar je kijkt?'

Ivy keek wat scherper. Het was Melinda. Ze droeg een vormeloze sweater op een jurk over een wijde broek – of beenwarmers, dat was niet duidelijk. En het leek of ze naar Ivy staarde.

'Jezus, waar haalde zie die kleren vandaan?' vroeg Jody. 'Het leek wel of ze afdankertjes uit Afghanistan kreeg.'

'Niet zo gemeen,' zei Ivy. 'We zijn nu volwassen.'

'Herinner je je haar huis nog? Ze woonde in een van die straatjes bij het plein. Wacht even...'

Jody schoof haar stoel naar haar provisorische bureau, een formicablad op een paar schragen. Ivy keek over haar schouder mee toen Jody op de computer een online-telefoongids zocht en de naam 'White' intypte, met de plaats 'Brush Hills, MA'.

'Melinda. Gannett Street,' zei Jody. 'Dat is helemaal aan de andere kant van de stad.'

'Daar zal ze nu wel wonen,' zei Ivy.

Jody scrolde langs de lijst.

'Niet meer terug te vinden,' zei Ivy. 'Melinda vertelde me dat haar moeder het huis had verkocht en naar Florida was verhuisd.'

Jody scrolde verder. 'Je hebt gelijk. Hè, wat vervelend.' Ze sloot de browser af en leunde even naar achteren. 'Misschien...' Ze sprong op en opende een laag keukenkastje met een stapel telefoonboeken. 'Hier!' Ze haalde er een uit, van het jaar 2004. 'Zach gooit nooit iets weg, en zo nu en dan...' Ze bladerde naar de W, achterin. 'White, White, White... Belcher Street. Dat komt me bekend voor. Gereda White. Dat zou haar moeder kunnen zijn.' Jody scheurde de pagina eruit en gaf hem aan Ivy.

Daar stond het: Gereda White, Belcher Street 6. Aan de overkant van het plein.

'Hé, misschien heeft Melinda bij jullie in de buurt geparkeerd en is ze naar het huis gelopen waar ze is opgegroeid,' opperde Jody.

'En daarna?'

'Geen idee. Overreden door een bus? In een gat gevallen en allebei haar benen gebroken? Spontaan geëxplodeerd?' Jody keek Ivy peinzend aan. 'We kunnen natuurlijk een kijkje nemen...'

'Vergeet het maar,' zei Ivy. 'Geen haar op mijn hoofd.'

'Hé, waar is je gevoel voor avontuur?'

'Jody, David zit in de gevangenis. Dit is geen spelletje.'

De gretigheid verdween van Jody's gezicht. 'Sorry. Dom van me.'

'Bovendien slaat dit misschien nergens op. Weet je zeker dat ze in Belcher Street hebben gewoond? Jou kennende, twijfel ik een beetje aan dat adres. Weet je nog die keer...?'

Jody bloosde. Op school hadden ze ooit een huis met wc-papier beplakt waarvan Jody zeker wist dat het van hun sportleraar, coach Reiner, was. Maar er bleek een Koreaans gezin te wonen dat pas naar Brush Hills was verhuisd. De politie dacht dat het een racistische actie was, totdat de meisjes zich meldden en schuld bekenden.

'Nee, deze keer weet ik het zeker,' zei Jody. Ze kneep haar ogen tot spleetjes. 'Belcher Street. Ik geloof zelfs dat ik er een keer ben geweest. Op Melinda's verjaardagsfeestje in de vierde klas, dacht ik, Vreemd, wat je je soms ineens herinnert. Er hingen donkergroene gordijnen in de woonkamer, en eentje was gescheurd. Het rook er muf, alsof ze nooit een raam openzetten. En Melinda had een kleine slaapkamer op een soort verbouwde veranda. Roze muren, dat herinner ik me nog. Knalroze. En ze had een lamp met een stenen voet die leek op Kate Winslet in een Assepoesterjurk. Jij zou hem prachtig hebben gevonden.'

'Nú zou ik hem prachtig vinden. Toen had ik hem waarschijnlijk afschuwelijk gevonden.'

'En ze hadden grote, griezelige struiken in de voortuin.'

In Belcher Street? Grote, griezelige struiken? 'Weet je, ik geloof dat ik met Halloween wel eens bij zo'n huis heb aangebeld. In de zesde klas. Eigenlijk waren we toen al te oud. Jan Zylstra daagde ons uit om aan te bellen. En Randy... herinner je je hem nog?'

'Natuurlijk. Randy Doldrieste Disterman.'

'Precies. Randy sloop erheen, belde aan en ging er meteen vandoor. Waarschijnlijk was het Melinda's moeder die naar de deur kwam met een schaal snoep. Randy bekogelde het huis met eieren, mevrouw White liet de schaal vallen en begon ons uit te schelden.' Ivy sloot haar ogen en huiverde bij de herinnering aan het eigeel dat over het gezicht van de arme vrouw was gedropen. 'Waarom deden we dat in godsnaam?'

'Kinderen zijn monsters,' zei Jody. 'Het mag een wonder heten dat wij de puberteit hebben overleefd zonder blijvende psychische schade.'

18

Ivy hield haar mobieltje dicht bij haar bed toen ze die nacht in Jody's logeerkamer sliep – of probeerde te slapen. Ze lag te woelen en te draaien, met de stemmen van de verslaggevers nog in haar hoofd. *Was u bevriend met Melinda White? Wat is uw reactie nu uw man wegens moord is gearresteerd?*

David was niet voor moord gearresteerd, verdomme. En wat dáchten ze dat haar reactie zou zijn?

Ivy drukte haar gezicht in het kussen. Het was zo stom van David dat hij de politie had verteld dat hij Melinda had zien vertrekken terwijl dat niet zo was. Waarom had hij gelogen? En dan had hij Melinda ook nog gebeld en een bericht ingesproken. Het klonk onschuldig genoeg toen hij het uitlegde, maar de politie leek niet te luisteren. En hij had het nog erger gemaakt door te proberen zich te ontdoen van het mes en de canvastas die hij in zijn auto had gevonden.

In gedachten zag ze weer de foto van het mes en de met bloed besmeurde tas. En ze hoorde de zelfvoldane stem van rechercheur Blanchard: *We hebben een overstelpende hoeveelheid bewijzen.* Eerst had de politie de feiten verdraaid om haar te belasten, en daarna om David erbij te lappen. Al die aanwijzingen konden gemakkelijk door iemand anders zijn achtergelaten.

Ivy voelde een trilling in haar buik. Ze zou er alles voor over hebben om terug te kunnen gaan in de tijd. Weer voelde ze een trilling, snel en hevig. Ze legde haar hand tegen de plek, en een minuut later kwam er nog zo'n schokje. Konden baby's de hik krijgen in de baarmoeder? Bij die gedachte moest ze glimlachen.

'In een oud huis...' Ze liet de eerste regels van *Madeline* als een satijnen lint door haar gedachten dansen. Misschien zouden de verzen haar wat rustiger maken. Op een dag zou ze haar dochter op haar schoot houden en haar het verhaal vertellen over het meisje met haar grappige hoed en schort, de dappere kleine Madeline, die nergens bang voor was.

Ivy lag nog steeds wakker toen Riker om drie uur in de nacht problemen maakte. Ze hoorde Zach in zichzelf mompelen toen hij de gang door sjokte. Maar daarna moest ze toch in slaap zijn gevallen, want het volgende wat ze hoorde was de voordeur die in het slot viel. Ze snoof de geur op van koffie en gebraden worstjes. Het was zeven uur en haar kussen was nat.

Opeens wist ze weer waar ze was. En waarom. Een steek in haar bil en haar onderrug toen ze zich uit het bed bukte om haar telefoon op te rapen, herinnerde haar aan de pijnlijke landing op haar stuitje van de dag ervoor.

Geen berichten.

Een beetje onvast, alsof ze last had van een jetlag, stond ze op en kleedde zich aan. Ze wilde meteen kunnen vertrekken als Theo belde om haar te zeggen waar en wanneer David zou worden voorgeleid.

Ze liep naar de keuken, waar Jody aan tafel de krant zat te lezen. Jody keek op, vouwde de krant dicht en zette haar koffiekopje erop.

'Hé, goeiemorgen. Een beetje geslapen?' Haar glimlach leek iets te vrolijk. 'Waar heb je trek in? Koffie? Eieren? Worstjes? Engelse muffins? Of alles?' Ze stond op en liep naar het aanrecht.

Ivy schoof Jody's kopje opzij, maar voordat ze de krant kon openslaan griste Jody hem onder haar neus weg. 'Ik las net in een artikel waarom zwangere vrouwen niet omvallen,' zei Jody.

'De onderzoeker was zelf een vrouw, natuurlijk. Het blijkt te maken te hebben met de kromming van de vrouwelijke ruggengraat, een lager zwaartepunt...'

Ivy wrikte Jody's vingers van de krant en spreidde hem uit op tafel. Daar, midden op de pagina, stond een foto van Ivy en David, jong en heel gelukkig. Het was het kiekje dat ze jaren geleden naar de krant hadden gestuurd met de aankondiging van hun verloving. Ivy herinnerde zich hoe ze die dag dronken van geluk waren geweest toen ze de camera op een statief zetten, de tijdontspanner instelden en lachend poseerden met hun armen om elkaars schouders, David in een keurig overhemd met das, die hij van zijn moeder had moeten dragen voor de foto. De gescheurde jeans eronder was op de foto niet te zien.

Ivy las de kop:

Vermiste vrouw uit Brush Hills vermoedelijk vermoord

De onderkop luidde: *Tuinarchitect David Rose uit Brush Hills aangehouden in verband met de verdwijning van Melinda White.*

Ivy liet zich op een stoel vallen en las het artikel. *Volgens een zegsman bij de politie wordt Rose als een belangrijke figuur beschouwd in wat spoedig een moordzaak zou kunnen worden.*

'Stop,' zei Jody, en ze trok de krant voorzichtig weg. 'Dit wil je echt niet lezen, geloof me. Het is de grootste flauwekul.'

Ivy's mobiel ging. Ze griste hem uit haar zak.

'Heb je nog geslapen?' vroeg Theo.

'Een beetje,' zei Ivy. 'Wanneer is de zitting?'

'Zou je een verschoning voor David kunnen brengen?' vroeg Theo.

'Natuurlijk, maar... je zei toch dat er vandaag over zijn borgtocht zou worden besloten?'

Een korte stilte aan Theo's kant. 'Er is wat vertraging.'

Ivy's maag kromp samen. 'Vertraging?' Ze voelde Jody's ogen op zich gericht.

'Maak je geen zorgen. Dan hebben we het weekend om...'

'Het weekend?' Ivy kromde haar hand om het toestel. 'Maar vandaag is het pas donderdag.'

Jody liep naar de gootsteen, draaide de kraan open en begon de borden af te wassen.

'We moeten alleen een paar punten regelen,' zei Theo.

'Wat voor punten?'

'Nou... daar gaat het dus om.' Een langere stilte nu.

Ivy liep naar de huiskamer. 'Theo, wat is er verdomme aan de hand?'

'Helemaal niets. Ik weet alleen niet of ik...'

'Jezus, zeg het nou! Ik ben zwanger, niet zwaar ziek of zo.'

'Weet je, die borgtocht hangt ervan af of de rechter denkt dat er een risico bestaat dat iemand op de vlucht zal slaan.'

'Hoe kunnen ze nu denken dat David vluchtplannen heeft? We kunnen elk moment een baby krijgen. Waar zou hij dan heen moeten?'

'Het ligt een beetje ingewikkeld. Weet je zeker...?'

'Ja, verdomme! Vertel het me nou.' Maar terwijl ze het zei, wist ze dat ze het liever niet wilde horen.

'De officier van justitie heeft de betalingen met jullie creditcards gevolgd. Dinsdag is er een enkele reis, voor één persoon, naar de Kaaimaneilanden geboekt op Davids naam.'

Een enkele reis? Voor één persoon? David zou er in geen miljoen jaar in zijn eentje vandoor gaan. Haar en de baby achterlaten? Dat was krankzinnig.

'Dat ticket was voor een vlucht van gisteravond,' vervolgde Theo. 'Die heeft David dus gemist.'

'Wil jij beweren dat David eergisteren voor zichzelf een ticket naar de Kaaimaneilanden heeft geboekt?'

'Nee. Hij was net zo verbaasd als iedereen.'

'Maar wie...?'

'Dat weet ik niet. Ik weet alleen dat die reservering via internet is gegaan, met jouw MasterCard.'

19

'Gaat het echt wel?' vroeg Jody toen ze voor Ivy's huis stopte. Er waren geen journalisten meer te zien.

Ivy had zo genoeg van steeds diezelfde stomme vraag, terwijl het zo duidelijk niet ging.

'Al goed, al goed. Ik hou mijn mond wel,' zei Jody. 'Maar je weet dat ik best een tijdje bij je kan blijven. Zach past thuis op Riker.'

Een leerachtig eikenblad vloog tegen de voorruit.

'Ik begrijp niet waarom je meteen weer naar huis wilt,' ging Jody verder. 'Je had me in elk geval de kans kunnen geven om iets anders dan toast voor je te maken als ontbijt. Eigenlijk had ik het liefst dat je bij ons in huis bleef totdat dit achter de rug is.'

Ivy had Jody verteld over de uitgestelde zitting en dat ze David een verschoning moest brengen in de gevangenis, maar het verhaal over Davids enkele reis naar de Kaaimaneilanden kon ze niet over haar lippen krijgen. Het medelijden op het gezicht van haar vriendin als ze dat hoorde, zou te veel voor haar zijn.

Ivy glimlachte met moeite. 'Je bent de beste vriendin die ik me ooit kan wensen, en je weet dat ik van je hou. Het is geweldig om te weten dat je voor me klaarstaat als ik je nodig heb. Maar nu wil ik liever wat ruimte. Thuis zijn. Maar ik hou het te goed.'

'Je houdt het te goed...' Jody trok een gezicht alsof ze een vieze smaak in haar mond kreeg. 'Luister nou. Je bent ons niet tot last, helemaal niet. Als je je bedenkt, geef dan een seintje.'

'Zal ik doen.' Ivy pakte haar tas en stapte uit de auto. 'Dat beloof ik je.' Ze sloeg het portier dicht en liep naar het huis. Ergens blafte een hond.

Jody draaide het rechterraampje omlaag. 'En als de weeën beginnen...' riep ze Ivy na.

Ivy glimlachte en draaide zich om. 'Welnee! Dat kan nog weken duren.'

'Ik wil niet dat je in je eentje moet bevallen,' zei Jody. 'Heb je me goed begrepen? Als het feest begint...'

'Ja, ja, ja. Als het feest begint, ben jij de eerste die het hoort. Maar deze baby heeft strikte orders om te blijven waar ze is totdat...'

'Precies. En we weten allemaal hoe gehoorzaam kleine kinderen zijn en hoe braaf ze naar hun ouders luisteren,' antwoordde Jody. 'Toch wacht ik maar even tot je binnen bent, voor het geval je vliezen breken.'

Bij de voordeur zocht Ivy in haar tas naar haar sleutelbos. Ze stak de sleutel in het slot, maar hij bleef halverwege steken. Vloekend zette ze meer kracht, totdat ze besefte dat het de sleutel van haar oude slot was. Daarnaast, aan de ring, zat een glimmende nieuwe. Oud leven, nieuw leven.

Deze sleutel gleed er makkelijk in. Ivy stapte naar binnen, over de stapel post op de mat heen. Ze zwaaide naar Jody en deed de deur achter zich dicht. Toen legde ze de papieren zak en haar tas op het tafeltje in de hal en liep de trap op, vastbesloten erachter te komen of er vanaf hun computer een ticket naar de Kaaimaneilanden was geboekt.

Een schuifelend geluid, gevolgd door een gedempte bons, deed haar halverwege de trap stilstaan. Ze draaide zich abrupt om, in de verwachting dat er iemand onder aan de trap zou staan, of in de deuropening van de huiskamer. Maar er was niemand.

Ivy leunde met haar schouder tegen de muur en legde haar handen op haar zwangere buik. Ze sloot haar ogen en dwong zichzelf om rustiger adem te halen, totdat haar hart niet meer zo tegen haar ribben bonkte.

Beheers je nou. Ze had nieuwe sloten laten installeren en zij was de enige met kopieën van de nieuwe sleutel. Als ze dit in haar eentje wilde volbrengen, zou ze flink moeten zijn. Rechters konden een zitting uitstellen, maar niemand kon de geboorte van deze baby vertragen. Als die kleine eindelijk met volle kracht omlaag kwam suizen, had ze een moeder nodig die niet angstig in een hoekje wegkroop, bang voor haar eigen schaduw.

Ivy opende haar ogen. Bessie, het bronzen beeld onder aan de trap, stond naar achteren gedraaid en keek haar aan.

Toen rook Ivy de lucht. Sandelhout en kruidnagel. Opium-parfum. Ivy kokhalsde toen die geur langzaam overging in een smerige stank van suikerspin en patchoeli. Een blinde paniek overviel haar.

Ze stormde de trap af en de gang door, met een gevoel als-of een onzichtbare hand haar in haar rug duwde. Ze gooide de voordeur open.

Jody's Volkswagen stond er nog, met draaiende motor langs de stoep. Goddank! Het volgende moment was Jody al uit de auto gesprongen en rende het pad op.

'Wat is er gebeurd?' vroeg ze. 'Je ziet zo wit als een doek. Ik wist wel dat het geen goed idee was om je alleen te laten.'

'Er is niets gebeurd,' zei Ivy hijgend. 'Ik... ik raakte gewoon in paniek. Ik dacht dat ik iets hoorde, en er hing een vreemde lucht.'

'Wat voor lucht?'

'Als van parfum. En het beeld onder aan de trap stond de ver-keerde kant op gedraaid.'

'Jij gaat met mij mee.' Jody pakte Ivy's arm vast.

'Nee!'

'Oké, dan ga ik met je mee naar binnen.' Jody liep langs Ivy heen, de treden van de veranda op. Bij de voordeur bleef ze staan, met haar armen over elkaar, terwijl ze met haar voet ongeduldig op de grond tikte. 'Kom mee dan.' Toen Ivy aarzelde, voegde Jody eraan toe: 'Ik ga niet weg. Je kunt me niet dwingen.'

Jody kwam half het trapje af, naar Ivy toe. 'Alsjeblieft? Toe, Ivy, doe me een plezier. We zullen het hele huis doorzoeken, van boven tot onder. Pas dan ben ik misschien bereid om naar huis te gaan.'

Toen Jody en zij naar binnen stapten, leek het huis boven hen uit te torenen, met het boograam als een geloken oog dat vanuit de punt van het dak op hen neerkeek.

'Ruik je dat?' vroeg Ivy.

Jody tilde haar hoofd op en snoof. 'Nee.' Ze snoof nog eens. 'Misschien. Ik weet het niet.'

Jody opende de deur van de gangkast. 'Laten we hier maar beginnen.' Ze schoof de jassen opzij en haalde één voor één de koffers naar voren die achterin stonden opgeslagen. 'Nada.'

Ivy volgde haar de woonkamer in. De gordijnen waren open. Ivy pakte de krant met Davids onafgemaakte kruiswoordpuzzel van het koffietafeltje. 'Ik dacht...' begon ze.

'Wat dacht je?' vroeg Jody.

'Niks,' zei Ivy. Jody keek haar dwingend aan. 'Ik dacht dat ik de gordijnen hier had dichtgedaan en die krant onder de klep van de vensterbank had gegooid.'

'Wanneer?'

'Gisteren.'

'Misschien heeft David hem er weer uitgehaald,' zei Jody.

'Misschien,' zei Ivy. Ze volgde Jody's blik naar de gesloten vensterbank, die groot genoeg was voor iemand om zich in te verbergen. 'Natuurlijk. Zo zal het zijn gegaan.'

'Ja...' Jody sloop dichter naar de vensterbank toe. 'Je zult wel gelijk hebben.' Ivy en zij wisselden een blik.

Op een armlengte afstand van de vensterbank stak Jody een hand uit en gooide het deksel open. Allebei keken ze erin. De kist was leeg.

Ivy gooide de krant erin en Jody liet het deksel dichtvallen.

Ze doorzochten de huiskamer en de eetkamer, daarna de keuken en de bijkeuken, om zich ervan te overtuigen dat zich niemand verscholen hield tussen de jassen aan de haken bij de zijdeur.

'Geen verrassingen,' constateerde Jody.

Op de terugweg schopte Jody alle onderste keukenkastjes open en schoof het onderste luik van de keukenlift opzij. Ivy voelde haar maag in opstand komen, alleen al bij de aanblik van Jody die nonchalant haar hoofd in de opening stak en omhoog en omlaag keek door de schacht.

Ivy dwong zichzelf om ook te kijken. Niets te zien, behalve de kabel. Uit de kelder steeg een olieachtige lucht van de cv-ketel op. Ze schoof het luik weer dicht en wiste met de rug van haar hand het zweet van haar voorhoofd.

'En nu de kelder,' zei Jody. Ze deed het licht boven aan de trap aan en daalde af. Ivy volgde.

De kelder had nog een vloer van aangestampte aarde. Wat grijs licht drong door de smalle ramen, die tot aan de bovenkant reikten. Langs het plafond liepen buizen en elektrische leidingen, met hier en daar een gloeilamp aan een zwart snoer.

Jody rukte aan de trekkoordjes van de lampen terwijl ze de kelder doorliep. Eén voor één gingen de lampen aan, als bij een tekening waarvan je de puntjes moest verbinden. Boven hun hoofd hing de doorzakkende glasvezelisolatie die David tussen de balken had geniet om de kou en het vocht uit het huis te houden. Stalen pilaren markeerden de dragende muren van het huis.

Jody liep de hele kelder rond. Ivy volgde haar met een pijnlijke rug – langs de ene muur, met de olietank, een metalen vat op poten, ongeveer zo groot als Jody's Volkswagen; dan langs de achterkant, met de gereedschapskist die Ivy en David bij Sears hadden gekocht, een glimmende roodmetalen kast op wieltjes, met vijf laden en het logo CRAFTSMAN in zilveren blokletters aan de bovenkant. Omdat ze bijna alle spullen hadden weggehaald om op de rommelmarkt te verkopen, bleven er niet zoveel plekken meer over waar iemand zich kon verbergen.

Dan de tegenoverliggende muur. Jody schoof wat oude planken opzij die tegen de opening van de schacht van de keukenlift stonden. De lift zelf, niet meer dan een open kastje, lag al tientallen jaren werkeloos op dezelfde plek.

De hele voorkant van de kelder was één dichte muur. Als er ramen in hadden gezeten zouden ze onder de veranda zijn uitgekomen.

Ten slotte liepen ze de trap weer op. In het halletje draaide Ivy het beeld van Bessie de goede kant op. Daarna volgde ze Jody naar de eerste verdieping.

Ze keken in de babykamer met zijn smalle kast. De kleine tweemasters die Ivy met sjablonen op de muur had geschilderd leken rustig tegen hun gele achtergrond te dobberen.

Ivy keek uit het raam. De leunstoel voor het raam van mevrouw Bindels huiskamer was leeg. Buiten hoorde ze vogels, het gedempte geluid van een bladzuiger en een blaffende hond.

Samen met Jody stak ze de gang over naar de grote logeerkamer. Daar leek alles onaangeroerd. Het mahoniehouten slaapkamerameublement van haar ouders en de roze-gele patchworkquilt uit de jaren dertig die Ivy bij een rommelmarkt op de kop had getikt leken geruststellend vertrouwd. De andere logeerkamer was leeg, afgezien van een gedemonteerde wieg, een commode, dozen Pampers en zakken met babykleertjes en speelgoed. Genoeg voor een drieling.

De wastafel in de badkamer was droog, de ene handdoek keurig opgevouwen, de andere verfrommeld op de wasmand, waar David hem had achtergelaten.

Ivy bleef naast Jody in de deuropening van de slaapkamer staan en keek naar binnen. De kussens lagen artistiek gerangschikt op het bed – legde zij ze zelf ooit zo neer? In elk geval waren de gordijnen nog dicht.

'Nu ruik ik het.' Jody trok een rimpel in haar neus. 'Parfum.'

Ivy deed het plafondlicht aan en zag dat Jody de slaapkamer binnen stapte, het flesje Opium-parfum van de toilettafel pakte en de stop eruit haalde. 'Dit is het,' zei Jody, en ze zwaaide met de stop in Ivy's richting. 'Geen twijfel mogelijk.'

De geur zweefde naar Ivy toe.

Jody sloot het flesje af. Toen keek ze onder het bed, opende alle kastdeuren en doorzocht de kasten.

Op de overloop van de eerste verdieping voelde het huis heel rustig aan. Te rustig, dacht Ivy toen ze achter Jody aan de zolder-trap beklom.

'*Row, row, row your boat...*' zong Ivy.

Jody kloste voor haar uit de trap op en zong mee, terwijl ze in haar handen klapte en overal de lampen aandeed. De grote slaap-kamer op zolder vulde zich met hun stemmen toen ze onder het bed en in de kast keek. '*Merrily, merrily, merrily, merrily...*'

'*Row, row, row...*' begon Ivy weer van voren af aan, zo hard als ze kon.

Toen ze bij het onafgebouwde deel van de zolder kwamen, zong Ivy luid: '*Ollie ollie oxen free, free, free!*' De ruimte zag er nog net zo uit als ze zich herinnerde van de vorige keer, toen ze hier had gestofzuigd.

'Dat was het,' zei Jody. Ze draaide zich naar Ivy om en zette haar handen in haar zij. 'Volgens mij hebben we het hele huis gehad. Geen grote, harige monsters.'

Ivy voelde zich duizelig van opluchting toen ze een high five met Jody deed. Voordat ze de trap af liepen, keek ze nog een keer om zich heen. Haar blik bleef rusten op de doos met boeken op de overloop.

Had David niet gezegd dat iemand op de rommelmarkt geïn-teresseerd was in die laatste doos met boeken? En was dat niet zijn excuus geweest om Melinda een rondleiding te geven – om-dat hij toch naar binnen moest?

Waarom stond die doos met boeken er dan nog?

20

Een beetje versuft liep Ivy de trap af.

David had gezegd dat hij die boeken naar buiten had gebracht voor een koper, maar blijkbaar had hij dat niet gedaan. Hij zei dat hij Melinda had zien vertrekken, maar dat was niet zo. Hij zei dat hij geen ticket naar de Kaaimaneilanden had geboekt...

'Wat is er? Je kijkt alsof je pijn hebt,' zei Jody, die onder aan de trap op haar wachtte.

Ivy legde haar hand op haar buik. 'Gewoon een voorwee. Ik rekende er niet op, dat is alles.'

'Weet je zeker dat het maar voorweeën zijn?'

'Absoluut.'

'Zullen we dan gaan lunchen, of...' begon Jody.

'Hoor eens,' viel Ivy haar in de rede, 'je hebt me echt geweldig geholpen. Dank je wel. Dat meen ik. Ik ben je erg dankbaar. Ik voel me een heel stuk beter, ik weet dat ik veilig ben en ik heb geen weeën. Alles gaat goed.'

'Mooi zo.' Jody trok haar wenkbrauwen op.

'Nou ja, zo goed als je kunt verwachten.'

'En je wilt dat ik nu naar huis ga.'

'En ik wil dat je nu naar huis gaat. Ik hou van je, maar...'

'Ik krijg jou nog wel,' zei Jody toen ze de gang doorliep en de deur opende. Op de drempel draaide ze zich om.

Ivy stak haar duimen op en zwaaide. 'Ga nou maar.'

'Mail je me? En vergeet niet om te eten,' zei Jody, en ze liep naar haar auto.

Ivy bleef in de deuropening staan en keek de vw na toen hij vertrok. Dezelfde vrouw die Ivy de vorige zondag vanaf haar veranda had gezien sjokte weer aan de overkant over de stoep, achter haar dubbele buggy. Ze leek zo gewoon, met haar jeans, een wijd wit T-shirt en een rode zakdoek die ze in indiaanse stijl om haar voorhoofd had gebonden. Ze bleef even staan en wierp Ivy een duidelijk nieuwsgierige en niet al te vriendelijke blik toe.

Ivy huiverde, deed de deur dicht en draaide de sleutel twee keer om.

Het halletje stond nog vol met de koffers die Jody uit de kast had gehaald. Davids plunjezak lag er ook bij. Jody legde hem apart en borg de rest van de koffers weer in de kast.

De laatste was haar eigen weekendtas, die ze een paar weken geleden al had ingepakt, keurig volgens de instructies van de zwangerschapscursus. Er zat een nachthemd in met voorsluiting, een tandenborstel, wat rode lollies om op te zuigen tussen de weeën, en een voedingsbeha. Ze hadden afgesproken dat ze onmiddellijk David zou bellen zodra haar vliezen braken of de echte weeën begonnen. Ivy had erop gerekend dat hij bij haar zou zijn, het tempo van haar weeën zou volgen, de dokter zou bellen, haar naar het ziekenhuis zou brengen en haar hand zou vasthouden tijdens de hele beproeving. Wie anders kon haar vertellen dat ze zich moest ontspannen, zich concentreren en goed moest blijven ademen? David had een onmisbare rol als echtgenoot en vader van hun kleine meid.

Zij en David...

Ivy veegde een traan weg met de rug van haar hand. Ze gooide de weekendtas in de kast terug en trok de jassen aan de roe recht. Ze wilde de deur al dichtdoen toen ze Davids football-jack van school zag hangen. De ooit zo soepele leren mouwen vertoonden barstjes en scheuren, en de satijnen voering viel bijna uit elkaar, maar David had het jack nooit mogen weggooien van Ivy.

Ze haalde het van zijn hanger, nam het in haar armen en snoof de geur op die ze zo verbond met de jongen op wie ze verliefd was geworden. Ze had het jack naar zoveel wedstrijden gedragen. Nadat ze voor het eerst hadden gevreeën had ze het om haar blote schouders gehangen.

Nu zag ze zichzelf over zes maanden, terwijl de baby op een speen zoog en zijzelf dat rood-witte jack achter zich aan sleepte als een troostdekentje.

Ze hing het weer op, nam Davids plunjezak mee naar boven en zette hem op de overloop. Toen ging ze in haar werkkamer achter de computer zitten en pakte de muis. Met een statisch gekraak kwam het scherm tot leven.

Ze opende de browser en ging naar 'History'. Er opende zich een venster aan de zijkant van het beeld, met een lijst van recent bezochte websites. Ze klikte op de dinsdag en werkte het lijstje af: G-mail, Google, de *Boston Globe*, het weer – sites waar ze bijna dagelijks kwam. En MapQuest, waar ze de routebeschrijving voor haar bezoek aan meneer Vlaskovic had gevonden.

Opeens zag ze het. Ivy's adem stokte toen ze probeerde de bewijzen te verwerken die haar vanaf het scherm aanstaarden. Daar, midden in de lijst, stonden de sites die ze niet had willen vinden: Caymanislands.com en, meteen daaronder, Travelocity.

Ivy sloot de browser en duwde zich op haar stoel naar achteren. Vanaf deze computer had David dus een ticket geboekt om aan deze nachtmerrie te ontsnappen. En hij had niet eens de moeite genomen zijn sporen uit te wissen.

In zijn plaats zou Ivy twee tickets hebben besteld.

Halfverblind door tranen liep ze naar de slaapkamer terug, zonder acht te slaan op de spookachtige geur van het parfum. Ze gooide Davids plunjezak op het bed, ritste hem open en deed er wat schoon ondergoed, sokken, een broek en een pullover in. Toen liep ze naar de badkamer om zijn tandenborstel te pakken.

Ivy sloeg haar hand voor haar mond om haar snikken te onderdrukken. Wie was die man van wie ze sinds haar schooltijd zo onvoorwaardelijk had gehouden? Ze zocht naar aanwijzingen in het verleden, maar kon ze niet vinden. *Dit is een blijvertje*, had oma Fay over David gezegd.

Hadden ze zich allebei dan zo vergist?

Verdomme. Wat dacht hij eigenlijk? Dat hij haar en de baby ongestraft kon achterlaten? De wanhoop en verwarring in haar hart verhardden zich tot een pijnlijke knobbel toen ze Davids scheerapparaat en zijn tandenborstel in zijn toilettas deed, in de plunjezak gooide en de tas dichtritste.

Haastig trok ze schone kleren aan, waste haar gezicht en borstelde haar haar zo hard dat haar hoofdhuid pijn deed. Het gezicht dat haar vanuit de spiegel aanstaarde leek gespannen maar vastberaden.

Ze liep met de tas naar de overloop en gooide hem over de leuning. Met een klap kwam hij beneden in het halletje terecht.

En vergeet niet om te eten, herinnerde ze zich Jody's woorden. Ze had al haar kracht nodig om de rest van deze dag te trotseren.

Ivy liep naar de keuken en dronk een glas sinaasappelsap, dat een bittere smaak naliet, als een medicijn. Ze nam nog een handvol nootjes.

Toen controleerde ze of de voordeur goed op slot zat en ze verliet het huis door de zijdeur. Ze gooide de plunjezak op de achterbank en wilde net in haar auto stappen toen ze het geluid van piepende banden hoorde.

Een hond blafte in paniek en jankte luid. Iemand toeterde.

Een week eerder zouden die geluiden genoeg reden voor Ivy zijn geweest om de straat op te rennen om te zien wat er aan de hand was. Nu moest ze zich beheersen om niet naar binnen te vluchten. Voorzichtig sloop ze naar de rand van de overkapping.

Phoebe, de hond van mevrouw Bindel, zat midden op straat. Met ontblote tanden en haar oren plat gromde en grauwde ze tegen een zwarte Range Rover, waarvan het raampje omlaag was gedraaid. Aan het woedende gezicht en de Yankees-cap van de bestuurder – een duidelijke provocatie in Red Sox-territorium – zag Ivy wel dat de man niet van plan was de hond te aaien of een koekje te geven.

Zodra hij Ivy ontdekte, begon hij te brullen. 'Die stomme hond van jou wil zeker dood? Wat mankeert jullie toch?'

'Het is mijn hond niet, en je hoeft niet zo te schreeuwen,' zei Ivy.

Voorzichtig liep ze naar Phoebe toe. Op een meter afstand bukte ze zich – hurken was niet mogelijk, in haar toestand – en ze stak haar hand uit. 'Stil maar. Alles in orde. Goed volk, weet je nog?'

Ivy had geen idee of dit de beste manier was om een angstige hond te benaderen, maar het leek te werken. Phoebes oren kwamen overeind en ze keek wat verbaasd nu ze geen doelwit meer had.

'Brave hond. Brave pup,' zei Ivy, en ze kwam nog wat dichterbij. De hond deinsde blaffend en jankend terug, met haar staart tussen de poten.

Ivy stak weer een hand uit. 'Kom maar, Phoebe.' Bij het horen van haar naam veranderde de hond van houding en stak haar oren nog verder omhoog. 'Brave meid.'

Phoebe kwam naar Ivy toe, snuffelde aan haar vingers en likte haar hand. Toen leek ze zich te ontspannen en ze zakte door haar poten.

Ivy pakte haar bij de halsband om haar van de straat te trekken.

Phoebe blafte en jankte weer. De hond woog minstens veertig pond, en het arme dier trilde over haar hele lijf. Ze zette haar haren overeind boven haar expressieve bruine ogen en blies Ivy haar hete hondenadem in het gezicht.

'Idioot!' zei de man, en hij schudde nijdig zijn hoofd. 'Koop toch een riem.' Met piepende banden verdween hij weer.

'Koop zelf een riem,' mompelde Ivy. 'Of beter nog, een muilkorf.'

Ze klopte Phoebe op haar kop en probeerde de hond te kalmeren. Ze kon zich niet herinneren dat ze Phoebe ooit in haar eentje buiten had gezien. Waar was mevrouw Bindel?

Ze trok Phoebe mee naar de voordeur van het buurhuis, belde aan en wachtte. Geen reactie. Ze klopte. Nog altijd niets.

Misschien was mevrouw Bindel in de achtertuin. Ivy tilde de hond van de veranda. Ze waren bijna om de hoek van het huis toen de hond zich blaffend bevrijdde en er jankend vandoor ging.

Ivy rende achter haar aan. De forsythia, de Japanse kwee en de rododendron achter het huis waren in strakke bollen gesnoeid. Ivy dook onder de ouderwetse waslijn door, die over het gemaaide gras was gespannen waarin geen enkele paardenbloem zich durfde te nestelen.

Phoebe rende grommend en snuivend naar de betonnen treetjes van mevrouw Bindels achterdeur en bleef daar zitten. De hond snuffelde aan haar bazin, die op het gras lag, klein en breekbaar, met haar hoofd op de onderste tree.

Ivy rende op de liggende gestalte toe. Ze aarzelde een moment en voelde zich duizelig worden toen ze de vreemde hoek zag van mevrouw Bindels hoofd, als een poppenkop die naar achteren was gerukt.

Ze dwong zich om te bukken en haar vingers tegen mevrouw Bindels hals te drukken. De papierdunne huid voelde koel aan, maar niet koud. Het gezicht was vochtig, hoewel het niet meer motregende. En Ivy voelde nog een hartslag.

Ze haalde verlicht adem toen ze besefte dat mevrouw Bindels hoofd niet echt in zo'n onmogelijke hoek lag. Alleen haar pruik was opzij gegleden, half over haar gezicht.

Voorzichtig tilde Ivy de pruik op. Mevrouw Bindel had zelf nog maar enkele witte haartjes op haar hoofd – en een gemene, paars aangelopen blauwe plek. Haar bleke gezicht leek op dat van een slapende baby.

Ivy trok de pruik weer recht. Haar buurvrouw zou zich doodschamen als vreemden – zelfs ambulancebroeders – haar zonder die pruik te zien zouden krijgen.

Ze moest een ziekenwagen bellen. Haar mobiel lag nog in de auto. Toen Ivy zich oprichtte, begon Phoebe te blaffen en ze kwam ook overeind.

'Phoebe, zit!' Tot haar verbazing gehoorzaamde de hond. 'Brave meid. Blijf.'

Phoebe snoof en bleef naast haar bazin liggen, met haar kop op haar poten.

Op dat moment drong de geur tot Ivy door. Een geur van sandelhout en specerijen.

Ze boog zich naar voren en pakte een van mevrouw Bindels slappe handen. Het luchtje leek afkomstig van haar vingers.

21

En paar minuten nadat Ivy het alarmnummer had gebeld arriveerden er een politiewagen en een ambulance. De broeders onderzochten mevrouw Bindel en bonden een zuurstofmasker voor haar bleke gezicht. Ze leek zo klein en nietig, alsof een zuchtje wind voldoende was om haar mee te nemen.

'Komt ze er weer bovenop?' vroeg Ivy aan een van de verplegers in uniform.

'Bent u familie?' vroeg hij.

'Ik woon hiernaast. Ik heb haar gevonden en meteen gebeld.'

'Haar pols is stabiel.' Hij leek zelf niet overtuigd. 'Maar ze is al oud.'

En onverwoestbaar, wilde Ivy antwoorden.

De twee mannen droegen de brancard de tuin uit.

Ivy zat met gekruiste benen op het gras naast Phoebe en zag hoe haar buurvrouw in de ambulance werd getild. De hond keek naar haar op met een zorgelijke blik in haar grote, donkere ogen, en legde toen een poot op Ivy's knie. Ivy kriebelde haar achter de oren.

Vlak voordat de broeders de deuren van de ziekenwagen sloten arriveerde rechercheur Blanchard in zijn goudkleurige Crown Vic. Hij stapte uit, knikte in Ivy's richting en sprak even met een van de verplegers. De man wees naar het achtertrapje en toen naar zijn eigen hoofd, waar mevrouw Bindel een zware kneuzing had opgelopen.

Blanchard kwam naar Ivy toe en pakte zijn opschrijfboekje en pen. 'Hoe komt u hier zo verzeild?'

'Ik woon hiernaast, weet u nog?' Ivy hoorde de vijandigheid in haar toon, maar het kon haar niet schelen. 'Ik wilde net in mijn auto stappen toen...'

'Waarheen?' viel Blanchard haar in de rede.

Dat gaat je geen bliksem aan. 'Naar mijn man. Dat is niet verboden, voor zover ik weet.'

'Juist,' zei hij onverstoorbaar, totaal ongevoelig voor Ivy's uitdagende toon. 'Uw buurvrouw lijkt nogal ernstig gewond.'

'Dat weet ik. Ik heb haar gevonden.' Ivy keek de ambulance na, die met loeiende sirene vertrok.

Blanchard hield zijn pen gereed en wachtte tot Ivy verderging.

'Ik hoorde wat tumult op straat,' zei ze. 'Een vent in een suv stond te toeteren. Phoebe, de hond, zat voor zijn auto te blaffen. Phoebe gaat nooit de straat op zonder mevrouw Bindel, dus ik wist dat er iets niet klopte.'

Phoebe drukte haar snuit in Ivy's schoot.

'Heeft iemand anders die auto gezien?'

'Geen idee. Ik denk het niet.'

'Hebt u iets verdachts gezien, of iemand die hier niet hoorde? Op dat moment, of misschien eerder vandaag?'

Ivy pijnigde haar hersens. De straat was verlaten geweest toen Jody haar thuis afzette. Ze vertelde Blanchard over de vrouw met de dubbele buggy. 'Zij is de enige die ik me kan herinneren, maar ik zie haar wel vaker.'

Blanchard vroeg haar naar de naam van de vrouw, maar Ivy moest toegeven dat ze die niet kende. Ze wist niet eens waar ze woonde.

'Maar zij heeft de man in de Range Rover niet gezien,' zei hij.

'Hij droeg een Yankees-cap,' zei Ivy.

'Heel dapper.' Blanchard maakte een aantekening en keek haar toen scherp aan. 'U hebt zeker niet het kenteken opgenomen?'

'Waarom zou ik? En waarom zou hij...' Ze wilde vragen waarom iemand die mevrouw Bindel had overvallen zou blijven rondhangen en zelfs nog toeteren om de aandacht op zich te vestigen. Maar toen begreep ze dat de rechercheur haar niet geloofde. Hij dacht dat ze de man in de Range Rover had verzonnen, zoals hij ook niet geloofde in de vrouw die Ivy op de stoep bij de rieten hutkoffer had zien staan.

'U denkt toch niet dat ik...?' begon Ivy. Dat ze mevrouw Bindel zou hebben neergeslagen? 'Die man in die auto was er écht. Ik heb hem niet bedacht.'

'Er zijn inderdaad remsporen te zien op straat,' zei Blanchard. 'Breder dan de banden van uw eigen auto. Misschien heeft die man iets gezien wat ons kan helpen om vast te stellen wat er met uw buurvrouw is gebeurd.'

Dat klonk redelijk. 'Nou, ik heb niet op zijn kenteken gelet. Daar dacht ik ook niet aan, omdat ik Phoebe van de straat wilde halen.' De hond tilde haar kop op. 'Ik dacht dat mevrouw Bindel in huis was, of in de tuin.'

'Dus u zegt dat uw buurvrouw de hond normaal niet in haar eentje buiten laat?'

'Nee, nooit.'

De kraaienpootjes rond Blanchards ooghoeken werden dieper toen hij naar de plek tuurde waar mevrouw Bindel was gevallen. 'Wanneer hoorde u de hond voor het eerst blaffen?'

'Toen ik in mijn auto wilde stappen, vlak voordat...' Ivy zweeg. 'Nee. Twintig minuten eerder had ik al geblaf gehoord.' Ze dacht weer even na. 'Misschien blafte er al een hond toen ik thuiskwam. Ja, dat weet ik vrij zeker.'

Blanchard keek geërgerd. 'Hoe lang voordat u uw buurvrouw bewusteloos vond weet u *vrij zeker* dat u een hond hoorde blaffen?'

'Een uur, of anderhalf uur. Mijn vriendin was bij me. Zij heeft het geblaf misschien ook gehoord.'

'Uw vriendin?'

'Ze stond even voor het huis geparkeerd. Later kwam ze binnen.'

Nu keek Blanchard echt wanhopig. 'En wat voor auto heeft ze?'

'Een vw Kever. Vraagt u haar maar wat ze heeft gezien.'

Rechercheur Blanchard noteerde Jody's naam en telefoonnummer.

'Waar hebt u uw buurvrouw precies gevonden?' vroeg hij.

Ivy wees naar de plek en beschreef de houding van mevrouw Bindel. Blanchard liep erheen en hurkte. Hij streek met zijn hand in een boog door het omringende gras, stond toen op en liep in steeds grotere cirkels rond. Op ongeveer tweeënhalve meter van het middelpunt bleef hij staan, haalde een zakdoek uit zijn zak en raapte een steen op, zo groot als een vuist. Er gleed een peinzende uitdrukking over zijn gezicht.

'U denkt niet dat het een ongelukje was, geloof ik?' zei Ivy.

'U bedoelt dat uw buurvrouw is gevallen en met haar hoofd de rand van een stoeptree heeft geraakt? Wat denkt u zelf?' Hij hield zijn hoofd schuin en streek met zijn hand over zijn mond, in afwachting van haar antwoord.

Mevrouw Bindel had op haar zij gelegen, met haar hoofd op de onderste tree. 'Ik weet het niet, maar ik denk niet dat ze in die houding terecht zou zijn gekomen als ze over een tree was gestruikeld.'

'Nee, dat lijkt mij ook niet.' Blanchard klemde grimmig zijn lippen op elkaar. 'Ik denk dat uw buurvrouw zich gelukkig mag prijzen. Haar pruik heeft haar voor een veel ernstiger verwonding behoed.'

Ivy legde haar wang tegen Phoebes kop. Ze kon zich niet voorstellen waarom iemand mevrouw Bindel kwaad zou doen.

'Kunt u zich verder nog iets herinneren?' vroeg Blanchard.

Wat zou hij zeggen als ze hem vertelde dat het beeld van Bessie was omgedraaid of dat het huis naar parfum had geroken? In het ergste geval zou hij haar voor een zwangere gekkin houden.

'Het zal wel niet belangrijk zijn...' begon ze.

'Dat zal ik wel beoordelen.'

Ze vertelde het hem.

'Ik heb dat parfum al maanden niet meer gebruikt,' voegde ze eraan toe. 'En toen ik mevrouw Bindel vond, rook ik hetzelfde luchtje op haar hand.'

Ze wachtte op Blanchards cynische reactie, maar in plaats daarvan trok hij een somber gezicht. 'Sluit u alle deuren goed af als u van huis gaat?'

'Altijd.'

'Ook toen u vanochtend vertrok?'

'Ja.'

De politieman keek in de richting van haar huis. 'Hebt u misschien uw buurvrouw een sleutel gegeven voor noodgevallen? Of heeft ze nog een sleutel van de vorige bewoner?' Ivy schudde haar hoofd. 'Bewaart u een reservesleutel buiten? Veel mensen doen dat.'

'Ik heb de sloten laten veranderen en niemand heeft een kopie van de nieuwe sleutel behalve wij.'

Blanchard maakte een laatste aantekening, klapte zijn boekje dicht en stak het in zijn zak. 'Ik denk het volgende,' zei hij. 'We hebben niet veel misdaad in Brush Hills, afgezien van wat vandalisme. Een verdwenen vrouw is al iets ongewoons. Kort daarop wordt een andere vrouw in haar achtertuin overvallen. Dat is ook ongewoon. Bij elkaar genomen lijkt dat wel heel toevallig. Mijn gevoel zegt me dat er waarschijnlijk een verband bestaat. Dus zoek ik naar de gemeenschappelijke factor.'

'De gemeenschappelijke...?' Ivy's mond viel open. 'U denkt toch niet serieus dat ik...?'

'Help me dan,' zei Blanchard, nu weer met het vriendelijke gezicht van oom Bill. 'Vertel me iets waarmee ik uit de voeten kan.'

22

Toen rechercheur Blanchard was vertrokken, gaf Ivy zichzelf ervan langs omdat ze hem niet van repliek had gediend. Helaas kon ze zijn redenering wel volgen. Het lag voor de hand dat er verband bestond tussen Melinda's verdwijning en de overval op mevrouw Bindel.

Een huivering gleed over haar rug. Haar buurvrouw was op haar hoofd geslagen met een steen zo groot als een tennisbal. Zou ze haar aanvaller hebben gezien? Zou ze hem of haar kunnen identificeren zodra ze weer bijkwam – als ze weer bijkwam? Ivy putte moed uit Blanchards opmerking dat de klap veel harder had kunnen aankomen.

Ivy zocht een eind touw en bond Phoebe aan mevrouw Bindels waslijn vast. De hond gehoorzaamde met een verontwaardigde blik. Daarna vulde ze een plastic bakje met water. Later zou ze wel wat hondenvoer kopen.

Ze liep terug naar haar auto en stapte in. Davids plunjezak lag verfomfaaid op de rechterstoel. Ze vergrendelde de portieren en reed achteruit de oprit af. Onderweg repeteerde ze wat ze tegen David moest zeggen. Ze wilde nu duidelijke antwoorden van hem.

Tegen de tijd dat ze bij het politiebureau aankwam, had ze

een pijnlijke kaak van het tandenknarsen. Ze parkeerde op een bezoekersplaats en stapte uit.

Toen ze de plunjezak van de stoel tilde, kreeg ze een strak gevoel in haar onderbuik, maar niet pijnlijk of zelfs ongemakkelijk. En ze werd duizelig. Ze legde een hand op haar buik en sloot haar ogen.

Een, twee, drie... Bij tien was het strakke gevoel verdwenen. Weer een voorwee.

Een politieman die Ivy nog niet eerder had gezien bracht haar naar een kale kelder met muren van cementblokken. Er hing een klamme lucht en de inrichting bestond uit een paar kaarttafeltjes en wrakke plastic stoeltjes. Een jonge vrouw zat al aan een van de tafeltjes met een man in een pak, misschien haar advocaat. Op de schoolklok aan de muur was het tien over een.

Ivy ging zitten en wachtte, met haar armen en benen over elkaar, terwijl ze nerveus met haar voet wiebelde. Een paar minuten later verscheen een andere agent, met David.

'Hé, Stretch,' zei David. Hij zag er bleek en moe uit, zeker geen crimineel, gewoon David, maar dan beroofd van al zijn bloed en zijn energie.

Ivy klemde haar handen om de leuningen van haar stoel en probeerde kalm te blijven. Tranen sprongen in haar ogen en ze voelde een geweldige woede in zich opkomen. Ze was alle zinnetjes die ze had gerepeteerd vergeten. Ze wilde hem aanvliegen, haar vuisten tegen zijn borst rammen en het uitschreeuwen. Hoe had hij hen in godsnaam in deze ellendige situatie kunnen brengen? Begreep hij dan niet wat er op het spel stond?

'Gaat het een beetje?' vroeg David, bijna zonder haar aan te kijken. 'Voel je je goed?' Hij liet zich in een stoel vallen, boog zich naar voren en legde zijn hand op haar buik. 'Hé, Spruit. Heb je me gemist?'

Ivy vertrouwde haar eigen stem niet. Ze was gekomen om hem met de feiten te confronteren, hem te dwingen haar te vertellen wat er aan de hand was. Maar hij leek zo weerloos dat ze net zo goed haar woede kon koelen op een gelatinepudding.

Ten slotte tilde hij zijn hoofd op en keek haar aan. 'Wat is er?'

Ivy voelde haar onderlip trillen. Waar moest ze beginnen? Ze spreidde haar handen in een hulpeloos gebaar. 'Het bericht op het antwoordapparaat, het mes, het vliegtuigticket...'

'Ivy, toe nou! Je denkt toch niet echt...?'

'Dat ticket is geboekt vanaf onze eigen computer.'

'Wát?' Het woord galmde door het zaaltje, Davids ogen fonkelden en hij liep rood aan.

'In de geschiedenis van de browser stonden websites van de Kaaimaneilanden en Travelocity.'

'Dat... kan... niet!' Het klonk als lucht dat langzaam uit een lek ontsnapte. Davids ogen gingen van links naar rechts. 'Dat is onmogelijk. Wanneer dan?'

'Dinsdag. En op zolder,' vervolgde Ivy, terwijl ze haar stem liet dalen tot een scherp gefluister, 'staat nog die doos met boeken die jij zogenaamd ging halen.'

David keek verbaasd. 'Welke boeken?'

'Goede vraag. Er was dus niemand op de rommelmarkt die ernaar vroeg, of wel?' Het was eruit voordat Ivy er erg in had. 'Dat was alleen maar een smoes van je om Melinda mee naar binnen te kunnen nemen.'

Davids ogen schoten vuur. 'Haar mee naar binnen te nemen? En dan?'

'Nou...' Ivy zweeg.

'Luister naar me.' David boog zich naar haar toe en kneep haar in haar arm.

'Au, je doet me pijn.'

Hij liet haar los. 'Ik heb geen ticket naar de Kaaimaneilanden geboekt,' zei hij, zacht maar nadrukkelijk. 'Ik weet niet eens waar ze liggen. Behalve als een woord in kruiswoordpuzzels had ik er nog nooit van gehoord voordat de politie over dat ticket begon. Ik heb Melinda White nooit, maar dan ook nooit, aangeraakt, tijdens of na die rommelmarkt, en ik kan niet geloven dat ik jou daarvan moet overtuigen. En stel, stel dat ik had willen vluchten voor deze hele toestand, denk je dan niet dat ik jou zou hebben meegenomen...?' Zijn stem brak.

Ivy probeerde te slikken. In de stilte hoorde ze het zoemen van de tl-buizen boven hun hoofd.

'Ik zou je graag willen geloven,' zei ze, 'maar het lijkt wel of de ene leugen op de andere volgt. Ik voel me zo verslagen. En nu...'

'Is er nog iets gebeurd?' vroeg David. 'Wat dan?'

Met stijgende ongerustheid luisterde hij naar haar verhaal hoe ze mevrouw Bindel bewusteloos in haar achtertuin had gevonden. 'Eerst Melinda's verdwijning, nu mevrouw Bindel die wordt neergeslagen. Wat is er in godsnaam aan de hand?'

Ivy sloeg haar armen om haar buik. 'Je moet de gemeenschappelijke factor zoeken,' zei ze. 'Dat zei rechercheur Blanchard, tenminste. Alleen denkt hij dat ík die gemeenschappelijke factor ben.'

'Die man is niet goed wijs.' David richtte zich op. 'Er moet een ander antwoord zijn, een logische verklaring voor al die krankzinnige dingen die gebeuren. Goed, wat weten we zeker?'

Hij stak een wijsvinger op. 'Melinda is naar onze rommelmarkt gekomen. Ik heb haar op zolder achtergelaten – overstuur, maar springlevend.' Hij stak een tweede vinger op. 'Helaas heeft niemand haar weg zien gaan. Maar dat is geen bewijs dat ze niet weg is gegaan. Ik kreeg inderdaad de zenuwen van haar. En ik ben die verrekte boeken vergeten, dat is waar.'

'Die blouse met bloedvlekken,' zei Ivy.

'En de broek.' David stak een derde vinger omhoog. 'Die geen van ons beiden in die hutkoffer heeft gelegd. En dan die canvastas met het mes.' David stak nog een vinger op. 'Die moet op maandag in mijn auto zijn gelegd, nadat ik van mijn werk was thuisgekomen.'

'Het ticket naar de Kaaimaneilanden, geboekt vanaf onze computer thuis,' vulde Ivy aan.

David balde zijn hand tot een vuist. 'Probeer dat eens te verklaren. Het enige wat volgens mij vaststaat, is dat iemand zich van Melinda White wilde ontdoen en mij de schuld in de schoenen probeert te schuiven. Tot overmaat van ramp is onze buur-vrouw nu bewusteloos geslagen, maar daar kunnen ze mij niet van beschuldigen.'

'Wie is er bewusteloos geslagen?' klonk Theo's stem.

David keek op en Ivy draaide zich om. Theo's gezicht stond somber.

'Onze buurvrouw,' zei Ivy. 'Iemand heeft haar vanmiddag overvallen in haar achtertuin en haar met een steen op haar hoofd geslagen. De politie denkt dat het iets te maken heeft met Melinda's verdwijning.'

Theo trok een plastic stoel bij. Hij ging zitten, boog zich naar voren en leunde met zijn onderarmen op het tafeltje. Zachtjes zei hij: 'Ze hebben de voorlopige uitslagen van het onderzoek naar het bloed op die zwangerschapsblouse en de canvastas. Het is de-zelfde bloedgroep als die van Melinda White. En er is meer.' Zijn gezicht betrok nog verder. 'Ze hebben foetusweefsel gevonden.'

Dat nieuws trof Ivy op hetzelfde moment dat ze een pijn-scheut in haar rug voelde. Ze sloot haar ogen, maar dwong zich ze weer te openen toen ze in gedachten de spookbeelden zag van wat er met Melinda en haar baby kon zijn gebeurd.

'Ze moeten nog meer tests doen,' vervolgde Theo. 'Ze hebben Melinda's DNA, en de rechter heeft bepaald dat jij ook DNA moet afstaan, David.'

'Hoe eerder, hoe beter,' zei David. 'Dan kunnen ze op zoek gaan naar de vader van die baby. Dat zal tijd worden.'

23

'Mevrouw Rose,' zei rechercheur Blanchard later toen hij haar terugbracht naar de lobby. 'Hebt u een zuster?'

'Ik...' Ivy struikelde over een tree.

Blanchard ving haar op bij haar elleboog. 'Melinda's zuster Ruth belt me elke dag om te vragen of er al schot zit in de zaak, en elke keer moet ik haar zeggen dat we er nog aan werken. Wist u dat zij en Melinda elkaars beste vriendinnen zijn? Dat ze elkaar elke dag bellen om bij te praten?'

Ze waren bij de ingang. 'Vooral het wachten is onverdraaglijk voor haar,' zei hij, terwijl hij de deur dichthield, 'en dat ze niet weet wat er met haar zus is gebeurd.'

Ivy vloog hem bijna aan. 'Natuurlijk wil ze dat u haar zus zult vinden. Net als ik! Laat mij toch met rust en doe eindelijk eens wat nuttigs. Probeer erachter te komen wat er met haar is gebeurd.'

'O, ik geloof dat we wel weten wat er met haar is gebeurd. Binnenkort kunnen we iemand in staat van beschuldiging stellen.'

Ivy duwde de deur open en wrong zich langs hem heen.

'We hebben genoeg bewijzen, en ze zijn allemaal belastend voor uw man. Wanneer houdt u eindelijk op hem te beschermen?' riep hij haar na.

Verblind door tranen wankelde Ivy naar haar auto. De klootzak. Haar hakken klikten over de betonnen stoep. Door het dichte wolkendek leek het al te schemeren, en het was bijtend koud.

Ze stapte in, trok het portier dicht en klemde het stuur in haar handen totdat haar knokkels wit wegtrokken. Toen ramde ze het sleuteltje in het contact en startte de motor. De radio ging aan, maar ze zette hem met een klap weer uit.

Met piepende banden draaide ze de straat in. Pas toen ze besefte dat ze met meer dan tachtig kilometer langs een voetbalveld stormde, trapte ze op de rem en zette haar auto aan de kant. Hijgend liet ze zich tegen de rugleuning van haar stoel zakken en ze probeerde wat rustiger te ademen.

De arrogante hufter. Maar het ergste was dat Blanchard gelijk had. De kans dat Melinda ergens zou opduiken werd kleiner naarmate de bewijzen tegen David zich opstapelden.

Foetusweefsel... Ivy's maag kromp ineen. Ze draaide het raampje omlaag en zoog met diepe teugen de vochtige, koude lucht in haar longen. Het was te afschuwelijk om te bedenken wat er gebeurd kon zijn. Maar David had gelijk. Een vaderschapstest zou de politie in elk geval op een ander spoor kunnen zetten.

Ivy dwong zichzelf om weer door te rijden. Ze schakelde de versnelling in en mengde zich in het verkeer. Als een robot reed ze naar de supermarkt om hondenbrokken te kopen. Toen ze eindelijk op weg naar huis ging, zat ze midden in de avondspits en had ze spijt dat ze de tienpondszak hondenvoer niet in de kofferbak had geladen. Ze voelde zich al misselijk, en die lucht van het voer maakte het niet beter.

Ze hield het raampje open terwijl ze in de file stond, een paar straten van haar huis vandaan. Steeds als de bus voor haar een meter optrok, braakte hij uitlaatgassen uit. Een reclame voor een luchtvaartmaatschappij op de achterkant beweerde: 'U bent vrij om het hele land te doorkruisen.' Was dat maar zo.

Het geluid van een drilboor bij de wegwerkzaamheden verderop dreunde door de auto. Iemand toeterde en Ivy gaf gas om het gat van anderhalve meter te dichten dat tussen haar en de bus was ontstaan.

De file kroop weer een eindje verder en Ivy kwam ter hoogte van een zijstraat. Op het bordje stond: BELCHER STREET. Daar had Melinda's moeder gewoond en was Melinda opgegroeid. Ze had waarschijnlijk over het plein gelopen om snoep te kopen bij de supermarkt en gebowld bij Kezey's Good Time Lanes, dat inmiddels ter ziele was.

Melinda is dood. Waarom was dat zo moeilijk te accepteren?

Ivy raakte de plek op haar buik aan waar Melinda haar hand had gelegd. Ivy was teruggedeinsd voor die ongewenste intimiteit. Maar Melinda was altijd al vreemd geweest, onhandig in het sociale verkeer, op de grens van ongepast. Ivy herinnerde zich hoe de andere kinderen met hun ogen rolden als ze zagen hoe Melinda door haar moeder naar school werd gebracht.

Ivy had in de redactie van het jaarboek gezeten, maar het was niet haar idee geweest om Melinda te nomineren als 'vriendelijkste leerling', een nare grap tegenover het meisje dat door iedereen de 'bloedzuiger' werd genoemd. Ivy had iets kunnen doen om het tegen te houden, maar dat was nooit bij haar opgekomen. Eigenlijk had ze nooit nagedacht over Melinda of haar gevoelens. Ze was net zo harteloos en gemeen geweest als haar klasgenoten, alleen wat passiever.

En toch had Melinda het overleefd. Ze had haar school afgemaakt en in een ziekenhuis en op een makelaarskantoor gewerkt. Ze had een gedaanteverandering ondergaan. Ivy herinnerde zich haar zoals ze op de oprit had gestaan, met haar vingers om de hals van die groene glazen zwaan, terwijl ze vertelde dat haar moeder nog voor meneer Vlaskovic had gewerkt. Ze had Ivy verteld hoe belangrijk het voor 'ons' was om gezond te eten en had met heimwee herinneringen opgehaald aan Doc Martens en *stirrup pants*, die ze zelf nooit had gedragen.

De auto achter haar toeterde weer. 'Lul!' Een voorbijganger op de stoep staarde haar aan. Ivy kromp ineen toen ze besefte dat ze het hardop had gezegd.

In een opwelling draaide ze Belcher Street in.

Ze reed de stille, vaag bekende straat door, waar bescheiden bungalows stonden, dicht op elkaar, een paar meter van de stoep. Alle silhouetten leken kopieën van elkaar, als uit een kartonnen bouwplaat geknipt, met dit verschil dat het ene huis geel was geschilderd, het andere mintgroen en het derde geelbruin met flesgroene randen. De meeste hadden een plichtmatig tuintje met wat taxushagen of rododendrons.

Nergens zag Ivy de wilde, uitgegroeide haag aan de straat die ze zich herinnerde van Halloween, toen ze 's avonds langs de deuren was gegaan. In gedachten zag ze mevrouw White nog op de drempel staan, tegen het licht van de gang, terwijl het eigeel over haar gezicht droop. Die herinnering bracht haar nog het schaamrood op de kaken. Ivy had weliswaar zelf niet gegooid, maar wel eieren meegebracht en met haar vrienden staan lachen in het donker.

Ze remde af voor een grijs huis halverwege de straat. Het had een deur in het midden, net als het huis van toen. Naast de voordeur stond het nummer 15. Ze had de bladzij uit het oude telefoonboek die ze van Jody had gekregen niet bewaard, maar herinnerde zich wel dat Gereda White op nummer 6 had gewoond – of was het 9? In elk geval niet 15.

Ze reed verder. De nummers liepen af. Nummer 9 had een deur aan de zijkant en kon het dus niet zijn.

Een huis aan de overkant had de deur in het midden en een heuphoge, keurig gesnoeide heg langs de straat. De taxus aan weerskanten van de ingang was uitgegroeid tot een dicht netwerk van takken, als tentakels boven een deur die al jaren niet gebruikt leek. Voor het huis stond een vuilnisbak waarop een witte 6 was geschilderd.

Ivy reed er voorbij en stopte bij het volgende huis. Ze stelde haar spiegeltje bij.

Opzij van nummer 6 stak een kleine kamer naar buiten, een soort overdekte veranda. Jody had gezegd dat Melinda zo'n kamertje had gehad.

Ivy klemde haar handen om het stuur en de motor van de auto begon te loeien. Het duurde even voordat ze besefte dat ze zelf hard op het gaspedaal trapte. Ze nam haar voet terug en zette de motor af.

Voordat ze goed en wel wist wat ze van plan was, stond ze al naast de auto en liep ze over de stoep in de richting van het huis.

Ze tilde het deksel van de vuilnisbak op, die leeg was. Vreemd. De meeste andere vuilnisemmers en groene containers voor de andere huizen in de straat puilden uit.

Hoe beter ze keek, des te meer ze ervan overtuigd raakte dat dit Melinda's huis moest zijn geweest. De zon stond laag aan de hemel en de omgekrulde, afbladderende verf wierp donkere schaduwen over de gevel, als diepe kloven. In de goten groeiden plantjes. Was dit een angstaanjagende plek geweest om op te groeien, of was hij alleen maar dieptreurig?

Een windvlaag deed haar haar om haar gezicht wapperen en Ivy trok haar jack wat dichter om zich heen. Ze zag dat het rolgordijn achter het raam van wat waarschijnlijk Melinda's slaapkamer was geweest niet helemaal was neergelaten. Er brandde licht.

Ivy keek om zich heen. Ze was al zo ver gekomen... een snelle blik kon toch geen kwaad?

Haastig stak ze het grasveldje over, wrong zich langs een stekelige Japanse kwee, bukte zich en loerde naar binnen.

Ivy's adem stokte. De kleur van de muren. Knalroze, zoals Jody had gezegd. Vlak onder het raam, een paar centimeter bij Ivy vandaan, stond een smal bed met een essenhouten hoofdeinde, keurig opgemaakt met een wit-roze sprei. De enige verlichting in de kamer kwam van een lamp op een klein bureau tegen de andere muur. De voet van de lamp was een vrouwenfiguur in een wervelende gele baljurk – Kate Winslet in een Assepoesterjurk.

Het was Melinda's kamer, precies zoals Jody die had beschreven. Had mevrouw White het huis dan nooit verkocht en was ze niet verhuisd?

Het bureaublad stond vol met half opgebrande kaarsen. Ivy huiverde en sloeg een insect weg dat in haar nek kriebelde.

Tegen de muur boven de kaarsen hing een dichte collage foto's en krantenknipsels, te ver van het raam en te rommelig om ze goed te kunnen zien, maar eentje sprong eruit. Het leek een knipsel met een foto van een football-speler die achteruitliep met zijn arm omhoog, klaar om een pass te geven. Het witte nummer 7 op het donkere football-shirt was duidelijk zichtbaar. Zeven. Dat was Davids nummer geweest.

'Kreng.' Een stem vanuit het niets. Ze was het zelf.

Ivy zou het liefst haar vuist door het glas hebben geramd om Davids foto van de muur te rukken en de kamer te doorzoeken naar nog andere foto's van hem, of God weet welke souvenirs Melinda had bewaard – nog meer bewijzen voor de relatie tussen David en Melinda, zoals de politie zou beweren. Ivy kende hun redenering nu wel. Vrouwen werden vermoord door geliefden, niet door vage kennissen.

Kon ze maar lang genoeg naar binnen om die bewijzen van een obsessie te vernietigen. Want dat moest het zijn: een obsessie, geen relatie... Ivy voelde Jody's aanwezigheid, als een duivels stemmetje naast haar oor, dat haar aanspoorde om door te gaan.

Ze probeerde het raam, maar dat zat dicht. Gelukkig maar, want klimmen was in haar huidige toestand geen optie. Gewoon naar binnen sluipen door een deur leek het verstandigste, aangenomen dat er niemand thuis was.

Door het hobbelige tuintje met wild gras, onkruid en kale plekken liep Ivy terug naar de voorkant van het huis. De gordijnen voor alle andere ramen waren gesloten. Er stonden geen auto's op de oprit.

Ze keek de straat door. Alles verlaten. Geen buren die door de ramen van de omliggende huizen loerden.

Voorzichtig beklom ze de afbrokkelende stenen treetjes naar de voordeur. Achter de takken van de woekerende taxus zag ze de dikke lagen witte verf van de voordeur: glazuur op speculaas. 'Het heksenhuis', zo noemden de kinderen het vroeger. Er zat plakband over de brievenbus en de bel. Ivy tuurde door het kleine ruitje in de deur. Vaag kon ze een donker halletje met een volgende deur naar een schimmige kamer onderscheiden. Wie woonde hier, en waarom waren Melinda's spullen er nog, bewaard als in een tijdcapsule?

Ivy klopte aan. Seconden verstreken terwijl ze huiverend wachtte in de halve duisternis. Er gingen geen lampen aan en er klonken geen voetstappen. Ze klopte nog eens, harder nu, en wachtte. Toen trok ze de manchet van haar mouw over haar hand en probeerde de deurkruk. Maar de deur gaf niet mee.

Er moest nog een zij- of achterdeur zijn; misschien allebei.

Ivy liep weer voor het huis langs en verdween snel naar de oprit. Voorbij een verwaarloosd kruidentuintje met wat munt, zieltogend bieslook en een groepje gele bloemen als kleine chrysanten, ontdekte ze een deur.

Ivy klom twee betonnen treetjes op. Achter de kier van de hordeur waren een paar brieven en een kartonnen envelop gewrikt, waarvan de zijkant halfopen was gescheurd. Dat leek geruststellend. Als er de laatste tijd nog iemand binnen was geweest, zouden ze de post wel hebben meegenomen.

Ivy bukte zich en kon nog net het adres lezen: Elaine Gallagher. Als Elaine Gallagher het huis van mevrouw White had gekocht, waarom zag dat kamertje er dan uit alsof Melinda er nog steeds woonde?

Ivy wikkelde haar manchet weer om haar hand en trok de hordeur open. De post viel op de bovenste tree. Door een ruitje in de deur kon ze een donkere keuken zien.

Ze stak haar hand uit naar de keukendeur, in de verwachting dat hij op slot zou zitten. Dat was niet zo. Toen de deur openging, hapte Ivy naar adem. Ze sloeg hem meteen weer dicht en trok haar hand terug alsof ze hem had verbrand. De klap deed de ramen rammelen. Het geluid weergalmde nog door de straat. Ook de hordeur waaide dicht.

Ivy deinsde achteruit en struikelde over een stapel plastic bakken naast de deur, waardoor ze over het gras rolden.

Hoorde ze voetstappen, daarbinnen? Met bonzend hart wachtte Ivy tot iemand het licht aan zou doen.

Koplampen in de straat, en een donkere auto reed voorbij. Goddank geen Crown Vic. Maar wat bezielde haar in godsnaam? Ze wist dat de politie haar in de gaten hield. Haar aanwezigheid zou alleen maar de aandacht vestigen op dat huis.

Ivy krabbelde overeind en verzamelde de plastic bakken. Het waren lege twintigliterpakken strooizout, genoeg om het bescheiden stoepje en de oprit twintig jaar ijsvrij te houden. Ze stapelde de bakken weer op elkaar en zette ze op het achtertrapje.

Toen verzamelde ze de verspreide post. De scheur in de kartonnen envelop was nog groter geworden en een deel van de inhoud puilde eruit. Enveloppen. Post binnen post? Misschien waren het brieven die vanaf Elaine Gallaghers vorige adres waren doorgestuurd.

Een bankafschrift, een creditcardnota, een cheque van de sociale verzekeringsbank. Toen Ivy ze weer in de kartonnen envelop stopte, viel haar oog op de geadresseerde: Gereda White, postbus 519, Naples, Florida.

Als mevrouw White in Florida woonde bij Melinda's zuster Ruth, waarom werden haar creditcardnota, haar bankafschrift en haar ouderdomspensioen dan naar dit adres doorgestuurd?

Ivy boog zich weer over de kartonnen envelop. Wie kon Elaine Gallagher zijn?

24

Ivy zette zich schrap en opende de deur. Een zure, bijna ranzige lucht sloeg haar tegemoet. Ze haalde oppervlakkig adem en stapte de donkere keuken in. De gordijnen waren dicht en het huis was stil en koud. Ze zag een leeg aanrecht en gesloten keukenkastjes. Door een half geopende deur ving ze een glimp op van een slaapkamer aan de achterkant.

Ze verzette zich tegen de neiging om er zo snel mogelijk vandoor te gaan. Er was niemand thuis, stelde ze zichzelf gerust. De herrie die ze had gemaakt door de deur dicht te smijten zou de doden uit hun graf hebben gewekt. Ze had maar een paar minuten nodig om die foto en alle andere verwijzingen naar David weg te halen.

Met weerzin sloop ze door de keuken en de kleine eetkamer naar het halletje aan de voorkant. Haastig liep ze verder, de huiskamer door. Voor een bruin-zwart geruite bank stond een essenhouten uitstalkast met Hummel-beeldjes. In geen enkel opzicht leek dit een huis dat iemand een jaar geleden had gekocht en betrokken. Ivy kreeg steeds sterker de indruk dat hier al jaren geen mens meer woonde.

Ze bleef op de drempel staan van de verbouwde veranda, Melinda's vroegere kamertje. Rechts zag ze een hoge, smalle boekenkast, met daarnaast het bureau dat ze door het raam had gezien.

Ivy stapte naar binnen. Ze voelde haar hoofdhuid prikken toen ze de muur boven het bureau bekeek. Rond de football-foto die ze al eerder had ontdekt zag ze kiekjes van Melinda en haar moeder, gemaakt voordat Melinda was afgevallen en haar gedaanteverandering had ondergaan. En overal kwam ze David tegen.

Ivy herkende zijn eindexamenfoto, die ook in de *Brush Hill Times* had gestaan, een krant die altijd de foto's van de eindexamenkandidaten publiceerde. Er was een krantenknipsel bij van David die trots voor het splinternieuwe bord van Rose Gardens stond, maar ook spontane foto's, niet geposeerd: David voor hun huis, David die uit de pick-uptruck stapte die hij twee jaar geleden had verkocht, David op de veranda, in het sweatshirt dat Ivy hem vorig jaar met Kerstmis had gegeven. Op al die opnamen leek hij zich niet bewust van de camera.

Ivy zocht steun bij de rand van het bureau toen een golf van misselijkheid als een giftige wolk door haar heen spoelde. Ze ging op de stoel zitten, boog haar hoofd en probeerde rustig te ademen. Een blaasbalg loeide in haar hoofd en de kamer leek op en neer te golven als een achtbaan. Ze pakte de papiermand onder het bureau, ervan overtuigd dat ze moest kotsen.

Maar gelukkig nam de misselijkheid weer af. Ze richtte zich op, haalde diep adem en kwam overeind.

Ze wilde haar hand al uitsteken naar het krantenknipsel van David die een pass gaf, maar aarzelde toen. Vingerafdrukken. Ze trok haar manchetten als wanten over haar handen en veegde de rand van het bureau af die ze had vastgegrepen. Toen scheurde ze de knipsels en foto's van de collage af en propte ze in haar broekzakken.

Ze bleef staan bij twee stroken foto's, gemaakt in een pasfotohokje, en haalde ze van de muur. De ene strook leek Melinda op de middelbare school, vijftien of zestien jaar oud, met pluizig haar en een bril. De andere strook moest recenter zijn, meer de Melinda van de rommelmarkt, ouder en slanker, maar met dezelfde ogen, hetzelfde brede voorhoofd en ronde gezicht als op de oudere fotostrook.

Stom wijf. Ivy verfrommelde de twee strips en stak ze ook in haar zak.

Onder de verzameling foto's zat een half vel papier met een bowlingscore. De datum was 9 maart 1992 en bovenaan stond een stempel van Kezey's Good Time Lanes, het bowlingcentrum in het souterrain van de ijzerwinkel aan Brush Hills Square.

Ivy wilde al verder kijken, maar opeens viel haar iets op aan de namen van de bowlers die met zorgvuldige, kinderlijke blokletters in de linkerkolom waren genoteerd: EDDIE, DAVID, JAKE, THEO.

Eddie Walsh en Jake O'Connor hadden met David en Theo in het footballteam gezeten. Dit moest een souvenir zijn van een van de talloze keren dat ze bij Kezey's hadden gebowld.

Ivy pakte het scoreformulier en borg het in haar uitpuilende zak.

Ze doorzocht een paar bureauladen, speurend naar alles wat Melinda met David in verband kon brengen, en keek in de boekenkast of ze plak- of dagboeken kon vinden. De bovenste planken waren ingeruimd voor studieboeken, zoals het *Handboek medische laboratoriumtechniek* en *Basiskennis urine- en lichaamsvochtanalyse.* Er was een boek bij over het examen makelaardij in de staat Massachusetts en een handleiding over de vlotte koop en verkoop van huizen.

De drie middelste planken werden ingenomen door paperbacks, voornamelijk romantische verhalen, en op de onderste plank stonden videobanden met handgeschreven etiketten: *Sex and the City, Extreme Makeover, The Swan.* Die laatste titel deed Ivy denken aan de glazen zwanen die Melinda's moeder verzamelde, zoals Melinda had beweerd. Ivy had er in dit huis niet een gezien.

Ivy doorzocht een ladekast met kleren, die naar mottenballen rook. Onder in de laatste la vond ze nog een knipsel, omgekruld en vergeeld van ouderdom: de aankondiging van Ivy en Davids bruiloft, met dezelfde foto die die ochtend in de krant had gestaan. Maar naast David, waar Ivy's hoofd had moeten zijn, zat een keurig gat.

Ze had iets met jou. En met David. Met jullie allebei.

Jody vergiste zich. Het ging niet om hen allebei. Melinda was geobsedeerd door David. Daarom had ze Ivy uit de foto geknipt.

Ivy stak het verminkte knipsel in haar zak en veegde toen met één beweging al die belachelijke votiefkaarsen van het bureau.

Ze wilde net in de grote kast kijken toen ze een schuifelend geluid hoorde boven haar hoofd. Haar hart bonsde in haar keel en instinctief kromp ze ineen. Toen klonk er een bons.

Ivy ging ervandoor. Ze rende het kamertje uit, de huiskamer door.

Er kón niemand boven zijn, ging het door haar heen. Boven Melinda's kamertje zat alleen een dak, en ook boven de rest van het huis was er nauwelijks genoeg kruipruimte. Maar die gedachte stelde haar niet gerust. Ze stormde het halletje door.

De geluiden die ze had gehoord moesten eekhoorns of vogels zijn geweest, of misschien de wind die wat rommel over het platte dak van het kamertje blies. Toch bleef ze rennen. Ze wilde hier weg, de koude, heldere nacht in, zo ver als ze bij dit vochtige, klamme huis met zijn giftige luchtjes vandaan kon komen.

Bij de keukendeur voelde ze zich opeens duizelig worden. Ze hapte naar adem toen de misselijkheid door haar heen spoelde als een golf van stinkend water. Ze klapte dubbel door de pijn in haar buik. Zweetdruppels parelden op haar voorhoofd en haar bovenlip. Ze had een wc nodig. Nu meteen!

Wankelend stapte ze de schimmige slaapkamer binnen en liep langs het bed en de dubbele ramen, die op de achtertuin moesten uitkijken.

Ze zag een deur die halfopen stond, met daarachter een donkere ruimte en een tegelvloer. In drie stappen had ze de badkamer bereikt. Ze was nog nooit ergens zo blij mee geweest als met deze wc-bril met zijn dekje van vervilt nepbont. Ze was nog net op tijd.

Ivy kon niets anders doen dan zich te onderwerpen aan haar eigen lichaam. Voorovergebogen zat ze op de wc. Had ze iets verkeerds gegeten? Ze kon zich alleen maar een glas sinaasappelsap en wat nootjes herinneren. De worstjes, eieren en koffie van Jody had ze afgeslagen. De gedachte alleen al maakte haar nu kotsmisselijk.

Dat moest er nog bijkomen: leeglopen aan twee kanten.

Ivy sloot haar ogen. De laatste keer dat ze zich zo ziek had gevoeld was op het vliegveld van Mexico-Stad geweest. Het enige wat ze toen had gewild was terug naar huis, naar haar eigen badkamer met haar eigen frisse handdoeken en haar eigen bed met schone lakens.

Nu leek het wel of die veilige plaats niet meer bestond.

Ivy wachtte. En wachtte. En wachtte. Eindelijk leek het voorbij. In elk geval zat er nog wc-papier op de rol.

Haar hemd kleefde tegen haar rug. In het donker kon ze nog net haar gezicht onderscheiden in de spiegel toen ze haar handen waste met een gebarsten stukje zeep. Ze zag doodsbleek en haar pony plakte tegen haar voorhoofd. Ze plensde wat water over haar bezwete gezicht.

Er hing een handdoek over de rand van het bad. Ze stak een hand uit, maar trok die meteen weer terug. De handdoek was stijf, bijna als karton. Liever gebruikte Ivy de rug van haar arm om haar voorhoofd af te vegen.

Ze voelde weer krampen in haar maag opkomen. *Nee, alsjeblieft! Niet nog een keer.* Ze boog zich voorover en greep de rand van het bad terwijl de misselijkheid door haar heen golfde om ten slotte, heel langzaam, weer af te nemen.

Toen zag ze het, achter het lichtgroene plastic douchegordijn. Het bad was tot aan de rand gevuld met zand. Waarmee? Wit zand? Het oppervlak was glad en vlak.

Ivy pakte het douchegordijn, dat kraakte toen ze het opzij

trok. Waar het bad ook mee was gevuld, het was wit en kristal-achtig. En er stak iets uit omhoog.

Ze deed het licht aan. Een tl-buis boven de spiegel gaf een tik-je en kwam flakkerend tot leven. Ivy deinsde terug voor het felle licht, maar zelfs toen haar ogen zich hadden aangepast, duurde het even voordat ze begreep waar ze naar keek.

In de badkuip, nog net zichtbaar, staken een paar tenen met roze gelakte nagels boven het witte zand uit.

25

Ivy gilde. En nog eens. En weer. Toen bleef ze staan, met haar handen voor haar gezicht geslagen, haar vingers gespreid en haar mond wijd open, zonder dat er nog geluid uit kwam.

Ten slotte wankelde ze achterwaarts de badkamer uit. Wegwezen hier!

Ze rende de slaapkamer en de keuken door. De hordeur piepte en sloeg met een klap achter haar dicht. De post die ze op de treetjes had laten liggen en de lege bakken strooizout die ze weer had opgestapeld vlogen over het gras.

Ze rende de oprit af, de stoep over, naar haar auto. Met een bevende hand wist ze het sleuteltje in het contact te krijgen.

Het was geen zand. De badkuip was tot de rand toe gevuld met witte kristallen. Strooizout. Een vochtonttrekkend middel, herinnerde ze zich van haar scheikundelessen op school. Een variant van pekel, die werd gebruikt om vlees mee te pekelen, bijvoorbeeld ham. Haar maag kromp samen toen ze zich over het stuur boog.

Roze teennagels. Ze kon het beeld maar niet kwijtraken. Het lichaam... het zou Elaine Gallagher kunnen zijn, de vrouw voor wie de post bestemd was. Maar die nagellak vertelde iets heel anders. Melinda had haar vingernagels in diezelfde iriserende roze tint gelakt.

De politie bellen. Ivy pakte haar mobieltje van de stoel naast haar en klapte het open. Als ze het gebruikte, zou de politie het gesprek kunnen traceren, besefte ze. Dan zouden ze haar oppakken en willen weten wat ze in dat huis had uitgespookt.

Ze klapte de telefoon weer dicht.

Maar ze móést bellen. Als het Melinda was, zou ze eindelijk gevonden zijn en kon de politie onderzoeken wat er werkelijk was gebeurd. Dan moesten ze David vrijlaten. Of niet?

Maar ze kon niet naar dat huis terug om te bellen. Er moest een andere manier zijn. De telefoon van de buren, misschien? Er brandde licht in de huiskamer van het huis ernaast. Nee, dat had geen zin. Iedereen zou haar herkennen.

Een paar straten verderop was een benzinestation. Elk benzinestation had een telefooncel. Daar kon ze dus bellen – kort, zakelijk en anoniem. *Ik wil de vondst van een lijk melden.*

Toen ze het contactsleuteltje omdraaide, voelde ze een hevige pijn vanuit haar onderrug en diep in haar buik. *Alsjeblieft, niet weer!* Ze kokhalsde bij een nieuwe golf van misselijkheid.

Ivy sloot haar ogen en leunde met haar hoofd naar achteren. Haar buik leek wel massief. *Blijven ademen. Concentreer je.* Ivy telde. *Een, twee...* Ze probeerde zich te beheersen. *Zeven, acht.*

Ze was bij twintig voordat de pijn een beetje minder werd. Toen de aanval weer voorbij was, zuchtte ze een paar keer diep en ze opende haar ogen.

Misselijkheid, diarree, kramp. In golven. Dat was geen voedselvergiftiging, en ook geen griep. Hoewel haar miskramen heel anders hadden aangevoeld, wist ze dat de weeën waren begonnen.

Hoe lang was ze al bezig...? Ze probeerde na te denken. Ze voelde zich al misselijk, met tussenpozen, sinds ze drie uur geleden van huis was vertrokken.

Ze herinnerde zich de instructies van dr. Shapiro. Als de weeën regelmatig kwamen en dertig seconden of langer duurden, moest ze David waarschuwen en naar het ziekenhuis komen. Dat moment was nu aangebroken.

Geen paniek. Dat had Sarah zo dikwijls geroepen tijdens de cursus. Het begin van de weeën kon zes tot twintig uur duren. In het ergste geval was ze pas drie uur onderweg.

Ivy startte de auto. Ze nam geen enkel risico met deze baby. Het was hooguit twintig minuten rijden naar het ziekenhuis.

Terwijl ze zich aan het stuur vastklampte als aan een redding-boei, zigzagde Ivy naar de hoofdweg terug. De file bij Brush Hills Square had zich bijna opgelost. Na een kort oponthoud bij de verkeerslichten kon ze doorrijden.

Een paar kilometer verder zag ze in gedachten al het bord voor de poli van het Neponset Hospital.

Maar het volgende moment voelde ze zich weer ellendig en ze zette de auto aan de kant. De pijn volgde nu al een vertrouwd patroon, vanuit haar onderrug, bijna als menstruatiekramp, met toenemende misselijkheid. Ivy hapte naar adem toen haar spieren zich samentrokken.

Zoek een richtpunt om je beter te kunnen ontspannen. Ze tast-te naar haar hals. De amulet van haar grootmoeder, die had ze daarvoor willen gebruiken. Ze had het zelfs geoefend door de gladde, ronde steen tussen duim en wijsvinger te wrijven als ze door haar neus inademde en door haar mond weer uit, terwijl David telde en haar hand vasthield. Die ademhalingsoefeningen bleken heel wat eenvoudiger zolang de weeën nog denkbeeldig waren.

Toen deze voor haar gevoel echte wee weer afnam, rolde er een traan uit haar oog. Hoe moest ze hier in godsnaam door-heen komen zonder David?

Ze pakte haar mobiel en belde Jody's nummer. *Laat ze alsje-blieft thuis zijn.*

Na één keer overgaan nam Jody al op. 'Eindelijk.' Ze stak met-een van wal. 'De politie is hier geweest met vragen over je buur-vrouw. Ik heb al steeds geprobeerd...'

'Jody.'

'... je te bellen om...'

'Jody! Hou op!'

Stilte aan de andere kant.

'Hoor eens, ik ben op weg naar het ziekenhuis. De weeën zijn begonnen.'

'Je bent...' Ivy hoorde dat Jody even haar adem inhield. 'Wie rijdt er?'

'Ikzelf.'

'Ivy, dat is krankzinnig. Wacht daar. Ik kom je halen. Waar ben je nu?'

'Niet ver van het ziekenhuis. Ik red het wel. Kom maar naar de poli. Maar eerst moet je iets belangrijks voor me doen.'

'Ivy, je mag nu echt niet autorijden.'

'Stil nou even en luister.' Ivy hoorde de paniek in haar eigen stem. 'Ga naar een telefooncel, bij een benzinestation of zo, en bel de politie van Brush Hills. Zeg ze dat er een lijk ligt in de badkamer van Belcher Street nummer 6.'

'Is dat niet...?'

'En daarna hang je op.'

'Hoe weet jij...'

'Vertel ze niet waar je bent. Zeg alleen waar ze het lichaam kunnen vinden. Alsjeblieft, Jody, ik leg het wel uit als we in het ziekenhuis zijn.' Ze verbrak de verbinding en zette de telefoon uit.

Een paar minuten later reed Ivy de oprit van de poli van het Neponset Hospital op.

'Mijn bevalling is begonnen,' zei ze tegen de man in het verplegersuniform die door de schuifdeuren naar haar auto kwam. Nee, ze bloedde niet en haar vliezen waren nog niet gebroken. Ze beschreef hem haar symptomen alsof ze het weerbericht voorlas.

Moeizaam maakte ze haar handen van het stuur los. Een broeder bracht een rolstoel en hielp haar uit de auto. Ze werd door de helder verlichte, vrolijke wachtruimte naar een kamertje met een balie gereden, waar ze werd ingeschreven. Het zachte geroezemoes van de poli drong hier niet door. Een oudere dame met oranjeachtig haar en een speld op haar blouse met de tekst VRAAG MAAR, glimlachte tegen haar en begon aan de admini-

181

stratie, terwijl Ivy weer een wee kreeg. De vrouw droeg een pasje met de naam PATRICIA KENNEDY, en de foto op het pasje liet een brunette zien.

Ivy zou zich gerustgesteld moeten voelen nu ze veilig was aangekomen en werd opgeslokt door het protocol en de bureaucratie van het ziekenhuis. Toch voelde ze zich allesbehalve gerust toen ze door de gang naar de lift werd gereden. Ze herinnerde zich de laatste keer dat ze hier was geweest.

Het was nu anderhalf jaar geleden, in het holst van een warme julinacht. Ivy was twintig weken zwanger en durfde eindelijk te geloven dat het goed zou gaan, toen ze krampen kreeg en begon te vloeien. Tegen de tijd dat ze met David in het ziekenhuis aankwam, droop het bloed al langs haar benen. Ze was meteen op een brancard gelegd en aan een infuus en een monitor gekoppeld.

De artsen hadden gedaan wat ze konden om haar weeën te stoppen, maar toen de nacht in de ochtend overging, had ze nog altijd hevige contracties.

Ze herinnerde zich hoe dr. Shapiro haar voorhoofd had gefronst toen ze een stethoscoop tegen Ivy's buik drukte. De vlakke lijn op de babymonitor vertelde de rest.

Ze was niet eens van de eerstehulp af gekomen. Haar hele lichaam beefde toen een van de verpleegsters de restanten van haar dode kind meenam – een zuster met lieve ogen boven haar maskertje, die vertelde dat de 'foetus', wat een akelig woord, naar de afdeling pathologie moest worden gestuurd.

Al die tijd had David haar hand vastgehouden. Melinda werkte toen waarschijnlijk nog in het ziekenhuis, als laborante. Misschien had ze zelfs dienst gehad in de nacht dat Ivy's dode baby naar het lab was gebracht.

Vandaag was alles anders, dacht Ivy toen de liftdeuren zich openden op de kraamafdeling. Ze had bijna de volledige termijn volgemaakt: zevenendertig weken.

Amulet of geen amulet, David of geen David, ze zou een gezonde dochter ter wereld brengen.

26

Ivy lag in een bed waarvan beide kanten omhoog waren gekrikt. Ze droeg een ziekenhuispyjama en ze was aan een babymonitor gekoppeld. De verpleegster had een bloeddrukmanchet losjes om haar arm gelegd.

Met haar handen op haar buik lag ze op de volgende weeën te wachten. Twee heldergroene lijnen golfden en knipperden over het scherm van de monitor. In de kamer naast haar hoorde ze een vrouw kreunen tijdens de bevalling.

Een zachte klop op de deur, en daar stond Jody. Ze rende naar binnen om Ivy te omhelzen.

'Nou?' Jody deed een stap terug, met Ivy's hand tussen haar eigen warme handen geklemd. 'Alles goed?' Jody's ogen stonden vol tranen.

Ivy knikte moeizaam. 'Ja hoor, dolletjes. Met ons allebei.'

'Dus het gaat gebeuren,' zei Jody met een gespannen lachje. 'Doe je braaf je ademhalingen?'

'Ik probeer het.'

'Wanneer was je laatste wee?'

'Een tijdje geleden alweer,' zei Ivy. 'Twintig minuten. Misschien nog wat langer, zelfs.'

'En daarvoor?'

'Toen leek het om de tien minuten. Alleen al op weg hierheen heb ik er drie gehad.'

'Weet je nog dat ze mij twee keer uit het ziekenhuis naar huis hebben teruggestuurd toen ik Riker moest krijgen?'

'Denk je dat ze me naar huis zullen sturen?'

'Luister maar niet naar mij. Wat weet ik er nou van? Dit is een Doris Day-moment, zoals mijn grootmoeder zou zeggen. *Qué será será.*'

Jody trok de gemakkelijke stoel dichter naar het bed toe en ging zitten.

'Heb je gebeld?' vroeg Ivy.

Jody knikte.

'En wat zeiden ze?'

Jody keek om zich heen of niemand het kon horen. 'Ik heb ze niet de kans gegeven iets te zeggen. Ik heb tegen de centrale gezegd dat er een lijk lag, met het adres. Toen heb ik opgehangen.'

Ivy stelde zich voor hoe de politie bij het huis zou arriveren. Eerst aankloppen, dan ontdekken dat de zijdeur open was, net als Ivy, daarna naar binnen en ten slotte de vondst van Melinda's lichaam in het bad met zoutkristallen. Eindelijk moesten ze nu op zoek naar bewijzen waarnaar ze dagen geleden al hadden moeten zoeken, bewijzen die David zouden ontlasten of zouden aantonen – zelfs voor haar – dat hij een moordenaar was.

'Denk jij dat het Melinda is?' vroeg Jody.

'Dat ligt wel voor de hand.'

'Vertel me dan nu wat er precies gebeurd is,' zei Jody.

Ivy beschreef hoe ze in een opwelling de straat in was gereden waar Melinda had gewoond. 'Er stond een file op het plein, anders zou ik nooit zijn afgeslagen.'

Ze vertelde Jody over de kartonnen envelop geadresseerd aan Elaine Gallagher, maar met post voor Melinda's moeder. En over Melinda's oude kamertje. 'Jody, het was precies zoals jij het beschreven had! Roze muren, die rare lamp, haar kleren in de laden, haar boeken op de planken... alsof ze er nog woonde! En er hingen foto's van David. Ik vond onze verlovingsfoto uit de krant, alleen...' Ivy snikte. 'Ze had mijn gezicht eruit geknipt.'

Het fluisterende geluid van zachte zolen en het gerammel van een metalen karretje zweefden vanuit de gang naar binnen. Jody stond op en deed de deur dicht.

'Het enige wat ik wilde was die foto's van David weghalen en maken dat ik wegkwam.' Ivy vertelde haar dat ze de foto's had verzameld, misselijk was geworden en nog net op tijd de badkamer had kunnen bereiken.

'Daar vond ik haar dus,' zei Ivy. En ze beschreef de met zout gevulde badkuip en de gelakte teennagels.

Ze zwegen allebei een tijdje.

'Ik haat roze,' zei Jody.

'De politie zal er nu wel zijn.'

'Op weg hierheen kwam ik een paar politiewagens met loeiende sirene tegen,' zei Jody. 'Wat heb je met die foto's gedaan?'

'Ze zitten in...' Terwijl Ivy het zei voelde ze haar buik weer hard worden. 'In de zakken van mijn broek.' Eindelijk weer een wee.

Jody stond op en opende de smalle kast. Ze pakte Ivy's broek van een plank waar hij opgevouwen lag en haalde de foto's uit een van de zakken.

'Ik zei je toch dat ze iets met jullie had. Jij wilde het niet geloven.'

'Nu geloof ik je wel.' Ivy knarsetandde toen de wee heviger werd. 'Nu wel.' Praten kostte haar de grootste moeite.

Jody liet de broek vallen en rende naar haar toe. 'Daar gaan we.' Ze streelde Ivy's voorhoofd. 'Ontspannen. Blijven ademen. Laat je spieren het werk voor je doen. Probeer je niet te verzetten.'

Ivy concentreerde zich op Jody's zachte aanraking en de klank van haar stem tijdens de wee.

'Goed zo. Je doet het geweldig. Volhouden.'

Deze keer leek het minder erg, of misschien kwam dat door Jody's aanwezigheid. De spiertrekkingen begonnen al af te nemen.

'Minstens vijftien seconden,' zei Jody.

Ivy haalde diep adem en blies weer uit.

Een verpleegster duwde de deur open en kwam binnen. Ze was jong en had lang sluik haar, nog donkerder dan dat van Ivy, dat ze in haar nek had samengebonden. Na een blik op de monitor nam ze Ivy's bloeddruk op.

Voordat ze vertrok, wikkelde de zuster het snoer van de alarmbel om de leuning van het bed. 'Als er iets is, druk hier dan op.'

Jody raapte Ivy's broek en de foto's op, waar ze ze had laten vallen. Toen haalde ze de rest van de papieren uit de broekzakken en spreidde alles uit op het voeteneinde van het bed.

'Deze lijkt nog vrij recent,' zei Jody, terwijl ze de foto van David voor Rose Gardens gladstreek. 'Ze heeft dus foto's van hem gemaakt. Een echte stalker. Vermoedde David niets? Of jij?'

'Nee. Helemaal niets.'

'Het is griezelig.' Jody pakte het formulier met de bowlingscores. 'Kezey's. God, kun jij je die tent nog herinneren? Alleen al bij de naam ruik ik die lucht weer: zweetsokken en' – ze trok haar neus op – 'krijtjes en verschaalde sigarettenrook. Weet je nog, die ouwe Kezey?'

Ja, Ivy wist het nog. Het bowlingcentrum was eigendom geweest van een man met vet haar, die jongelui een dollar extra liet betalen als ze zonder volwassene kwamen en geen rijbewijs konden laten zien om te bewijzen dat ze achttien waren. Maar het was het enige bowlingcentrum in de stad, de enige plek waar de jeugd naartoe kon zonder auto.

'Melinda werkte indertijd bij Kezey's,' zei Jody. 'Ik herinner me nog dat ik haar daar wel zag, na school. En... Jezus, daar heb je haar.' Jody hield de oudste van de twee fotostroken omhoog.

'Er zit nog een andere serie bij,' zei Ivy.

Jody vond de andere strook en hield ze naast elkaar. 'Wat denk je? Zou dit Melinda's zuster Ruth zijn,?'

'Haar zus?' herhaalde Ivy langzaam. Die mogelijkheid was nog niet bij haar opgekomen.

Jody pakte de verlovingsfoto waar Ivy's gezicht uit was geknipt. 'Ziek. Dit is echt ziek.'

'Vertel mij wat.'

'Wat wil je met al die rommel?' Jody legde de foto's en knipsels op een stapel aan het voeteneind.

'Verbranden.'

'Goed plan.' Jody leunde naar achteren op haar stoel. 'Dus Melinda White is dood, dat staat wel vast. Terwijl ik nog dacht dat ze elk moment zou kunnen opduiken. Ik vraag me af of het al op het nieuws is.' Ze pakte de afstandsbediening van de vensterbank en richtte die op de tv, die aan beugels aan het plafond hing. 'Oké?'

'Ga je gang,' zei Ivy.

Jody zette de tv aan en zapte langs de kanalen totdat ze ergens het late nieuws vond. Er was brand uitgebroken in een triplexwoning in Southie. Een poging tot autodiefstal op de snelweg. De terminal van Delta Air Lines op Logan was ontruimd vanwege een volleybal die in een papieren zak was achtergelaten.

Niets over het lichaam van een vermiste vrouw dat in een huis in Brush Hills was teruggevonden.

Ivy voelde zich opeens doodmoe. Ze kon nauwelijks meer haar hoofd optillen. Er kwam een commercial op het scherm met een witte vlinder die door een landschap vloog op de klanken van harpmuziek. Ze sloot haar ogen en liet het geluid over zich heen spoelen. Ze lag met haar handen op haar buik en vroeg ze zich af hoe lang het zou duren voordat hij weer hard werd.

Ze besefte niet eens dat ze in slaap was gevallen totdat ze wakker schrok. Dr. Shapiro stond over het bed gebogen. Jody, die zo te zien ook in haar stoel had zitten slapen, geeuwde en rekte zich uit. De tv was uit en het was na middernacht.

Dr. Shapiro trok het gordijn rond het bed dicht om Ivy te onderzoeken. Toen haalde ze de monitor wat dichter naar het bed.

'Deze lijn volgt je weeën,' zei de arts, wijzend op de bovenste lijn, die zich rustig over het scherm bewoog. 'En deze' – ze wees naar de onderste lijn, die regelmatig op en neer ging – 'is je baby.

Zie je? Alles ziet er goed uit, maar het kind is nog niet klaar om de wereld te begroeten.'

'Dus de bevalling is nog niet begonnen?'

'Dat gebeurt heel vaak, vooral bij een eerste baby.'

'Maar die pijn dan, en de diarree? Ik wist zeker...'

'Toen je hier binnenkwam had je goede, krachtige weeën. Maar het afgelopen uur is er niets meer gebeurd. Als ze morgenochtend nog niet zijn teruggekomen, mag je weer naar huis. Daar voel je je prettiger dan hier. Baby's hebben hun eigen tijdschema, maar uiteindelijk melden ze zich allemaal.'

'Je hoeft niet te blijven, hoor,' zei Ivy tegen Jody toen dr. Shapiro was vertrokken. 'Het schijnt loos alarm te zijn.'

'Ik ga straks weg, dan kan ik morgen terugkomen om je naar huis te brengen.'

'Maar mijn auto...'

'O, dat was ik vergeten. Je auto staat nog hier,' zei Jody.

'Ik kan zelf wel rijden.'

'Hou toch op. Daar mag je niet eens aan denken. Ik vraag wel of iemand mij brengt, dan kan een van ons jouw auto naar huis rijden. Laat het maar aan mij over.' Jody legde haar armen over elkaar en keek Ivy streng aan. 'Ga nu maar weer slapen.'

Het was een lange dag geweest sinds ze bij Jody wakker was geworden. Terug naar huis, met dat luchtje van parfum, Jody die haar had geholpen het hele huis te doorzoeken, wat niets had opgeleverd, behalve de doos met boeken, die het bewijs vormde van Davids zoveelste leugen. Haar computer met die bezochte websites van de Kaaimaneilanden en het reisbureau... nog een leugen.

Daarna mevrouw Bindel, neergeslagen in de tuin. De ziekenwagen zou haar wel naar het dichtstbijzijnde ziekenhuis hebben gebracht. Als haar weeën niet terugkwamen, zou Ivy morgenochtend uitzoeken waar ze lag. Misschien zou mevrouw Bindel zich kunnen herinneren wat er precies was gebeurd toen zij en haar hond...

De hond! Arme Phoebe. Die zat nog met een touw aan de waslijn wanhopig te wachten tot Ivy eindelijk terug zou komen.

'Jody, nog een ding...' begon ze. Maar Jody had zich in de stoel opgerold en was diep in slaap.

Buiten hoorde Ivy het geluid van een sirene aanzwellen en abrupt zwijgen toen de wagen de ingang van de eerstehulp bereikte. In gedachten zag ze het gele politielint waarmee de bungalow in Belcher Street zou worden afgezet. De reportagewagens die eerst voor haar huis hadden gestaan zouden nu ergens in die straat een plaatsje moeten zoeken. Rechercheurs zouden zich door het huis verspreiden om bewijzen te verzamelen en vingerafdrukken te nemen.

Ivy hoopte dat ze geen sporen van haar aanwezigheid had achtergelaten. In Melinda's slaapkamer had ze haar mouwen over haar handen getrokken. Maar had ze daar in de badkamer ook aan gedacht? Had ze niet de zijkant van die badkuip aangeraakt? Het was nu te laat om er nog iets aan te doen.

Ze huiverde toen ze zich die gelakte teennagels herinnerde. Hoe lang na de rommelmarkt zou Melinda zijn vermoord? Waar was het gebeurd, en wanneer was haar lichaam naar het bad versleept? Dat waren de vragen die het politieonderzoek eindelijk een nieuwe kant op zouden sturen.

Ivy draaide zich op haar zij en keek naar de monitor. Haar weeën vormden nu een vlakke lijn, maar de hartslag van de baby golfde rustig door. *Blip. Blip. Blip. Blip...* Haar ogen vielen dicht.

Ivy schrok wakker. Ze had net een glimp opgevangen van een verpleegster in een paars uniform die haar kamer verliet. Haar paardenstaart danste op en neer toen ze in de gang verdween. De vrouw deed Ivy denken aan Cindy Goodwin, Davids nieuwe assistent-bedrijfsleider, of 'Cheerleader Barbie', zoals Jody haar had genoemd. De stoel waarin Jody had zitten slapen was leeg en het licht in de kamer was uit.

De bovenste lijn op de monitor, die van de baby, golfde nog geruststellend en regelmatig over het scherm, dat een lichtgroen schijnsel over de muren en het plafond wierp.

Ivy sloot haar ogen en zag zichzelf door de getekende illustraties van *Madeline* wandelen, terwijl ze in haar hoofd de verzen op rijm opzei.

Ze had geen idee hoeveel tijd er was verstreken toen ze een hand op haar buik voelde. Een donkere gestalte doemde aan haar voeteneinde op. 'We weten dat u er was.' Ivy herkende de schorre stem van rechercheur Blanchard.

Wat deed hij hier in het ziekenhuis, midden in de nacht? En waarom kon ze zijn gezicht niet zien? Hoe kon hij haar buik aanraken vanaf de plek waar hij stond? Toch voelde ze zijn hand. Ze probeerde zich te bewegen, die hand af te schudden, maar ze lag als verlamd.

Dit is niet echt, stelde ze zichzelf gerust.

Ze dwong zich om wakker te worden en haalde diep adem, alsof ze naar de oppervlakte kwam nadat ze door een hoge golf in zee was meegesleurd. Een vrouw in een roze uniform stond bij het bed. Ze droeg een operatiemaskertje en had haar hand op Ivy's buik terwijl ze naar de monitor keek. Niet rechercheur Blanchard.

Ivy liet haar hoofd op het kussen terugzakken. Gewoon een verpleegster. Het naamplaatje op het borstzakje van haar jasje glinsterde groenig in het licht van de monitor.

'Alles in orde. Heel goed. Slaap maar verder,' zei de verpleegster. 'Ik kwam even de baby controleren.'

Toen vertrok ze, zonder verder nog iets te zeggen. Het enige wat ze achterliet was een vage lucht van rubber en een vleugje Opium-parfum.

27

Niet in staat de luchtjes uit haar hoofd te krijgen sliep Ivy de rest van de nacht nogal onrustig. Het leek wel of er elk halfuur een andere zuster binnenkwam om te kijken of alles goed ging. De volgende morgen om halfacht kwam dr. Shapiro om haar van de monitor los te koppelen en haar te vertellen dat ze voorlopig weer naar huis kon.

'Maar blijf in de buurt,' waarschuwde ze Ivy.

Een overbodig advies. Ivy was van plan om meteen na thuiskomst naar bed te gaan.

Jody belde. Theo zou haar om tien uur komen halen. Ivy keek naar het ochtendnieuws op tv, maar nergens werd melding gemaakt van een lijk in een huis in Brush Hills.

Ivy nam een gloeiendhete douche en liet het water tegen haar pijnlijke rug kletteren. Daarna trok ze haar kleren van de vorige dag weer aan. De foto's en papieren die ze uit Melinda's slaapkamer had meegenomen waren verdwenen. Hopelijk had Jody ze verbrand.

Ze zette de tv nog eens aan, maar er was geen nieuws.

Rusteloos pakte ze de telefoon op haar ziekenhuiskamer. 'Corinne Bindel. Dat is B-I-N-D-E-L,' spelde ze de naam voor de receptie.

Ja, mevrouw Bindel was hier opgenomen. Haar toestand was inmiddels veranderd van ernstig in redelijk. Meer kon de receptioniste haar niet vertellen.

Ivy hing op en knabbelde aan het laatste sneetje toast op haar ontbijtblad en onderdrukte de neiging om de tv nog eens aan te zetten.

Haar haar was nog vochtig toen ze de kamer verliet. Naast de liften hing een plattegrond van het ziekenhuis met een lijst van alle afdelingen. Ivy wist niet waar mevrouw Bindel lag, maar het ziekenhuis was niet zo groot, heel anders dan die massale complexen in het centrum, die zelf bijna een kleine stad vormden.

Ivy ging de lijst met afdelingen na. De registratie en administratie waren op de begane grond, de intensive care op Oost 3, de kraamafdeling op West 2. Daar stond ze nu. Chirurgie lag op Oost 2. Dat leek haar een goede keus.

Ivy volgde de bordjes naar Oost 2, langs de liften. Via een gang, een dubbele deur en nog een dubbele deur naar links kwam ze bij een grote verpleegstersbalie. Een arts stond te bellen. Ivy liep hem haastig voorbij, met een gezicht alsof ze wist waar ze moest zijn.

Alle kamers van de afdeling hadden kaartjes naast de deur met de namen van de patiënten in duidelijke zwarte viltstift. Ivy liep eerst langs de ene kant van de lange gang en was halverwege de andere kant toen ze de naam vond die ze zocht.

Door de open deur zag ze mevrouw Bindel al in het dichtstbijzijnde bed liggen. Ivy stapte naar binnen. De vrouw in het andere bed keek even op en draaide zich toen op haar zij, naar het raam.

Mevrouw Bindel lag op haar rug, met haar ogen gesloten en een groot verband om haar hoofd. Haar lippen waren droog en gebarsten. Ivy trok een stoel bij het bed en ging zitten. Ze pakte de hand van haar buurvrouw. Er zat een infuusnaald in haar arm, waarvan het slangetje naast het bed hing. Haar borst ging op en neer. Haar toestand was 'redelijk'. Wat betekende dat eigenlijk?

Terwijl Ivy daar zat, herinnerde ze zich haar laatste bezoek aan oma Fay, een paar maanden nadat David en zij waren getrouwd. Die middag, toen ze bij haar grootmoeder kwam, trof ze haar ineengezakt in haar leunstoel, met de krant nog op haar schoot. Zonder de vitale persoonlijkheid die haar zo levendig maakte, leek haar oma verschrompeld in de dood, niets anders dan een zak huid en broze vogelbotten.

Ivy had officieel het toezicht op de medische toestand van haar grootmoeder, maar zoals gewoonlijk had oma Fay zelf besloten hoe en wanneer ze wilde gaan. De ene dag liep ze nog naar de supermarkt met haar wagentje en commandeerde ze iedereen, de volgende dag kreeg ze last van indigestie, lichte pijn op de borst, en een paar uur later was ze dood. Een ideaal einde voor een vrouw die altijd had geroepen dat ze 'niemand tot last wilde zijn'.

'Hadden mensen ook maar een uit-knop,' had oma Fay eens tegen Ivy gezegd. 'Of in mijn geval een knop met HET WAS GOED ZO.'

Ivy keerde met een schok in het heden terug toen mevrouw Bindel haar hand bewoog. Haar oogleden knipperden, haar blik gleed door de kamer en bleef ten slotte op Ivy rusten. De herkenning in haar ogen sloeg om in verwarring en ze tastte naar het verband om haar hoofd.

'Ja,' zei Ivy. 'U hebt uw hoofd bezeerd. Weet u dat nog?'

'Ik...' Er kwam een heldere, bezorgde blik in de ogen van haar buurvrouw. 'Jij...?'

'Ja, ik heb u gevonden en de ziekenwagen gebeld.'

'Phoebe?'

'O, geen probleem.' Ivy voelde zich een beetje schuldig. Zodra ze thuiskwam, zou ze Phoebe binnenhalen om de arme hond eten te geven. In elk geval had ze een bak water neergezet. 'Mevrouw Bindel, kunt u zich nog herinneren wat er is gebeurd?'

'De tuin,' zei mevrouw Bindel met een vage blik. 'Daglelies.'

'Ja, uw daglelies waren prachtig dit jaar,' zei Ivy. 'Was u in de tuin bezig met het delen van de plant?'

Mevrouw Bindel staarde haar aan.

'Want daar heb ik u gevonden, in de tuin, op het gras bij het achtertrapje. Hebt u daar iemand gezien?' vroeg Ivy. 'Heeft iemand u iets aangedaan?'

De blik van de vrouw gleed over Ivy's schouder. Ze sperde haar ogen open en met verrassende kracht trok ze haar hand uit Ivy's greep.

'Hebt u...' Maar Ivy's vraag werd onderbroken door een harde klop op de deur.

Ze draaide zich om en zag rechercheur Blanchard op de drempel staan.

'Mevrouw Rose, wat doet u hier?' Hij kwam de kamer binnen.

Dat gaat je geen bliksem aan. Maar dat antwoord slikte Ivy in. 'Ik ben gisteravond in het ziekenhuis opgenomen. De eerste weeën.'

Zijn blik gleed naar haar buik.

'Ze hielden weer op,' verklaarde Ivy.

'Hebt u hier vannacht gelegen?'

'Ik mag straks weer naar huis.'

'Dus u weet het nog niet?'

Ivy's hart begon te bonzen. 'Wat weet ik nog niet?'

Hij gaf haar een teken om hem naar de gang te volgen. 'Er is een nieuwe ontwikkeling in de zaak.' Terwijl hij het zei, voelde Ivy dat hij haar scherp opnam.

Ze probeerde verbaasd te kijken en verheugde zich al op de genoegdoening als Blanchard zou moeten toegeven dat Melinda's lichaam al die tijd in het huis had gelegen waar ze was opgegroeid.

'We hebben het lichaam van Gereda White, de moeder van Melinda, gevonden' zei Blanchard.

Melinda's *moeder*? Ivy was te ontsteld om een woord te kunnen uitbrengen.

'In een huis dat vroeger van haar was. En het lijkt erop dat mevrouw White al geruime tijd dood was.'

'Ik... ik weet niet wat ik moet zeggen. Hoe...?'

'We zullen de doodsoorzaak pas weten als er sectie is verricht.'

'Maar...?' begon Ivy. Hoe moest ze deze vraag formuleren zonder zichzelf te verraden? 'Ik dacht dat mevrouw White in Florida woonde, bij Melinda's zuster Ruth.'

Blanchard keek gepast chagrijnig. 'Dat dachten wij ook. Maar we hebben ons allemaal vergist. De politie van Naples is naar het appartement van Ruth White gegaan. Daar bleek niemand te zijn. De buren hadden al in geen weken meer iemand gezien.' Hij staarde naar de neuzen van zijn schoenen. 'We gaan nu de gsm-gesprekken van Ruth White na om haar locatie vast te stellen op de momenten dat ze ons belde. Het is wel een nummer uit Florida, maar ze had overal vandaan kunnen bellen.'

'Heeft Melinda wel een zuster die Ruth heet?' vroeg Ivy.

'Natuurlijk. Dat hebben we onmiddellijk gecontroleerd.' Blanchards frons werd nog dieper. 'We zijn er nog mee bezig. Aan de rest van de feiten verandert niets.'

'Maar...'

Hij hief een hand op. 'Ik heb u al meer verteld dan eigenlijk mag. Vertrouw me maar, het onderzoek vordert.'

'U vertrouwen?' zei Ivy ongelovig. 'Wanneer laat u mijn man dan vrij?'

28

'Ik geef het niet graag toe, maar de man heeft een punt,' zei Theo terwijl hij auto startte om Ivy naar huis te rijden. Het interieur van de Lexus rook naar leer en sigarenrook. 'De ontdekking van het lijk van Melinda's moeder verandert niets aan het feit dat de vrouw die wordt vermist het laatst is gezien toen ze jullie huis binnen ging. Zij en David hadden ruzie. De politie heeft bloedsporen gevonden, en een mes waarvan David toegeeft dat hij het wilde verbergen. En dan is er nog die enkele reis naar de Kaaimaneilanden. Ze hebben op z'n minst genoeg reden om David vast te houden wegens het knoeien met bewijsstukken.'

Theo's woorden leken Ivy te treffen vanuit een dichte mist. De voorruit was beslagen en door de bewolkte hemel leek het eerder namiddag dan halverwege de ochtend.

'Maar hoe gaat het met je?' vroeg Theo. Hij vermeed naar Ivy's buik te kijken.

'Lichamelijk?' Ivy maakte de gordel vast onder haar dikke buik. 'Goed, hoor.'

Theo zette de ruitenwissers aan en reed langzaam de oprit van het ziekenhuis af. In de verte zagen ze Jody over het parkeerterrein van het ziekenhuis lopen, op zoek naar Ivy's auto.

'Het is zo frustrerend.' Theo keek naar links en rechts voordat hij een straat met een middenberm in reed. 'Ze willen niet vertellen hoe ze mevrouw White hebben gevonden en laten niets los over de omstandigheden van haar overlijden.'

De ruitenwissers zwiepten heen en weer.

'Die rechercheur zei dat ze al een tijdje dood moest zijn,' zei Ivy.

'Een tijdje?' Theo keek haar van opzij aan.

'Ik weet het. Wat betekent dat? En waar is de vrouw die in dat huis zou moeten wonen? Mevrouw White had het toch verkocht?'

'Ja, dat is zeker,' zei Theo. 'Ongeveer acht maanden geleden. We hebben de gegevens bij het kadaster opgevraagd. De nieuwe eigenaar is een vrouw, Elaine Gallagher. Ik heb een privédetective aan het werk gezet om uit te vinden wie ze is en waar ze zich bevindt. Maar hoe wist de politie dat ze daar moesten zoeken? Blijkbaar hebben ze een tip gekregen.'

'Dat zal wel,' zei Ivy, uit het raampje starend. Ze was niet van plan om Theo te vertellen dat ze in het huis in Belcher Street was geweest en daar een badkuip vol zoutkristallen had gevonden, of dat Jody de anonieme tipgeefster was. En ze zou zeker haar mond houden over de foto's van David die ze in Melinda's oude kamertje had gevonden. Ze was allang blij dat die waren opgeruimd.

Theo sloeg met de muis van zijn hand tegen zijn stuur. 'En waar is Ruth White, verdomme? Die zorgde toch zogenaamd voor haar demente maar nu overleden moeder?'

'In elk geval had David niets te maken met de moord op die moeder,' zei Ivy.

'Natuurlijk niet. We weten nog niet eens of ze is vermoord. Bovendien zit David niet vast wegens moord.' *Nog niet*, hoorde Ivy duidelijk aan zijn toon. 'Laten we ons maar gedeisd houden en ons concentreren op de voorlopige zitting van maandag.' Theo's zilveren kruisje aan het spiegeltje bungelde heen en weer, heen en weer. 'We moeten nog steeds een verklaring vinden

197

voor dat ticket naar de Kaaimaneilanden. David heeft die reis niet geboekt, dus moet het iemand anders zijn geweest.'

'En als blijkt dat dat ticket vanaf onze computer is besteld?' vroeg Ivy.

Theo nam zijn voet van het gaspedaal. 'Is dat zo?'

'Dat weet ik niet. Maar stel?'

De auto reed een bochtige straat door en stopte voor een verkeerslicht. 'Dan moet iemand jullie huis zijn binnen gekomen,' zei Theo. 'Maar wie? En hoe kunnen we bewijzen dat David of jij het niet is geweest? Jullie hebben geen bewakingscamera's.'

'Misschien is er wel een getuige die heeft gezien dat iemand heeft geprobeerd binnen te komen.'

'Een getuige die zich nog niet heeft gemeld?'

'Of zich nog niet heeft kúnnen melden. Mijn buurvrouw. Misschien heeft mevrouw Bindel gezien dat iemand onze oude sleutel probeerde te gebruiken nadat ik de sloten had vervangen. Dat kan de reden zijn waarom ze bewusteloos is geslagen. Op dit moment herinnert ze zich nog niets, maar later misschien wel.'

Ivy dacht aan de uitdrukking op mevrouw Bindels gezicht toen ze in het ziekenhuis wakker was geworden en Ivy bij haar bed had zien zitten. Haar aanvankelijke verbazing had plaatsgemaakt voor iets anders. Angst? Ivy had het haar niet kunnen vragen, want op dat moment was rechercheur Blanchard binnengekomen.

'De politie heeft ons huis doorzocht,' zei ze. 'Iemand van hen heeft misschien de sleutel gekopieerd en is later teruggekomen toen er niemand thuis was. Een van de mensen die ik in die rieten hutkoffer heb zien snuffelen was een man.' Ivy probeerde het zich te herinneren, maar ze had alleen een vaag beeld van een lang en mager silhouet.

'Een politiecomplot? Dat zou de rechter een vrolijke dag bezorgen. Laten we hopen dat het niet zo is, want dat is bijna onmogelijk te bewijzen.'

Het licht sprong op groen. De banden draaiden voordat ze grip kregen. Ze staken het plein over, langs de Three Brothers

Hardware Store en Kezey's Good Time Lanes. Daar kwam het formulier met bowlingscores vandaan dat Ivy in Melinda's kamertje had gevonden.

'Herinner je je dat oude bowlingcentrum nog?' vroeg ze.

''Ja.' Theo keek even opzij. 'Ik vraag me af of iemand dat bord ooit nog zal weghalen.'

'Jullie kwamen daar vroeger vaak, na de football-training. Jij en David.'

Theo knikte en nam een zijstraat.

'En Eddie en Jake?'

Theo keek haar verbaasd aan. 'Ja. Het hele team.' Hij draaide Laurel Street in.

'Melinda White werkte daar na schooltijd,' zei Ivy.

De auto stopte voor hun huis. Het bleef twee seconden stil voordat Theo antwoordde: 'Zou kunnen. Dat weet ik niet meer.'

'Zoals je zei, het hele team kwam daar bowlen.'

Theo klemde zijn handen om het stuur. 'Ivy, heb je dat tegen de politie gezegd?'

'Wat?'

Hij draaide zich naar haar toe. 'Over Kezey's bowlingcentrum.'

'Waarom zou ik?'

Hij keek haar onderzoekend aan. 'Goede vraag. Waarom zou je?'

Ivy gaf geen antwoord.

'Hou er dan je mond over. Zeg het tegen niemand, alsjeblieft.'

Ivy voelde een kille angst, diep in haar maag. 'Wat is er dan gebeurd?'

'Het is al zo lang geleden.'

Maar niet lang genoeg, als Theo niet wilde dat ze iemand over het bowlingcentrum zou vertellen.

Theo trok de handrem aan. Weer draaide hij zich naar haar toe. 'Ik zeg je, er is helemaal niets gebeurd.'

Ivy keek hem strak aan. 'Theo, natuurlijk is er iets gebeurd.'

'Ivy...'

'Wat dan?'

Theo kreunde. 'Dit heeft er allemaal niets mee te maken.'

'Theo!'

'Goed, goed. Zij, Melinda dus, dacht dat David...' Hij wachtte even, alsof hij naar woorden zocht. 'Op een keer waren we daar, na de training, en Melinda dacht dat David haar wilde versieren.'

Ivy staarde naar het zilveren kruisje dat heen en weer zwaaide aan het spiegeltje. *Versieren*. Wat moest ze daaronder verstaan?

'Ik geloof dat ze echt dacht dat hij iets met haar wilde,' zei Theo. 'Onzin, natuurlijk.'

'Hoe weet jij dat?'

'Hoe ik...? Ik was erbij!'

De afkoelende motor tikte. 'Dat bedoel ik niet. Hoe weet jij zo precies wat Melinda dacht?'

'Ik... shit.' Theo sloeg zijn ogen neer. Zijn kaak bewoog. 'David heeft het me verteld. Daarom heeft hij Melinda mee naar binnen genomen op de dag van de rommelmarkt. Ze begon weer over vroeger – wat er toen in het bowlingcentrum was gebeurd. Nou ja, haar versie dan. David wilde het uitpraten, onder vier ogen.'

Theo haalde het sleuteltje uit het contact. 'Maar ze had het zich allemaal verbeeld, geloof me nou.'

'En hoe ernstig is haar versie van wat er gebeurd was?' vroeg Ivy.

'Hij... zij...' Theo bevochtigde zijn lippen met zijn tong. 'Verdomme, wil je dat echt allemaal weten? Ik bedoel, het stelde helemaal niets voor.'

Ivy stak een hand uit om het zilveren kruisje stil te laten hangen en wachtte af.

'Het was na de training, in de herfst van ons laatste jaar,' zei Theo. 'We gingen erheen om te bowlen. Er was niemand, ook meneer Kezey niet, dus haalde iemand een krat bier. We begonnen te drinken, te bowlen en... nou ja, te keten.'

'Te keten?'

'We waren dronken, allemaal. We hebben die hele tent verbouwd.' Hij maakte een grimas. 'De zaak liep een beetje uit de hand, dat geef ik toe.'

'Een beetje?'

'Behoorlijk, zeg maar.'

'En Melinda?'

'Die dronk stevig mee. Ze amuseerde zich kostelijk. En toen...'
Theo liet zijn tong weer langs zijn lippen glijden.

'Toen wat?' vroeg Ivy.

'Je bedoelt of we...? Dat er...? Geen sprake van. Maar dat lag
niet aan haar. Geloof me nou, ze vroeg erom.'

Ivy kromp ineen. Zijn zelfgenoegzame toon maakte haar misselijk. Melinda was waarschijnlijk nog nooit dronken geweest.
Voor het eerst waren er jongens die aandacht aan haar besteed-
den. Niets bijzonders voor zo'n stel populaire sporters, maar
voor Melinda moest het een geweldige ervaring zijn geweest.

Theo ademde hoorbaar. 'Het was wel duidelijk dat Melinda op
David viel. Hij was gewoon aardig tegen haar, verdomme. Een
grote fout.'

'Dus jij beweert dat David op die rommelmarkt Melinda mee
naar binnen nam omdat ze wilde praten over iets wat ooit op
school is gebeurd?'

'Precies. Krankzinnig, toch? Alleen, er wás helemaal niets gebeurd.'

Theo leunde naar voren en inspecteerde zichzelf in het spiegeltje. Hij streek zijn haar aan de zijkant glad en keek over zijn
schouder toen Jody Ivy's auto op de oprit parkeerde.

Hij draaide zich weer naar Ivy. 'David zei dat ze zich idioot
gedroeg. Buiten proportie. Dat heeft hij jou ook verteld, hoe ze
zich aanstelde als een klein meisje en dat glazen schaaltje kapot-
gooide. Ze was woedend toen hij haar zei dat ze zich... vergiste in
wat er ooit was gebeurd. Raar, eigenlijk, omdat hij zelf zo dronken was dat hij bewusteloos raakte. Ik moest hem zowat naar
huis dragen. En Melinda was zo dronken dat...' Hij grinnikte.
'Hoe dan ook, ik stond verbaasd dat ze zich nog iets konden herinneren behalve de kater bij het wakker worden. Dat zal geen
pretje zijn geweest.'

Theo stapte uit. Ivy wachtte tot hij om de auto heen liep. Ze voelde zich alsof ze een klap met een zandzak had gekregen. Ja, David

had haar verteld over de scène die Melinda op zolder had gemaakt, maar meer ook niet. Over Melinda's beschuldigingen had hij niets gezegd, zoals Theo er nu ook makkelijk overheen stapte.

Theo hield het portier voor haar open. Het was opgehouden te regenen.

'Weet je wat ik eerst dacht toen ik hoorde dat de politie een lichaam had gevonden?' zei hij. Ivy onderdrukte haar weerzin toen ze Theo's uitgestoken hand pakte en zich uit de auto hees. 'Dat het Melinda was, die zelfmoord had gepleegd. En ik zal je nog iets zeggen. Ik hoop dat ze dood is, want als dat niet zo is, kan ze nog voor grote problemen zorgen, want ze is totaal geflipt.'

Voor wie? Stel dat Melinda weer levend zou opduiken en de politie zou vertellen wat er bij Kezey's was gebeurd – haar eigen versie? Zelfs als de zaak was verjaard en het nu te laat was om een aanklacht in te dienen, zou toch het hele verhaal naar buiten komen. Dan was David het middelpunt van een schandaal en zouden er ook vragen worden gesteld over Theo's rol, met allerlei insinuaties waartegen hij zich als kandidaat-senator misschien nooit zou kunnen verdedigen. Dan kon het einde betekenen van zijn politieke carrière.

Jody liep naar Ivy toe. 'Ik heb de zijdeur opengemaakt. Je sleutels liggen in de keuken. Alles goed? Geen weeën meer?'

'Nee, niets,' zei Ivy. 'Ik voel me prima.'

'Zo zie je er niet uit. Zullen we nog even binnenkomen voordat Theo me naar huis brengt?'

Ivy hief haar handen om al die bezorgdheid af te weren. 'Nee hoor, dank je wel.' Jody's gezelschap zou misschien welkom zijn, maar Theo's nabijheid was meer dan ze kon verdragen.

Ze liep de oprit af.

'Mijn gsm staat aan,' riep Jody haar na.

Ivy wilde het trapje naar de zijdeur beklimmen toen ze Phoebe hoorde blaffen, achter het huis van mevrouw Bindel. Weer was ze die stomme hond vergeten.

Ze draaide zich om. 'Jody!'

Jody liep een eindje de oprit op. 'Zal ik je instoppen?'

'Wil je me een plezier doen en die grote zak hondenvoer uit mijn auto halen? Zet hem maar in de keuken. Ik had beloofd dat ik op Phoebe zou passen, de hond van mevrouw Bindel.'

Ivy liep naar de tuin van haar buurvrouw. Toen ze dichterbij kwam, ging Phoebes geblaf over in een zielig gejank. De hond had zichzelf verstrikt in het touw waarmee ze aan de waslijn was vastgebonden. Ze kon niet eens bij de plastic waterbak die Ivy voor haar had neergezet.

Ivy maakte het touw los, ging met gekruiste benen naast de waterbak in het gras zitten en wachtte tot de hond naar haar toe kwam.

Phoebe kwispelde zo hevig met haar kleine staartje dat haar hele achterkant ervan trilde. Ze likte Ivy's gezicht, dronk wat water en likte Ivy toen weer. Ivy maakte het touw los, sloeg haar armen om Phoebe heen en begroef haar gezicht in haar warme, vochtige vacht. Van honden werd je weer vrolijk.

Ivy stond moeizaam op. Phoebe probeerde haar mee te trekken naar het huis van mevrouw Bindel. Na een korte worsteling gaf de hond het op en ze ging braaf mee naar Ivy's huis. Binnengekomen maakte Ivy het touw van Phoebes halsband los en gooide het om een deurknop van de bijkeuken. Ze legde haar tasje op het aanrecht, naast haar sleutels, die Jody daar had neergelegd. De zak met hondenvoer stond op de grond.

Terwijl Phoebe snuffelend alle hoekjes van de keuken verkende, knipte Ivy de zak open en gooide wat brokjes in een bak. Ze had geen idee of er water bij moest, maar deed het toch, mengde alles met elkaar en zette het bakje op de grond.

Phoebe kwam naar haar toe en begon meteen te eten. Na een paar seconden keek ze Ivy fronsend aan met die dikke, fluwelen rimpels boven haar ogen, en ging toen weer door met eten.

Ivy liep terug naar de bijkeuken. *Tik, tik, tik.* Het getrippel van pootjes toen de hond haar volgde. Ivy deed de zijdeur op de grendel, bukte zich en kriebelde Phoebe achter haar oren.

Diep in haar hart was ze blij om niet alleen te zijn, en nog blijer met gezelschap waarmee ze niet hoefde te praten.

Ivy schonk zich een glas sinaasappelsap in en dronk wat, terwijl Phoebe verder ging met eten. Ze had de helft opgedronken toen ze zich bewust werd van de bittere smaak. Ze gooide het glas leeg, spoelde het om en zette het in de gootsteen.

Met Phoebe op haar hielen liep ze de benedenverdieping door. In het halletje stond Bessie weer met haar gezicht naar voren, zoals het hoorde. De voordeur was vergrendeld. De gordijnen in de huiskamer waren nog dicht en alles leek in orde. De kussens op de bank lagen op hun plaats, keurig opgeklopt. Geen kranten of tijdschriften op de grond of op het koffietafeltje.

Ivy geeuwde. Ze was doodmoe.

Bovengekomen wierp ze een blik in alle slaapkamers voordat ze de kleren uittrok die ze al twee dagen droeg en schoon ondergoed en een joggingpak aantrok. Ze poetste haar tanden en spoelde de nare nasmaak van het sinaasappelsap weg.

Haar bed lokte, maar ze wist dat ze niet zou kunnen slapen. Ze zou voortdurend liggen woelen en zich Theo's woorden herinneren: *Er is helemaal niets gebeurd.* De trieste waarheid was dat ze hem niet geloofde. Theo was een praatjesmaker, een handige politicus, ook als hij geen campagne voerde – iemand die graag de harde werkelijkheid verdoezelde.

Hoe het ook zij, ze had David opnieuw op een uitvlucht betrapt. *Hoe lang zou ze hem nog blijven verdedigen?* Misschien had Blanchard toch gelijk. Het was natuurlijk mogelijk dat iemand opzettelijk bewijzen had achtergelaten om David te belasten, maar zelf had hij ook voortdurend gelogen. Uiteindelijk had hij zelfs bekend dat hij de tas met het mes had willen verbergen. Foetusweefsel... Ivy werd al misselijk bij de gedachte.

Stel dat het DNA van de vader naar David kon worden getraceerd? David en Melinda? Onmogelijk, zou Ivy een paar dagen geleden nog hebben gezegd. En ondanks al die bewijzen was ze er nog steeds van overtuigd dat David geen moordenaar was. Als maar één zo'n bewijs kon worden ontkracht zou de rest als een kaartenhuis ineenstorten.

Dat ticket naar de Kaaimaneilanden... Ze had met eigen ogen gezien dat die reservering vanaf hun computer was gemaakt. Of was dat wel zo? Een paar bezoekjes aan de website van een reisbureau bewezen nog niet veel.

Ivy liep naar haar werkkamer en ging achter haar bureau zitten. Ze pakte de muis, en het scherm lichtte op. Phoebe wurmde zich onder het bureau en ging aan haar voeten liggen. Ivy geeuwde en opende de browser.

Ze klikte op 'History' en vervolgens op de dinsdag, en vond de lijst, in omgekeerde chronologische volgorde de websites van de Kaaimaneilanden, gevolgd door die van Travelocity, tussen MapQuest en de website van Channel 7.

Dat was drie dagen geleden. Ze probeerde het zich te herinneren. Ze had uitgeslapen en was pas opgestaan toen David naar zijn werk was. Op MapQuest had ze een routebeschrijving gevonden naar het verzorgingshuis van meneer Vlaskovic. Ze wist bijna zeker dat ze pas op de nieuwssite van Channel 7 had gekeken toen ze weer thuiskwam na de babyshower.

Gespannen tikte ze met haar vingers tegen het scherm. De sites van Travelocity en de Kaaimaneilanden waren bezocht op dinsdag, toen David naar zijn werk was – de dag dat iedereen bezig was geweest met de voorbereidingen voor haar babyshower. Zijn collega's konden voor hem instaan.

Met nieuwe hoop drukte Ivy op 'Afdrukken'. De printer begon te zoemen en Ivy pakte het papier zodra het uit het apparaat kwam. Ze zou de uitdraai aan Theo laten zien, die ermee naar de rechter kon gaan op de zitting van maandag. Of beter nog: hij zou kunnen vragen om de zaak met voorrang te behandelen.

Want hier had ze het bewijs in handen dat David niet vluchtgevaarlijk was, het bewijs dat iemand op dinsdag haar laptop had gebruikt om een vliegticket te bestellen op Davids naam. Het bewijs dat iemand hun huis was binnen gedrongen zonder dat David of zij daar iets van wist.

Goddank dat ze de dag daarop de sloten had vervangen.

29

Ivy belde Theo met het goede nieuws. Toen hij niet opnam, sprak ze een boodschap in. Na het telefoontje spoelde er een golf van vermoeidheid over haar heen. Ze moest nu echt slapen. Maar eerst wilde ze nog zien of er nieuws was.

De plaatselijke nieuwssite had een rode balk met de kop: LAATSTE NIEUWS, en daaronder: GRUWELIJKE ONTDEKKING IN BRUSH HILLS.

Links op het scherm stond een kleine foto van Melinda White, half over een grotere opname van de grijze bungalow. Ivy's nieuwsgierigheid sloeg om in misselijkheid toen ze zich de zure lucht in het huis en de aanblik van de badkuip met pekel herinnerde.

Gisteravond heeft de politie het lichaam ontdekt van Gereda White, een bejaarde vrouw uit Brush Hills... las Ivy. Haar blik gleed naar beneden. *Volgens de politie had een anonieme tip hen naar het huis geleid dat ooit eigendom was van mevrouw White.*

Een kop in een zijbalk luidde: GROEIEND MYSTERIE ROND DE VERDWIJNING VAN MEVROUW WHITES ZWANGERE DOCHTER, DE 33-JARIGE MELINDA WHITE.

Inderdaad. Ivy staarde naar de inzet, het footootje van Melinda, dat leek op een van de zwart-witstroken die Ivy in haar kamer had gevonden. Jody had geopperd dat de andere, recente strook niet Melinda was, maar haar zuster Ruth, dezelfde Ruth die Melinda als vermist had opgegeven. Ruth, die een appartement in Florida had waar ze al weken niet was geweest en waar ze zeker niet haar moeder had verzorgd.

Zou het Ruth zijn die naar de rommelmarkt was gekomen en zich had voorgesteld als Melinda? Was het Ruth die David had gemanipuleerd om haar mee naar binnen te nemen en haar daar alleen te laten? Stel dat Melinda op dat moment al dood was, net als haar moeder?

Ivy kreeg hoofdpijn van zulke redeneringen. Ze sloot haar laptop af, liep naar de slaapkamer en kroop in het onopgemaakte bed. Phoebe bleef naast haar staan en legde haar snuit op de dekens. De hond jankte zielig en blafte toen – precies zoals Ivy zich voelde.

Wat maakte het ook uit? Phoebe was haar hond niet, dus kon ze haar ook geen verkeerde dingen leren. Ze stak haar armen uit en trok de hond naast zich. Phoebe maakte twee rondjes en nestelde zich toen op het bed.

Toen Ivy haar ogen dichtdeed, concentreerde ze zich op dat ene goede bericht dat ze voor David had. Hopelijk zou dat de kranten iets anders geven om over te schrijven. En dat deed haar ergens aan denken. Ze draaide zich om naar het nachtkastje en zette de telefoon uit.

Eindelijk viel ze in slaap, met Phoebes warme lijf tegen zich aan.

Ivy schrok wakker. Een gestage regen kletterde tegen het raam. Ze hees zich op een elleboog en keek op de wekker. Een paar minuten voor vier. Ze had al uren geslapen en wilde niets liever dan zich op haar zij draaien en verder slapen, maar Phoebe had andere ideeën. De hond stond jankend op de drempel. In elk geval was ze zindelijk.

Ivy kwam moeizaam uit bed en stak haar voeten in een paar oude gympen. Phoebe liep voor haar uit de trap af. Met alle gordijnen dicht was het donker in huis. Nog een beetje slaperig pakte Ivy het touw van de zijdeur en bond het aan Phoebes hals-band. Ze griste een regenjack uit de bijkeuken en gebruikte de reservesleutel die naast de deur hing om de deur te openen.

Het bliksemde. Ivy telde tot twintig en hoorde de donderklap in de verte. De bewolkte hemel zorgde voor een welkome dek-king toen ze met Phoebe langs de rand van haar eigen tuin en die van mevrouw Bindel liep. Fijne regen sloeg als dunne naalden in haar gezicht terwijl ze wachtte tot Phoebe klaar was.

Op de terugweg bleef ze even staan op de plek waar ze het bewusteloze lichaam van haar buurvrouw had gevonden. Ze herinnerde zich de lelijke paarse buil op mevrouw Bindels ble-ke hoofdhuid en de grote steen die rechercheur Blanchard hier vlakbij had gevonden.

Huiverend haastte ze zich terug naar binnen.

Ivy droogde de hond af in de bijkeuken, deed de deur op slot en hing de reservesleutel weer aan zijn haakje. Ze was halver-wege de keuken toen ze bleef staan. Ze liep terug.

Er klopte iets niet.

Ze deed het licht aan en de plafondlamp verlichtte de keuken. Ivy's tasje lag niet meer op het aanrecht, waar ze het had neerge-legd – dat wist ze zeker. En ook haar sleutels waren verdwenen.

In plaats daarvan stond nu een van de rode glazen dessert-bordjes van haar grootmoeder op het aanrecht, met het kran-tenknipsel van haar en Davids verlovingsbericht.

In haar hoofd begon een alarmbel te rinkelen. Er was iemand in huis! Ze moest hier weg. Maar ze kon haar ogen niet losma-ken van het knipsel, vergeeld en omgekruld, net als het kranten-bericht dat ze in Melinda's kamertje bij haar moeder thuis had gevonden.

Maar hoe kon dat? Had Jody dan niet al die knipsels en foto's van Ivy's ziekenhuisbed meegenomen en verbrand?

Ivy kwam een stap dichterbij. Waar ze zelf uit de foto was geknipt, zat nu een ander gezicht. Ivy draaide het knipsel om en rukte de foto weg die met plakband tegen de achterkant was bevestigd.

Het duurde even voordat het tot haar doordrong wat ze precies zag: het gezicht uit een van de fotostroken die ze in Melinda's vroegere kamer had gevonden.

Op dat moment hoorde ze een zacht gegrom. Er liep een rilling over haar rug. Phoebe stond in de deuropening van de bijkeuken, grauwend met ontblote tanden. Ze staarde langs Ivy heen in de richting van de eetkamer.

Ivy draaide zich om. Een gestalte doemde op vanuit het donker. Op de drempel stond de vrouw die op de rommelmarkt was geweest. Was het Melinda? Of Ruth?

Blinde angst greep Ivy bij de keel. 'Ga weg! Uit mijn huis!'

De vrouw stapte de helder verlichte keuken in. Ze was niet zwanger.

'Blijf bij me vandaan!'

De vrouw deed nog een stap naar haar toe.

'Waarom doe je dit?'

De blik van de vrouw ging naar Ivy's buik. 'Omdat dat mijn baby is.'

Ivy deinsde terug en sloeg met een klap tegen het aanrecht. Ze greep een van de messen uit het blok en hield het voor zich uit. De punt trilde en ving het licht.

'Ga weg!' gilde Ivy.

Ze zag dat de vrouw een roze verpleegstersuniform droeg, net als de zuster die midden in de nacht bij haar was komen kijken, de vrouw die een maskertje had gedragen en een geur van rubber en Opium-parfum had achtergelaten. Ze was niet gekomen om te zien of alles in orde was met Ivy. Ze was op zoek geweest naar Ivy's baby.

De vrouw greep een theedoek die naast het fornuis hing.

Phoebe gromde weer en schuifelde achteruit de bijkeuken in. Voordat Ivy besefte wat er gebeurde had de vrouw haar al met de theedoek geslagen. Ivy's hand deed pijn door de zweepslag en het mes kletterde tegen de grond. Ivy dook erachteraan.

De vrouw greep haar van achteren beet en schopte het mes weg. Het zeilde over de vloer.

Ivy schopte en schreeuwde, maar wist zich niet te bevrijden. Zo bleven ze staan, verstrengeld in een houdgreep. De vrouw verspreidde een zware geur van Opium, in golven.

Ivy kokhalsde en voelde haar maagzuur omhoogkomen.

De telefoon rinkelde. En nog eens.

'Dat is mijn vriendin,' wist Ivy hijgend uit te brengen. 'Om te horen of alles goed is. Als ik niet opneem...' Weer ging het toestel over; de vrouw verstevigde haar greep. 'Dan weet ze dat er iets mis is.' Ivy kreeg bijna geen adem meer.

Na de vierde keer nam het antwoordapparaat op. Ivy hoorde haar eigen norse stem: 'Er is niemand om de telefoon op te nemen.' Toen de pieptoon.

'Mevrouw Rose?' Ivy herkende de formele vrouwenstem niet. 'U spreekt met Phyllis Stone van het forensisch laboratorium van Norfolk County. Ik begrijp dat u bereid bent hier te komen om DNA af te staan? Een rechercheur van de politie van Brush Hills heeft me gevraagd u te bellen voor een afspraak.'

Die klootzak van een Blanchard! Was dat zijn idee? Een nieuwe manier om haar dwars te zitten?

'Wilt u mij terugbellen?' vervolgde de stem. 'Dan kunnen we een tijd afspreken. Het kost maar een minuutje. We zijn open van negen tot vijf. En neem een legitimatiebewijs mee, als u wilt.'

Als Ivy de telefoon maar kon bereiken om hem van het tafeltje te schoppen, of te schreeuwen.

Ze zette kracht om de vrouw van zich af te schudden, zonder acht te slaan op de stem van Phyllis Stone, die een adres en telefoonnummer noemde. Ze ramde een elleboog in de maag van de vrouw en wrong zich los. De vrouw gilde en wankelde opzij.

Ivy deed een greep naar de telefoon, maar het was al te laat. Ze hoorde de kiestoon. Haastig probeerde ze 911 te bellen, maar de vrouw rukte het telefoonsnoer uit de muur.

Ivy liet de telefoon vallen, griste de theeketel van het fornuis en sloeg de vrouw met al haar kracht tegen het hoofd. Toen rende ze de bijkeuken in. Daar hing de reservesleutel, aan een haakje bij de deur.

Ivy voelde een beweging achter zich. *Snel!*

Ze ramde de sleutel in het slot en draaide hem om. Nauwelijks had ze de deur open of de arm van de vrouw klemde zich om haar hals. Voordat Ivy zich kon verzetten werd ze hard tegen de deur getrokken die weer dichtviel, met een klap die als een explosie door haar hoofd galmde.

Er priemde iets in haar zij – het mes, begreep ze, dat door haar sweatshirt heen in haar huid prikte. Ze probeerde zich los te wringen. Hijgend en buiten adem klemde de vrouw haar arm nog steviger om Ivy's hals en drukte de punt van het mes nu tegen Ivy's ribben.

Ivy's hoofd bonsde en ze zag geel-zwarte sterren voor haar stijf dichtgeknepen ogen.

'Doe die deur op slot en geef me de sleutel,' zei de vrouw zacht.

Ivy kromde haar rug, om een veilige holte te maken voor de baby. Ze gilde toen het mes in haar vlees sneed en probeerde haar lichaam te draaien om aan het wapen te ontsnappen en te voorkomen dat de baby in de knel zou raken. Phoebe was jankend in een hoek van de bijkeuken weggekropen.

'Waarom doe je dit?' riep Ivy.

'Doe die deur op slot.'

'Ik kan me niet bewegen. Je houdt me vast.'

De vrouw gaf haar meer ruimte.

'Wat ben je dan van plan?' Terwijl ze het vroeg, draaide Ivy de sleutel naar rechts en onmiddellijk weer naar links. 'Wil je me vermoorden, zoals je ook je eigen moeder hebt vermoord?' Ze trok de sleutel uit het slot.

De vrouw stond opeens doodstil. 'Ik... heb... mijn... moeder... niet vermoord,' beet ze Ivy toe.

'Daar denkt de politie heel anders over.'

Ze griste de sleutel uit Ivy's hand. 'Wat kan mij dat schelen? Zolang ze maar denken dat ik dood ben.'

30

'Heb je je zuster Ruth ook vermoord?' vroeg Ivy toen ze de trap op liep, op de voet gevolgd door de vrouw van wie ze nu wist dat het Melinda was.

'Kop dicht,' zei Melinda. 'En doorlopen.'

Bij elke tree op weg naar de eerste verdieping voelde Ivy de druk van het mes in haar rug. En bij het beklimmen van de trap trok Melinda zo hard aan Ivy's haar dat haar hele hoofdhuid pijn deed.

'Mijn vrienden houden me in de gaten,' zei Ivy. 'Als ik de telefoon niet opneem...'

'Die maken zich niet ongerust.'

'Maandag is er een voorlopige zitting. Als ik daar niet verschijn...'

'Maandag?' lachte Melinda. 'Dan is dit allemaal allang voorbij.'

Voorbij?

'Doorlopen, zei ik.' Melinda gaf weer een ruk aan Ivy's hoofd.

Nog een trap. Ivy's gympen stapten door een bergje zaagsel op de overloop van de zolder. De deur stond open. Iemand had er een grendel op geschroefd en in de deurpost was een corresponderend gat geboord. Melinda liet Ivy's haar los en duwde haar de slaapkamer in, op het bed.

In paniek keek Ivy om zich heen. De lamp was verdwenen en het bed afgehaald. Zelfs de prullenmand in de hoek was weg. Op de vloer lag een gekreukt en vergeeld stuk canvas. Ivy's hart miste een slag toen ze besefte wat het was: de dwangbuis uit de rieten hutkoffer.

Melinda raapte hem op en schudde hem uit. 'Ideaal toch, dat ik dit ding in die oude koffer heb gevonden? Over een teken van de Almachtige gesproken. Net als die zwaan op jullie rommelmarkt. Dat moest ik met het geld van mijn moeder doen als ze dood was, zei ze: mezelf veranderen in een zwaan.'

Melinda pakte de dwangbuis bij de schouders en tilde een van de mouwen op, die aan het eind was dichtgenaaid, met een bungelende leren riem eraan. 'Of ik dit ding moet gebruiken hangt helemaal van jou af.'

Ivy huiverde onwillekeurig. Ze hield zich muisstil, maar dacht snel na. Op de een of andere manier moest ze hier zien weg te komen. De open deur van de slaapkamer... Ivy schoof naar voren totdat ze op het randje van het bed zat.

Melinda liet de dwangbuis op de grond vallen, liep achteruit en gooide de deur dicht. Ze leunde ertegenaan.

'Jij komt hier niet weg.' Ze wees met haar kin naar het bed. 'Ga zitten en hou je rustig.'

Ivy schoof naar achteren. 'Waarom doe je dit met me? Wat wil je van me?'

'Dat zei ik je toch?' Er blonk een maniakale schittering in Melinda's ogen. 'Ik wil de baby die David me schuldig is.'

'Je schuldig is? Je schuldig is?' Ivy's stem schoot uit. 'Dat is...'

'Krankzinnig?' Melinda keek Ivy lang en doordringend aan. 'Dus David heeft je nooit verteld over ons?'

Ons? Bij al die foto's in Melinda's kamertje was er niet een geweest van Melinda en David samen. 'Ons' kon dus alleen in haar fantasie bestaan. Maar dat maakte het niet minder reëel voor haar.

'David vond je wel leuk,' zei Ivy.

'Zei hij dat tegen je?' Melinda sperde hoopvol haar ogen open, en heel even vloeide de nieuwe, slankere versie van Melinda met

213

haar rechtgezette tanden en gestileerde haar over in het mollige meisje met het vollemaansgezicht, dat in de vierde klas nog witte enkelsokjes met ribbelrandjes had gedragen.

Meteen verhardde haar blik zich weer. 'Je liegt!' Ze klemde het mes nog steviger in haar hand en hield het voor zich uit. 'Ik ben niet achterlijk. David wist niet eens wie ik was toen hij me bij die rommelmarkt zag. Eerst niet, tenminste.' Ze glimlachte. 'Totdat ik hem herinnerde aan wat er was gebeurd.'

'Wat wás er dan gebeurd?' Het was eruit voordat Ivy er erg in had.

'Alsof jij dat niet weet. Alsof jullie je niet hebben doodgelachen, jij en je populaire kliek.'

Populair? Ivy keek echt verbaasd. Ze had nooit de illusie gehad dat ze populair was. Maar jaloezie had alles te maken met perceptie, en Melinda was de ultieme buitenstaander geweest.

'Iedereen had het erover, de dag nadat het was gebeurd. En niet eens fluisterend, welnee! Giechelen en naar me staren, de hele school.' Melinda's mond vertrok in een lelijke grimas. 'Die arme, dikke Melinda White heeft het hele footballteam genaaid. Zo was het dus niet, maar dat maakte geen enkel verschil, want ze geloofden allemaal wat ze wílden geloven. Dat weet je nog wel, neem ik aan.'

'Ik...' Ivy wist niet wat ze moest zeggen. Ze herinnerde zich wel wat verhalen, maar had nooit begrepen om welke jongens het ging of dat Melinda dat meisje was geweest. Het was nog voordat David en zij verkering kregen, in de tijd dat het even onwaarschijnlijk was dat ze door aliens zou worden ontvoerd als dat ze ooit een date zou krijgen met de gevierde quarterback van Brush Hills High.

'En later, toen ik als "vriendelijkste" leerling werd genomineerd?' vervolgde Melinda. 'Dachten jullie echt dat ik die pesterij niet begreep?'

Ivy herinnerde zich dat de andere redactieleden van het jaarboek hadden zitten lachen en gniffelen toen daarover was gestemd.

'Als je lelijk bent, zal je ook wel stom zijn, dachten ze.' Er rolde een traan uit Melinda's ooghoek en ze liet het mes zakken. Heel even maar. 'Ze wisten niet wat er werkelijk was gebeurd.'

'Nee, de waarheid is nooit boven tafel gekomen,' zei Ivy. Haar woorden klonken luid in de gespannen stilte. 'Jij bent de enige die het weet.' Ze besefte dat Melinda het wilde vertellen – het moest vertellen. Voorzichtig schoof ze wat naar voren, totdat haar voeten de vloer raakten.

'Wil je horen wat jouw lieve echtgenoot en zijn vriendjes met me hebben uitgespookt?' Melinda tilde het mes op en richtte het op Ivy. 'Sindsdien denk ik nergens anders meer aan, elke dag van elke week van elk jaar. Niet alleen als ik wakker ben, maar ook in mijn dromen. Ik kan me alle details nog precies herinneren. Ik hoor ze nu nog de trap af denderen, joelend en lachend.' Ze stond doodstil en staarde met een vage blik in het verleden. 'Zo stoer en zelfverzekerd in hun football-jacks. Het hele stel kwam tegelijk binnen, zoals altijd.'

Ivy had de neiging te gaan neuriën om zich af te sluiten voor deze leugens – deze krankzinnige leugens, want dat moesten het zijn.

Melinda's blik gleed naar het plafond. 'De radio staat aan op het station waar meneer Kezey altijd naar luisterde. Er wordt een plaat van Aretha gedraaid en David zingt mee, behoorlijk vals, terwijl hij de *moonwalk* doet.' Melinda glimlachte bij de herinnering. 'Hij komt naar me toe en buigt zich over het buffet. "Hé, mooie meid, wat wil je?"' Melinda bloosde. '"Mooie meid." Zo noemt hij me. En hij wil weten waar iedereen is. Want alle andere mensen staan op het punt om weg te gaan.

'Hij vraagt me: "Waar is die Frankenstein van een baas van je?"

'Ik weet dat hij loopt te dollen, maar ik doe heel serieus. Ik pak de telefoon en vraag of hij meneer Kezey wil bellen. Hij zegt...' Melinda boog zich naar voren en legde haar hand over haar mond. '"Nee." Heel cool, weet je wel.

'Ik maak twee bowlingbanen voor ze gereed. Dan komt David weer terug met die vriend van hem. Donkere ogen, gel in zijn haar. Vindt zichzelf geweldig. En ik zie dat ze geopende bierflesjes bij zich hebben. Als Kezey er was geweest zou hij een toeval hebben gekregen.

'Zijn vriend, de vlotte jongen, likt zijn lippen alsof ik daar heet of koud van word. "Doe mij maar maatje vierenveertig."' Melinda bracht haar hand naar haar slaap en streek haar haar glad, een perfecte imitatie van Theo's karakteristieke gebaartje.

'Opeens weet ik het weer. Die jongen is een echte klootzak, een van die types die elke dag bij de ingang van de kantine zitten om de meisjes cijfers te geven. Ze houden zelfs scorekaarten omhoog. Maar als ik langskom, lijkt het of ik niet besta.

'Dus ik zeg tegen ze: "Jullie mogen hier niet je eigen drank meebrengen."

'Zijn vriend buigt zich naar me toe en strijkt met de onderkant van zijn bierflesje langs mijn arm. En hij zegt zoiets als: "Maar dat vind jij toch niet erg?" En hij biedt me een slok aan.

'Ik weet niet waarom' – Melinda stak haar hand uit naar het denkbeeldige flesje en haar blik vervaagde weer – 'maar ik pak het aan en ik neem een slok. Het smaakt wel lekker, lang niet zo smerig als ik had verwacht. Ik neem nog een slok en geef het flesje terug. Dan pas dringt het tot me door dat de andere jongens niet bowlen, maar allemaal naar mij staan te kijken. Ze lachen zich rot. Een van hen steekt zijn armen in de lucht en roept: "Scoren!"'

Tranen liepen over Melinda's wangen. 'Ik voel me zo stom. "Let maar niet op die zeikerds," zegt David. Hij geeft me zijn bier, pakt mijn hand en brengt me naar de stoel van de scorekeeper.

'Ik drink het flesje leeg, en nog een. Ze beginnen te bowlen. Een spare, een gutterball, een strike en nog een strike,' vervolgde Melinda, alsof ze de scores opdreunde. Ivy voelde de ballen bijna over de banen denderen en hoorde het gerammel van de omvallende kegels. 'En ze geven me een high five.

'Dan trekt Davids vriend me uit de stoel en geeft me een bal. Ik zeg dat ik zelf nooit speel. Dat vindt hij kostelijk! Een meisje dat in een bowlinghal werkt en zelf niet kan bowlen?

'Hij legt zijn handen op mijn heupen, alsof hij het me wil leren, en trekt mijn shirt wat losser. Ik weet dat ik moet protesteren, maar ik vind het wel prettig, zijn vingers die mijn huid aanraken. En Cyndi Lauper op de radio zingt *Girls Just Wanna Have Fun.*' Melinda bewoog even op het ritme, alsof ze de muziek hoorde. 'Dat is ook zo. Ik heb het geweldig naar mijn zin, echt waar.

'Maar voordat ik het weet, spuit het bier alle kanten op. Over mij en over die etterbak heen. En David staat bij de anderen en ze lachen zich een ongeluk met hun druipende bierflesjes.

'Davids vriend pakt een nieuw flesje, trekt het open en geeft het aan mij. "Toe maar," zegt hij. "Ze vragen erom." En ik denk: waarom ook niet?

'Ik druk mijn duim op de opening en schud het flesje flink op en neer. Dan laat ik mijn duim los.' Melinda bewoog haar hand, met het mes, in een wijde boog. 'David kijkt stomverbaasd, alsof hij een hamster heeft ingeslikt.' Melinda wankelde opzij en snikte van het lachen. Ze liet het mes vallen, maar raapte het snel weer op en leunde tegen de muur om op adem te komen.

'Daarna is het iedereen voor zich. Bier in mijn haar, en druipend langs mijn neus. Kleine plassen bier op de zittingen van de oranje plastic stoeltjes. En...'

Melinda zweeg. Alle emotie was uit haar gezicht geweken. Ze haalde diep adem en sloeg haar armen over elkaar. 'Opeens is het doodstil. Ze kijken allemaal naar mij, naar mijn borsten. Dat stomme gele polyester shirt dat ik van meneer Kezey moet dragen is doorweekt.

'Ik merk dat David achter me komt staan. Hij fluistert in mijn oor hoe sexy ik ben. Hij slaat een arm om me heen en maakt het bovenste knoopje van mijn shirt los. Ik voel zijn adem in mijn nek. Hij tast naar het volgende knoopje. Hou op!' gilde Melinda. Haar kreet weergalmde tegen de wanden van de zolder. 'Maar hij houdt mijn armen tegen mijn rug gedrukt en de knoopjes springen los.

'De jongens staan nu met z'n allen in een kring om me heen.' Ze struikelde bijna over haar woorden. 'Met rode koppen staren ze naar me. Ik weet dat ik me moet bedekken en dat ik daar weg moet, terug naar huis. Meneer Kezey kan doodvallen met zijn stomme bowlingcentrum.'

Melinda drukte haar tong tegen haar mondhoek, alsof ze bier proefde. Zoet. Bitter.

'Op de radio draaien ze James Brown. De muziek dreunt door me heen, diep in mijn lichaam, en de jongens staan om me heen en kijken naar me. Allemaal.

'Alsof ik eindelijk een meisje ben dat een nummer op hun scorekaart verdient.' Melinda bracht het mes omhoog en klemde haar vingers nog steviger om het heft, terwijl ze Ivy strak aankeek. 'Dan trekt David me mee, een grote kast in. Hij doet de deur dicht, zodat het pikkedonker is. Hij grijpt me vast en begint me te betasten. Hij smaakt naar zout en bier, en ik herinner me dat hij een kettinkje om zijn hals draagt. En dan... en dan...' Er gleed een verwarde uitdrukking over Melinda's gezicht, die meteen weer verdween. 'Dan begint hij met me te vrijen.'

Vrijen? Dat onverwachte woord blijft zinderend in de lucht hangen, veel schokkender dan wanneer Melinda zou hebben gezegd dat ze was verkracht.

'Als ik later wakker word, lig ik op de bodem van de kast, helemaal alleen. Ik open de deur. De bowlingbaan is verlaten. Mijn shirt hangt open en mijn beha is los. Mijn broekje is verdwenen. Ik ren naar de dames-wc om over te geven. En ik zie mezelf in de spiegel.' Melinda streek met haar vingers door haar haar. 'Mijn haar steekt in vette pieken alle kanten op. Ik zit onder het braaksel.

'Ik probeer mezelf wat schoon te maken en daarna dweil ik de zaal met een schoonmaakmiddel met dennengeur. Maar zelfs dan stinkt alles nog naar bier en kots. En al die tijd dat ik sta te dweilen en te boenen moet ik huilen en kan ik door mijn tranen haast niets zien. Ik ben doodsbang dat meneer Kezey terug zal komen en me zo zal vinden. Dan zal hij begrijpen wat er is gebeurd.' Melinda maakte een grimas en de tranen stroomden over haar wangen. 'Dan zal iedereen weten wat ik heb gedaan.' Ze keek Ivy aan, wachtend op een reactie.

'Het spijt me,' zei Ivy. Ze hoorde zelf hoe lamlendig dat klonk.

Melinda snoof verachtelijk. 'Ja, nou wel. Maar in die tijd had niemand spijt. Niemand belde om te horen hoe het met me ging.' Melinda veegde haar neus af met de rug van haar hand. 'En ik bleek zwanger te zijn. Toen ik de baby verloor, zei mijn moeder dat het een straf van God was.

'En ondertussen was jij met David. Jullie gingen naar het eindexamenfeest, jullie mochten naar de universiteit, jullie haalden je tentamens. Het ideale stel.' Melinda kneep haar lippen op elkaar en keek Ivy loerend aan. 'Het ideale leven.'

'Waarom heb je niemand verteld wat er was gebeurd?' vroeg Ivy. 'Ben je niet naar de politie gegaan?'

'Niemand zou me hebben geloofd,' zei Melinda. Ze huiverde en kreeg een donkere, kille blik in haar ogen. 'Zoals jij me nu ook niet gelooft. Of ze zouden hebben gezegd dat het niets voorstelde. En misschien stelde het in hun ogen ook niets voor.'

Maar Ivy geloofde haar wel. Theo was erbij geweest, dat wist ze zeker. Dit was de middag dat er 'niets was gebeurd', het 'oude verhaal' dat hij niet wilde oprakelen.

'Weet je,' zei Ivy, 'pubers kunnen de vreselijkste dingen doen, vooral als ze dronken zijn. Dingen waar ze later spijt van hebben.'

'Het was geen vergissing. Het was opzet. Een vooropgezet plan. Ze moeten hebben geweten dat meneer Kezey er niet was, anders zouden ze geen bier hebben meegenomen. En waar waren alle andere klanten? Het was nooit zo stil op dinsdagmiddag. Toen ik vertrok, was het bordje op de deur omgedraaid naar GESLOTEN. Dat had David gedaan zodra ze binnenkwamen, dat weet ik zeker.' Ze keek Ivy uitdagend aan, wachtend op een andere verklaring.

Maar protesten en rationele verklaringen zouden Melinda niet van haar overtuiging afbrengen.

'Ik zal met je meegaan naar de politie,' zei Ivy. 'Het is nog niet te laat om ze te vertellen wat David met je heeft uitgehaald. Dat was jouw schuld niet. Niemand zal het jou verwijten.'

Melinda keek geamuseerd. 'Dacht je dat het me nog iets uitmaakt wat de mensen denken? Daar ben ik allang overheen. Het enige wat ik wil is mijn baby.'

'Nee, nee, dat niet. Dan kun je nooit meer terug. Dan blijf je je hele leven op de vlucht en moet je altijd over je schouder kijken.'

'Wie moet me dan achternakomen? David? Die draait de gevangenis is, veroordeeld voor de moord op mij. Jij? Sorry.' Melinda deed alsof ze spijtig pruilde. 'De politie? Als die iets doen, zullen ze jou gaan zoeken. Want ze zullen denken dat jij ervandoor bent gegaan met je baby omdat je de waarheid niet kon verdragen – de waarheid dat je man een moordenaar is.'

31

De deur viel achter Melinda dicht. Een paar seconden later rende Ivy de kamer door. Ze greep de deurknop, draaide en rukte eraan, maar de deur gaf nauwelijks mee. Hij zat stevig vergrendeld.

Ivy trok nog harder, zette haar voet tegen de deurpost en probeerde het nog een keer, uit alle macht. Opeens wankelde ze achteruit, met de koperen deurknop in haar hand. Met moeite wist ze op de been te blijven.

'Mevrouw Rose?' Abrupt draaide Ivy zich om toen ze de vrouwenstem hoorde. Het geluid kwam uit de keukenlift en werd versterkt door de schacht. 'U spreekt met Phyllis Stone van het forensisch laboratorium van Norfolk County...' Melinda was beneden en speelde het bericht op het antwoordapparaat nog eens af.

Ivy liep naar de keukenlift en schoof zachtjes het luik open, zodat ze het beter kon horen. Het bericht ging door tot het eind, toen de vrouw haar telefoonnummer en adres gaf, ergens in de volgende stad.

Even later hoorde Ivy de stem van Melinda. 'Hallo? Ik bel over een afspraak om DNA af te staan. Phyllis Stone heeft me daarover gebeld... Ja, met Ivy Rose.'

Ivy luisterde, te verbijsterd om zich te kunnen verroeren.

'Hm. Ja, hoor. Bedankt.' Een lange stilte. 'Ja, vanmiddag zou wel schikken.' Weer een stilte. 'Dat is goed. Nee, ik zal het niet vergeten. Voor vijf uur.'

Daarna alleen het geluid van de regen, die gestaag op het dak kletterde en door de metalen goten spoelde. Ivy staarde in de donkere schacht.

Het sloeg nergens op. Wat moest de politie met Melinda's DNA? Dat hadden ze al. Rechercheur Blanchard zei dat ze het hadden aangetroffen op een tandenborstel uit Melinda's appartement.

Een tandenborstel... In een vlaag van kil en helder inzicht besefte Ivy wat er was gebeurd – wat Melinda had gedaan. De tandenborstel die de politie in haar appartement had gevonden was dezelfde die Ivy al weken kwijt was, de tandenborstel die zo geheimzinnig was verdwenen. Melinda had op de een of andere manier ingebroken en die borstel gestolen, waarna ze hem op haar eigen wastafel had gezet alsof hij van haar was.

Het DNA dat nu door de politie aan Melinda White werd toegeschreven was in werkelijkheid van Ivy. En het DNA dat Melinda straks bij het forensisch laboratorium zou afstaan zou van het etiket 'Ivy Rose' worden voorzien.

De legitimatie was het enige probleem. Melinda moest hopen dat de laborante de foto op Ivy's rijbewijs maar vluchtig zou bekijken.

Maar waarom had ze al die moeite gedaan om haar eigen DNA met dat van Ivy te verwisselen?

Opeens drong het tot Ivy door. *Het foetusweefsel.* De uitkomsten van de DNA-analyse waren nog niet binnen, maar dat kon niet lang meer duren. David zou als de vader worden aangewezen, en het DNA van de moeder zou overeenkomen met dat op de tandenborstel in Melinda's appartement. Dus zou de politie dat als bewijs zien dat David de vader was van Melinda's ongeboren kind. Een aanklacht wegens moord was de volgende stap.

Maar hoe...? Ook daarop wist Ivy het antwoord al.

14 juli. Anderhalf jaar geleden. Ivy herinnerde zich die hete, vochtige zomerochtend toen ze op de onderzoekstafel van de eerstehulp van het Neponset Hospital had gelegen terwijl een verpleegster de placenta en het kleine lijkje had weggehaald dat Ivy en Davids eerste kind had moeten worden. De doodgeboren baby was naar het ziekenhuislaboratorium gebracht voor onderzoek – het lab waar Melinda werkte.

Ivy voelde een geweldige woede opkomen. Melinda had die resten niet afgevoerd, maar ze op een of andere manier bewaard. En later had ze met hun eigen keukenmes door het vlees en bloed van Ivy's doodgeboren kind gesneden, waarna ze het mes en de canvastas achter in Davids auto had gelegd. Misschien had ze de politie wel gebeld met een anonieme tip.

Alle puzzelstukjes van Melinda's goed uitgedachte plan waren keurig op hun plaats gevallen. David zat gevangen en het DNA-bewijs zou aantonen dat hij een verhouding met Melinda had gehad. Ivy zou verdwijnen, alsof ze met haar baby was gevlucht omdat ze de afschuwelijke gevolgen van Davids schuld niet onder ogen kon zien.

En de baby, haar kleine meid? Ivy legde haar handen op haar buik. Haar kind zou worden gestolen en grootgebracht door een gestoorde vrouw. Grootgebracht in een huis vol paranoia – omgeven door een fanatieke liefde en haat, net zoals Melinda zelf was opgevoed – als dochter van een vrouw die alles had opgeofferd, zelfs haar eigen identiteit, om haar moeder te kunnen worden.

Tenzij Ivy dat kon voorkomen.

Ze kon niet langer op Jody of Theo wachten tot die haar zouden redden. En ook de politie zou haar niet komen bevrijden als ridders op witte paarden. Ivy dacht aan een van oma Fays wijsheden: 'Als je wilt dat je eieren uitkomen, moet je er zelf op gaan zitten.'

Maar hoe kwam ze hier weg? Ze hoorde auto's voorbijrijden, maar de zolder had geen ramen waar ze uit kon hangen om iemands aandacht te trekken. Het badkamerraampje was te klein om doorheen te kruipen en het uitzicht werd belemmerd door het dak en de schoorsteen.

'Als je er niet overheen kunt, moet je er onderdoor.' Nog zo'n uitspraak van oma Fay.

Ivy staarde in de donkere schacht van de keukenlift. De kabel waaraan de lift ooit had gehangen was binnen handbereik. Nog altijd intact verdween hij in net zo'n duistere afgrond als waarin Ivy straks zou worden gestort.

Ze boog zich voorover in de schacht. Heel even had ze het gevoel of iemand haar van achteren aanviel en haar voorover duwde. Ze zag zichzelf door de inktzwarte duisternis tuimelen om verminkt en met een gebroken nek tien meter lager terecht te komen.

Ze stootte haar hoofd en het geluid galmde door de schacht toen ze terugdeinsde en steun zocht bij de rand. Doodstil bleef ze staan, hopend dat Melinda niets had gehoord. Geluid reisde niet alleen naar boven, maar ook omlaag.

Zonder acht te slaan op haar misselijkheid – angst, geen nieuwe weeën, stelde ze zichzelf gerust – greep ze de kabel in het midden van de schacht en trok voorzichtig. Ze hoorde iets kraken boven haar hoofd toen de kabel zo'n vijftien centimeter meegaf voordat hij vast bleef zitten. Ivy zette meer kracht, totdat haar hele arm trilde. Toen ze weer losliet, zaten haar vingers vol met roestvlekken en zag ze een rode streep waar de kabel in haar vlees had gesneden.

Ivy dacht nog eens na over de mogelijkheden. De kabel. De schacht. Als ze omlaag kon klimmen, zou ze de liftkoker kunnen verlaten door het luik op de overloop van de eerste verdieping. Het was een kans om te ontsnappen, als ze de moed, het uit-houdingsvermogen en de kracht ervoor had. In elk geval was ze wanhopig genoeg.

Eigenlijk was het gewoon touwklimmen, de favoriete oefe-ning van coach Reiner en volgens hem de ultieme fitnesstrai-ning. Geen betere manier om concentratie- en uithoudingsver-mogen op te bouwen.

Ivy zou liever honderd push-ups doen met een rugzak van vijftien kilo op haar rug dan langs een touw afdalen. Klimmen ging nog wel. Dan hees ze zich geconcentreerd omhoog, gestaag, met het touw om haar ene been gewikkeld en verankerd met haar andere voet. Afdalen had simpel moeten zijn: gewoon haar benen en de zwaartekracht het werk laten doen. Remmen en loslaten.

Maar hoe vaak coach Reiner ook tegen Ivy riep dat ze niet omlaag moest kijken, zodra ze begon te dalen, ging het mis. Als ze de diepte zag, begon ze te zweten, kreeg een droge mond, plakhanden en het misselijkmakende gevoel dat de grond razendsnel omhoogkwam, recht op haar gezicht af. Heel vernederend als coach Reiner achter haar aan moest klimmen om haar te bewegen haar verkrampte vingers los te maken en haar achterste in een reddingslus te laten zakken.

En deze kabel was maar een kwart zo dik als het klimtouw op school, en hij had scherpe randen. Ze zou iets nodig hebben om haar handen te beschermen en meer houvast te geven. Bovendien was de kabel niet flexibel. Ze kon hem onmogelijk om haar been slaan en de wrijving gebruiken om af te remmen. Ze zou een lus moeten vinden om haar gewicht te torsen, net zoals hun coach die had gebruikt om haar naar beneden te halen. En iets voor haar handen.

Maar wat?

Ivy keek de kamer rond. Het beddengoed was weggehaald, net als de handdoeken en het douchegordijn in de badkamer. Er was maar één ding over. Haar blik gleed naar de dwangbuis die verfrommeld op de vloer lag.

Ivy liep erheen en tilde hem bij de mouwen op. De dikke stof leek sterk genoeg. Ze hield hem voor zich als de jas van een vogelverschrikker. Toen gaf ze een ruk aan een van de leren koorden en testte de gespen. Die zaten goed vast.

Er klonken geluiden uit de keuken. Een kastje werd dichtgeslagen, toen nog een. Een lade ging open en dicht. Nog een la, en weer een. Melinda was ergens naar op zoek.

Visualiseren. Dat had coach Reiner altijd gezegd. Ze zag de mogelijkheid. Het zou haar kunnen lukken. Het zou wel moeten.

Ivy rolde de dwangbuis op tot een dikke canvasworst, die ze om de kabel kon wikkelen voor meer greep. De mouwen en de lange riemen die aan weerskanten aan de uiteinden waren genaaid konden tot een lus worden geknoopt.

Ze liep terug naar de schacht, boog zich naar voren en stak haar hand uit. De koker was net een armlengte breed en diep. Ze streek met haar handen over het gepleisterde schotwerk, met de ruwe, splinterige balkjes ertegenaan. Die kon ze als voetsteun gebruiken, samen met de houten lijsten rond de luikjes van de lift op elke verdieping.

Van beneden hoorde Ivy het geluid van de koelkastdeur die open- en dichtging. Toen vage voetstappen, die verdwenen.

Misschien kwam Melinda weer naar boven.

Ivy schoof het luikje van de keukenlift dicht en legde de dwangbuis terug op de vloer, waar Melinda hem had neergegooid. Haastig wrong ze de deurknop weer op zijn plaats. Op de grond vond ze de verbogen schroef die was losgeraakt. Ze raapte hem op en prutste hem in het schroefgat, ver genoeg om de knop voorlopig te verankeren.

Zware voetstappen kwamen de zoldertrap op. Ivy liep terug naar het bed, net toen de grendel werd weggeschoven en de deur openging.

Ivy's adem stokte. Melinda droeg een pruik van lang, steil donker haar met pony. Ze had een van Ivy's zwangerschapsblouses aangetrokken, met een kussen of iets dergelijks eronder om zwanger te lijken. En ze droeg Ivy's oude groene Doc Martens.

Het was een halfslachtige poging om voor Ivy door te gaan, en iedereen die Ivy kende zou het onmiddellijk doorzien, maar een onbekende zou er misschien intrappen – iemand die naar de foto op Ivy's rijbewijs keek en een zwangere vrouw verwachtte. Tenslotte had mevrouw Bindel Melinda ook voor Ivy aangezien, die zondagavond in het donker, toen ze met dezelfde pruik en een zonnebril de bebloede kleren in de rieten hutkoffer had gelegd. Zelfs Ivy was geschrokken van de gelijkenis toen ze uit het keukenraam keek.

'Drink dit maar op,' zei Melinda en ze hield een groot glas sinaasappelsap omhoog. In haar andere hand had ze het mes. 'Wees maar niet bang, het zal jou of de baby geen kwaad doen. Gewoon wormkruid.'

Ivy had wormkruid wel eens gezien in een catalogus van wilde bloemen. Het waren kleine gele chrysanten, net als de wilde gele bloempjes die in het verwaarloosde kruidentuintje bij de keukendeur van het huis van Melinda's moeder stonden.

'Een natuurlijk *pitocin*,' voegde Melinda eraan toe.

Ivy kreeg kramp in haar maag en deinsde terug. *Pitocin* was een middel om weeën op te wekken.

Melinda liep de kamer door. 'Er zijn ook andere manieren waarop ik deze baby kan halen...' Ze liet die opmerking even bezinken. 'Maar geloof me, dit is veel aangenamer en gezonder.'

Ze drukte het rietje tegen Ivy's lippen. 'Drink.'

Ivy's neus vulde zich met de zoete lucht van sinaasappel, die een scherpe bitterheid maskeerde. De glinstering van het mes was de enige reden waarom ze het glas niet wegsloeg.

Melinda stootte het rietje weer tegen Ivy's lippen. 'Drinken, zei ik.'

Ivy zoog wat sap in haar mond, slikte en kokhalsde. Daar was die medicinale smaak weer die ze al eerder had geproefd.

'Acupunctuur is natuurlijk de gezondste manier om een bevalling op te wekken,' vervolgde Melinda, op de toon van een opgewekte tv-spot voor een natuurlijk voedingssupplement. 'Afgezien van afwachten, uiteraard. Maar daar is het nu te laat voor.' Weer drukte ze het rietje tegen Ivy's mond.

Ivy hoorde het geklik van Phoebes nagels over de keukenvloer, dat via de liftkoker omhoog zweefde. De hond liep te hijgen. Ze dwong zich om te drinken en slurpte luid om te voorkomen dat Melinda de geluiden uit de keuken zou horen.

'Het is niet slecht voor de baby; dat is het belangrijkste.'

Ivy dronk het laatste restje van het smerige spul.

'Heel goed. En nu maar wachten.' Melinda keek op haar horloge. 'Drie tot vijf uur, zeggen de deskundigen.'

Vier uur nadat Ivy de vorige dag sinaasappelsap had gedronken uit het pak in de koelkast, sap met dezelfde bittere smaak, had ze weeën gekregen – loos alarm, zoals later bleek. Wat Melinda niet wist was dat Ivy nog een half glas had gedronken toen ze thuiskwam uit het ziekenhuis, minstens drie uur geleden. Het kon dus elk moment beginnen.

'Wormkruid is een natuurlijk maar krachtig middel,' zei Melinda. 'Lastig te doseren, dat wel. Te weinig en je krijgt alleen maar hevige buikloop.' Haar gedachten gingen in sprongetjes. 'Te veel, en het kan dodelijk zijn.'

Ivy wist niet of ze zich beroerd voelde van misselijkheid of van angst. Hoeveel was te veel? Ze kon onmogelijk weten of ze die drempel al overschreden had. Ze ging liggen en draaide zich op haar zij, in de hoop dat Melinda de hint zou begrijpen en verdwijnen. Zodra Melinda naar het forensisch lab was vertrokken zou Ivy ontsnappen. Maar veel tijd was er niet meer.

'Moe?' vroeg Melinda. 'Je kunt nu nog niet gaan slapen.'

Door haar halfgesloten ogen zag Ivy dat Melinda een cassetterecorder uit haar zak haalde.

'Dat bericht op je antwoordapparaat klinkt veel te vijandig. Je moet een meer... geruststellende tekst inspreken. Kom eens overeind.'

Ivy hees zich omhoog. Ze voelde zich duizelig en onaangenaam vol. Haar mond smaakte naar sterke thee en ijzervijlsel.

Melinda vouwde een paar velletjes geel gelijnd papier open en gaf ze haar. Het handschrift op het bovenste vel was kinderlijk, dik en krullerig, met kleine rondjes in plaats van punten op de i's.

Hallo. Sorry dat ik nu niet kan opnemen. En ja, ik wacht nog steeds, als je daarover belt.

Melinda hield de recorder dicht bij Ivy's gezicht, terwijl ze met haar andere hand het koele staal van het mes tegen Ivy's blote nek legde. Ivy huiverde.

'Ontspan je. Zorg dat het natuurlijk klinkt,' zei Melinda.

Met gespeelde tegenzin begon Ivy te lezen. In werkelijkheid wilde ze dit zo snel mogelijk achter de rug hebben, zodat Melinda zou vertrekken.

Ze was klaar met het eerste blokje tekst en begon aan het tweede.

Sorry dat ik je gesprek heb gemist. Bedankt voor het aanbod. Je vindt het toch niet erg? Ik heb nu gewoon geen zin in gezelschap. Ik zal wel mailen.

Ze las verder. Elke passage was een variatie op hoe goed het met haar ging en dat ze geen bezoek wilde. Het gaf Ivy enige voldoening dat Jody zich daardoor niet zou laten tegenhouden – niet lang, tenminste.

Toen Ivy eindelijk uitgesproken was, zette Melinda de recorder uit en borg hem op.

'Maak je geen zorgen over je e-mail,' zei Melinda. 'Dat heb ik ook geregeld. Je beantwoordt al je berichten en zegt tegen iedereen hoe geweldig het gaat. Terwijl je sliep, heb ik Kamala bij Nextgen gemaild. Dat is toch je vriendin Jody? Ik heb gezegd dat we nog steeds wachten op "de komst van de waterbuffel."' Melinda schetste aanhalingstekens in de lucht. 'Geestig, hoor. Verbazend makkelijk trouwens, om iemands stijl na te doen als je al haar oude berichten hebt. Ze mailde meteen terug, totaal niet ongerust.'

'Voorlopig,' zei Ivy.

'Precies. Dit mag niet te lang duren.' Heel even keek Melinda haar strak aan. Ivy schrok van de kille vastberadenheid in haar ogen.

Melinda wierp een blik op haar horloge. 'Nog minder dan drie tot vijf uur.' Ze streek met haar vinger langs haar hals en haalde een zilveren kettinkje uit de blouse, waaraan een zilveren handje hing. Toen wreef ze over de kobaltblauwe steen in de handpalm.

Ivy's amulet.

32

Melinda griste het lege glas van de vloer en stampte de kamer uit. De grendel schoof met een klap dicht en haar gelaarsde voetstappen verdwenen de trap af.

Ivy rende de kamer door naar de keukenlift. Beneden hoorde ze Phoebe blaffen, gevolgd door een luid en woest gejank.

Hoe lang zou Melinda nodig hebben om naar het lab te rijden? Tien minuten? Dan moest ze nog parkeren en zich melden. Waarschijnlijk waren er formulieren om in te vullen en te ondertekenen. Dan de afname van het DNA en de rit terug.

In het ongunstigste geval zou ze vijfentwintig minuten weg zijn, in het gunstigste geval drie kwartier. Zou het wormkruid al eerder effect hebben?

'Concentreer je op wat je zelf in de hand hebt en bekommer je niet om de rest.' Oma Fays stem in haar hoofd maakte Ivy wat rustiger.

Eerst moest ze wachten tot Melinda weg was. Ze mocht nu geen geluiden maken die Melinda konden waarschuwen. De seconden tikten voorbij en strekten zich uit tot minuten, terwijl Ivy luisterde of ze Melinda hoorde vertrekken. Waar wachtte ze in godsnaam op?

Toen hoorde Ivy haar eigen stem, die omhoog zweefde door de liftkoker: 'Hallo. Sorry dat ik nu niet kan opnemen...' Het was een van de teksten die ze van Melinda had moeten inspreken. Melinda had het bandje weer in het antwoordapparaat gestoken. Eindelijk voelde Ivy de trilling van de voordeur die dichtsloeg. Even later viel er een autoportier dicht en werd een motor gestart.

Nu had ze haar kans – haar enige kans. Ze moest in actie komen.

Ivy pakte de dwangbuis van de vloer, hield hem voor zich en rolde hem op, met de mouwen en de riemen bungelend aan weerskanten. Toen schoof ze het luik van de keukenlift open en stak de opgerolde dwangbuis naar binnen.

Moeizaam ging ze op de rand van het luik zitten, zwaaide haar benen in de liftkoker en zette haar gympen tegen de zijwanden, terwijl ze recht voor zich uit bleef staren.

Was ze krankzinnig? Ze was drieëndertig en hoogzwanger. Maar haar armen en benen waren sterk genoeg en ze had geen andere keus.

De baby bewoog en Ivy voelde een golfje door haar buik slaan als een vallende ster. Het zou kunnen lukken. Het moest. Ze zou alles doen om deze baby te redden.

Niet denken, maar doen!

Ivy greep de opgerolde dwangbuis, boog zich naar voren en vocht tegen een opkomend gevoel van duizeligheid door zich te concentreren op het rustige gekletter van de regen.

Niet naar beneden kijken.

Ze wikkelde het midden van de dikke canvasrol als een zuurstokstreep om de kabel – één, twee, drie keer – en trok de spiraal toen strak. Ten slotte gespte ze de riemen onder aan de mouwen aan elkaar vast.

Er waren nu geen coach en teamgenoten die naar boven konden klimmen om haar te redden. Er wachtte haar geen stapel matrassen als het fout ging, alleen een val van tien meter door het aardedonker naar de aarden vloer van de kelder.

Visualiseren. Met twee handen pakte ze de in canvas gewikkelde kabel en langzaam bracht ze haar gewicht naar haar voeten over, die ze op de balkjes aan weerskanten van de schacht zette.

Het is niets anders dan een hoge stoep, stelde ze zichzelf gerust terwijl ze eerst haar ene been en toen het andere door de lus stak en haar voeten weer op de randen plaatste. Langzaam en met gebogen knieën liet ze haar achterwerk in de riemen zakken. Ze voelde hoe de spiraal van canvas werd strakgetrokken onder haar gewicht.

Alles ging goed. Ze negeerde de angst die vlammend door haar buik sloeg.

Ivy liet haar gewicht nog verder in de riemen zakken en tastte naar de volgende balkjes, een eind lager, voor het geval de spiraal van canvas toch niet voldoende greep gaf op de kabel. De kabel kraakte en kreunde, maar hij hield. En het canvas bood voldoende houvast.

Het werkte! Naar beneden nu.

Ivy verplaatste haar gewicht weer naar haar voeten en maakte zich half uit de riemen los. Het canvas kreeg meer ruimte en Ivy trok het omlaag.

Zou Melinda al op het politielaboratorium zijn? Haar auto parkeren? Hoe ver was het nog naar de luikopening op de eerste verdieping? Drie meter? Tweeënhalf? Met etappes van nog geen tien centimeter per keer zou dat... hoe lang duren? Het leek niet bemoedigend. Hopelijk had ze genoeg tijd.

Ivy tastte naar de lagere voetsteunen en trok het canvas nog verder omlaag. Ze kon haar handen nauwelijks zien voor haar gezicht. Boven haar werd het lichte vierkantje van het open zolderluik steeds vager.

Ivy herhaalde de procedure, en nog een keer, en opnieuw. Ze zette haar voeten tegen de schacht om het canvas ruimte te geven en omlaag te schuiven, liet zich dan in de riemen zakken, trok het canvas strak en plaatste haar voeten op de volgende balkjes. Ze probeerde niet aan de duisternis om haar heen te denken. Elke beweging galmde door de liftkoker.

Peristalsis. Elf letters. Ze zei het woord hardop en spelde het terwijl ze weer een eindje langs de kabel daalde. Alles ging op gevoel. Ze stelde zich voor dat de keukenlift een slang was en zij de prooi, die zich langzaam door het spijsverteringskanaal van het roofdier werkte.

Haar armen en benen trilden van vermoeidheid, maar ze hield vol. Net toen ze haar billen weer in de riemen liet zakken – voor de honderdste keer, leek het – ging de telefoon. Het geluid echode door de schacht.

Ivy probeerde er niet op te letten. Ze tastte naar de volgende voetsteunen. Ja, daar waren ze. De telefoon bleef rinkelen.

Ze bracht haar gewicht op haar voeten over.

Het antwoordapparaat schakelde in.

Het canvas kreeg ruimte en Ivy trok het weer een eindje omlaag. De volgende voetsteunen. Het antwoordapparaat speelde haar nieuwe bericht af om de wereld gerust te stellen dat alles goed ging en dat ze nog steeds wachtte.

'Ivy, waar zit je nou, verdomme?' schreeuwde Jody in de telefoon. 'Je weet toch dat ik hier gek van word! Hoor je me?' Een lange stilte. 'Ach, verdomme!'

Op de achtergrond hoorde Ivy Rikers schrille stemmetje: 'Da-oe!'

'Als mijn zoon voor galg en rad opgroeit, is het jouw schuld. Neem je nou eindelijk eens op?'

Ik ben hier! Wilde Ivy terugschreeuwen.

'Jij kunt ook zó eigenwijs zijn. Echt waar,' zei Jody, en ze hing op.

Concentreer je.

Ivy's grijpende handen voelden bezweet en glibberig, net als tijdens het touwklimmen bij coach Reiner, vooral als ze helemaal boven was en naar beneden keek.

In gedachten zag ze Melinda met de receptioniste praten, terwijl ze haar Ivy's rijbewijs liet zien, vertrouwend op haar vermomming om de laborante om de tuin te leiden.

Ze moest nu toch snel bij het luik op de eerste verdieping zijn. Hoe ver nog? Onwillekeurig keek ze omlaag in de inktzwarte duisternis. Ivy slaakte een kreet en begon in paniek te beven. Haar ene voet gleed van het balkje, toen haar andere voet. Met een klap viel ze omlaag en het volgende moment hing ze aan haar oksels in de riemen, trappelend met haar benen tegen de ruw gepleisterde wand. Haar gekrijs galmde door de schacht. Het harde leer sneed in haar onderarmen.

Maar de spiraal van canvas had zich strakgetrokken en hield. Ivy tastte naar een voetsteun en vond eindelijk een balkje en een bredere richel aan de overkant, waartegen ze haar voeten klem kon zetten. Hijgend rustte ze even uit om op adem te komen.

Een bredere richel...? Ivy keek weer omlaag en zag een lichtgrijze streep, precies op die plaats.

Ze zocht haar evenwicht, terwijl het zweet in haar ogen droop en haar benen trilden. Het enige wat ze nu nog hoefde te doen was het luik openschuiven en naar buiten klimmen. In gedachten zag ze hoe ze de kabel losliet, haar hand uitstak en het luik naar boven schoof.

Drie, twee, één... los! Met een snelle beweging tastte ze in het donker naar het luik beneden haar en trok. Meteen greep ze de met canvas omwikkelde kabel weer.

De kabel slingerde en kraakte, maar het luik gaf geen krimp. Hoewel... was het verbeelding, of was de streep grijs licht wat breder geworden?

Een schaduw gleed erlangs en Ivy verstijfde. Toen herkende ze het geluid van Phoebes nagels over de houten vloer.

Ze stak weer een hand uit en gaf het luik een nog hardere ruk. De streep licht was nu bijna een centimeter breed. Ze wrikte haar teen in de opening en het luik schoof wat hoger.

Daar was Phoebe, aan de andere kant. De hond legde haar poten op de rand, snuffelde aan Ivy's gymschoen en blafte.

'Ksst!' zei Ivy, terwijl ze met haar voet het luik tot halverwege omhoog trok. De hond legde haar snuit met haar witte snor op de richel. 'Ga weg!' Phoebe kwispelde enthousiast. 'Phoebe, zit!'

De hond gehoorzaamde.

'Blijf!'

Ze legde haar kop op haar poten. Niet te geloven.

Stukje bij beetje wist Ivy het luik helemaal open te schuiven. Toen het niet verder kon, zette ze haar voeten op de balkjes aan weerskanten van de schacht, greep de twee zijkanten van de luikopening en verplaatste haar gewicht.

De dwangbuis raakte los. Ivy hield haar adem in toen hij in de duisternis beneden haar verdween.

Langzaam en voorzichtig, met trillende benen, liet ze zich op een knie op de onderrand van de opening zakken. Zijwaarts trok ze zichzelf erdoorheen, zo ver als ze kon. Met haar handen voor zich uit om haar val te breken tuimelde ze op de grond, naast Phoebe.

De hond likte Ivy's gezicht toen ze daar lag, huilend en lachend tegelijk, vol blauwe plekken, maar ongedeerd. Het was haar gelukt.

33

Ivy kwam overeind en rende naar de trap. *Laat de zijdeur alsje-blieft nog open zijn.* Ze had net de bocht in de trap bereikt toen ze een bekend piepend geluid hoorde: de hordeur ging open. Ivy hurkte en maakte zich zo klein mogelijk.

Er klonk het geluid van een sleutel die in het slot werd gestoken en omgedraaid. Ivy kreeg een droge mond. Tussen de kunstig bewerkte spijlen van de houten leuning door zag ze de deur opengaan.

Melinda stapte achterwaarts naar binnen. Ivy's regenjack bedekte nauwelijks haar zogenaamd zwangere buik. Ze sloot de deur af, deed de sleutel in haar zak en liet haar tasje – Ivy's tas – op de grond vallen.

Ze zette de capuchon af. Daaronder droeg ze een halfronde zonnebril en de pruik van lang, donker haar. Ze floot een wijsje. Blijkbaar was alles volgens plan gegaan.

Ivy hoorde Phoebe dribbelen op de overloop van de eerste verdieping. Melinda bleef roerloos staan en draaide zich toen om naar de trap. Ze deed de zonnebril af en haar blik gleed naar boven.

Ivy trok zich nog verder in het donker terug.

Melinda hield haar hoofd schuin en liep naar de trap. Daar klemde ze haar vingers om de voet van het bronzen beeld op de

236

leuning en tilde het van zijn plek. Ze hield het ondersteboven, met de zware voet en de bout van vijftien centimeter als een knuppel geheven, en stapte de eerste tree op.

Gggg-ruff! klonk Phoebes waarschuwing achter Ivy.

Melinda deed nog een stap.

De hond blafte vier keer luid en liep de trap af, langs de bocht waar Ivy zich verborgen hield. Phoebe trok haar kop in haar nek en begon dreigend te grommen.

Melinda liet het beeld zakken. 'Hou toch je kop, stom beest. Met jou reken ik later wel af.' Ze zette het bronzen beeld op de leuning terug, draaide zich om en verdween naar de woonkamer.

Een golf van opluchting ging door Ivy heen. Ze herkende het geluid van de klep van de vensterbank die werd geopend. Toen een bons, gevolgd door voetstappen over de krakende vloer. Wat gebeurde er? Ze tilde haar hoofd op en luisterde of ze Melinda kon horen in de woonkamer, wachtend tot ze het licht aan zou doen of terug zou komen.

Maar ze hoorde niets meer, geen enkele beweging. Doodse stilte.

Opeens werd Ivy misselijk en voelde een doffe pijn in haar rug. *Alsjeblieft, niet nu. Nog niet.*

Ze kwam overeind en liep de trap af, zo snel als dat ging met haar zware buik. Toen ze het halletje overstak, hoorde ze de vloer weer kraken, luider nu. Door de deuropening van de huiskamer zag ze dat het deksel van de vensterbank openstond.

Te laat om nog terug te gaan. Ivy griste haar tasje van de grond waar Melinda het had neergegooid en liep haastig de eetkamer door.

'Hé!' Melinda had haar gezien.

Ivy rende de keuken door naar de bijkeuken. Ze wist de deur te bereiken. Goddank zat hij niet op slot. Ze gooide hem open, maar werd toen getroffen door de pijn van de opkomende wee. Rennen was onmogelijk. Ze kon zich nauwelijks bewegen.

Met moeite duwde ze de hordeur open, liet hem dichtvallen en verstopte zich toen tussen de winterjassen en parka's die

aan haken tegen de muur hingen, naast de deur, die ze helemaal
openduwde om zich nog beter te verbergen.

Even later hoorde ze Melinda en voelde ze de open deur stevig tegen de jassen drukken waarachter ze weggekropen stond.

De pijn werd nog erger en het zweet brak Ivy uit. Ze klampte
zich aan de mouw van een jack vast om steun te vinden en het
niet uit te schreeuwen.

Melinda moest aan de andere kant van die open deur staan,
turend door de nacht, in de veronderstelling dat Ivy naar buiten
was gevlucht.

Ivy hield haar adem in. De pijn naderde zijn hoogtepunt en ze
had zich niet kunnen verroeren zelfs al had ze dat gewild.

Een krakend geluid. De hordeur werd opengeduwd en Ivy
voelde een kille, vochtige bries langs haar benen. In gedachten
zag ze Melinda staan, aarzelend of ze de achtervolging moest
inzetten. *Ga dan! Naar buiten!*

De druk van de open deur werd minder. De hordeur piepte
weer en viel dicht. Ivy telde tot drie, liet zich naar voren vallen en
gooide de houten deur in het slot. Met bevende handen zocht ze
in haar tasje, keerde het om en liet de inhoud op de grond vallen.
Ze vond de sleutels en deed de deur op slot.

Toen leunde ze tegen de muur, happend naar adem. De andere weeën hadden niet zo lang geduurd als deze. Ze raakte haar
buik aan en voelde de spieren zich ontspannen.

Het was maar een kwestie van minuten voordat Melinda
de list zou beseffen. Ze kon makkelijk weer binnenkomen. Ivy
had gezien dat ze een sleutel in haar zak stak toen ze terugkwam.

Ivy moest de deuren barricaderen en de politie bellen. *Nu!*

Ze rende de keuken in, duwde de telefoonstekker in de muur
en belde het alarmnummer. Met de telefoon tegen haar oor
greep ze een keukenstoel en sleepte die naar de zijdeur, waar ze
hem stevig onder de deurkruk wrikte.

'Dit is het alarmnummer. Zegt u het maar,' hoorde Ivy de rustige stem van de telefoniste.

'Stuur de politie. Alstublieft! Alstublieft! Ze wil me vermoorden!' gilde Ivy. Ze noemde haar naam en adres terwijl ze terugrende naar de keuken en een andere stoel naar het halletje sleurde. Onderweg moest ze hem losrukken toen hij achter het kleed in de eetkamer bleef steken.

'Hallo? Bent u daar?' vroeg de telefoniste.

Ivy schreeuwde het adres nog eens en had net de stoel onder de kruk van de voordeur geklemd toen ze de hordeur hoorde opengaan. Een sleutel draaide in het slot.

Ivy liet de telefoon vallen.

'Ga weg! Ik heb de politie gebeld!' riep ze door de deur heen.

Er klonk een zware bons toen Melinda zich tegen de deur gooide.

'Het is te laat!' schreeuwde Ivy. Ze deinsde terug. 'Ik heb ze nu aan de lijn. Ze kunnen elk moment...'

Melinda gaf weer een duw. En nog eens. En opnieuw. De stoel begon te schuiven.

Ivy tilde Bessie van de leuning.

Een volgende zware klap toen Melinda haar hele gewicht tegen de deur wierp. De stoel schoof weer iets verder. Nog één keer, en ze zou binnen zijn.

Ivy dook de gangkast in. Ze trok net de deur achter zich dicht toen ze de stoel hoorde wegschuiven. Ze liet zich op de grond zakken en kroop zo ver mogelijk naar achteren.

Voetstappen. Melinda was in huis.

Ivy wachtte en tuurde tussen de koffers door naar de kier van de deur, doodsbang dat hij open zou gaan, ervan overtuigd dat Melinda haar elk moment naar buiten zou kunnen sleuren.

En toen hoorde ze de sirenes.

Heel even ving Ivy een glimp op van Melinda die langs de kast naar de huiskamer liep. De sirenes zwollen aan, steeds luider, totdat ze uit Ivy's eigen hoofd leken te komen. Ergens klonk een gedempte bons.

Zware, rennende voetstappen, die snel dichterbij kwamen.

De kastdeur vloog open. Ivy dook weg. De jassen werden opzijgeschoven, en daar stond een politieman, met zijn wapen op
Ivy gericht. De zwaailichten van de politiewagens voor het huis
wierpen hun schijnsel door het gangetje. Het huis achter haar
wemelde van de agenten.

'Goddank,' fluisterde Ivy toen ze uit de kast kroop. Rechercheur Blanchard kwam met getrokken pistool de voordeur binnen en rende naar haar toe.

Ivy's maag kromp samen. 'Ze is hier,' wist ze met moeite uit te
brengen. 'Melinda White.'

Rechercheur Blanchard bood haar zijn hand aan en hielp haar
overeind.

Ivy struikelde. Deze keer was er geen tijdige aankondiging.
Binnen een paar seconden leek het of ze werd gegrepen door
een sterke hand, die kneep en kneep, terwijl haar lichaam van
binnen uit keihard werd in verzet. Met een klap viel Bessie op de
grond.

'Boven alles vrij!' riep een stem vanaf een hogere verdieping.

'Hier beneden ook.' Vanaf de begane grond.

'Waar is ze?' vroeg Blanchard.

'Ik dacht dat ze...' De pijn sneed Ivy de adem af. Zwakjes wees
ze naar de huiskamer.

Met zijn pistool in de aanslag liep Blanchard naar de deuropening en keek naar binnen.

Ivy bleef achter hem, leunend tegen de muur, terwijl ze telde
en probeerde niet te schreeuwen. Voetje voor voetje liep ze naar
de deur. Blanchard maakte een ronde door de kamer, keek achter de bank en de fauteuil, opende de klep van de vensterbank en
liet hem weer dichtvallen.

Toen draaide hij zich naar haar om en liet zijn wapen zakken.
'Hier is niemand.'

Misschien had ze zich vergist. Misschien was Melinda er in
alle drukte toch vandoor gegaan toen de politie arriveerde.

Ivy wrong zich langs hem heen. De pijn was bijna over. Op
het koffietafeltje lag een katern van de krant, in vieren gevou-

wen. Het was Davids half afgemaakte kruiswoordpuzzel, waaraan hij op zijn laatste avond thuis had zitten werken. Ze pakte de krant op en herinnerde zich dat ze hem in de vensterbank had gegooid, twee keer zelfs, en hem niet meer tevoorschijn had gehaald.

De dreun waarmee Blanchard de klep van de vensterbank dichtgooide was dezelfde klap die ze een paar seconden eerder had gehoord, nadat Melinda langs de gangkast was gelopen, op weg naar de huiskamer.

Ivy sloop naar de vensterbank. Druppeltjes water parelden op de geschilderde bovenkant van de gesloten klep. Met bonzend hart tilde ze de klep op. De vensterbank was leeg: vier zijwanden en een bodem. Maar ze zag donkere plekken op de bodem, waar het ongeverfde hout vochtig was.

Ivy stak een hand naar binnen en tastte langs de randen. In het onderste paneel zat een halvemaanvormige uitsparing. Ze haakte er een vinger achter en begon te trekken.

Blanchard greep haar pols, gaf haar een teken om opzij te gaan en richtte zijn wapen. Toen stak hij zelf een hand naar binnen en trok het paneel omhoog. Als een valluik, scharnierend aan de tegenoverliggende kant, zwaaide de bodem van de vensterbank omhoog.

Ivy huiverde. Het leek of er een kille windvlaag door de kamer waaide. Onder de vensterbank zat een smalle, steile trap, of eigenlijk een ladder. Beneden was een lichtschijnsel te zien.

'Politie!' riep Blanchard. 'We weten dat u daar bent! Kom eruit. Nu!'

Hij knikte naar een agent in uniform, die naast hem kwam staan, ook met zijn pistool gericht.

Blanchard wachtte niet te lang op een antwoord. 'Ik kom naar beneden,' kondigde hij aan, en hij stapte over de voorkant van de vensterbank op de bovenste tree. Ivy herkende de krakende geluiden toen hij afdaalde.

Het volgende moment hoorde ze gedempte stemmen beneden, en wat geschuifel. Toen niets meer. Even later verscheen

Melinda, met haar handen op haar rug geboeid. De pruik en de zwangere buik waren verdwenen. Rechercheur Blanchard liep vlak achter haar en ondersteunde haar bij de elleboog.

Ivy deinsde terug tot in de hoek van de woonkamer, waar ze niet verder kon. Haar hart bonsde in haar keel.

Melinda stapte de kamer in. De zwaailichten buiten wierpen hun schijnsel over haar bleke gezicht. Ze leek onaangedaan, gevoelloos, toen ze om zich heen keek. Haar blik bleef op Ivy rusten.

'Haar man heeft me verkracht,' zei Melinda kalm.

Blanchard stapte tussen de twee vrouwen in en duwde Melinda naar voren.

Melinda deed nog een paar stappen en draaide zich weer naar Ivy om. 'Weet je wat die fijne man van je tegen me zei toen we het deden? Dat ik heel bijzonder was. Eentje uit duizenden.'

34

Ivy zat onder aan de trap, wachtend op een ambulance om haar naar het ziekenhuis te brengen. Phoebes vacht drukte warm tegen haar aan. Een van de agenten had dr. Shapiro en Jody gebeld.

Ze had net de laatste wee doorstaan en wist dat de volgende niet lang kon uitblijven. Met de rug van haar hand wiste ze het zweet van haar voorhoofd.

Rechercheur Blanchard kwam uit de eetkamer met Ivy's tasje. 'Dit zult u wel nodig hebben,' zei hij, en hij legde het naast haar op de tree.

'Bedankt,' zei Ivy, die besefte dat hij alles wat ze in de bijkeuken op de vloer had gegooid had verzameld en in haar tas gedaan.

'Gaat het?' vroeg hij.

'Ik red het wel.'

'Deze vond ik op de grond,' zei hij, en hij liet haar drie rijbewijzen zien, die hij als een waaier speelkaarten in zijn hand hield. Hij gaf ze haar, één voor één.

Melinda White, Ruth White, Elaine Gallagher. Alle drie met een foto van Melinda.

Ivy hoorde een sirene naderen.

Ze gaf de legitimatiebewijzen aan de politieman terug. 'Ze dacht waarschijnlijk dat ze met die pruik zoveel op me leek dat ze niet mijn rijbewijs ook nog hoefde te vervalsen. Vandaag is ze in mijn plaats naar het politielab geweest om DNA af te staan. Dat zal niet overeenkomen met het DNA dat u op die tandenborstel uit haar appartement hebt gevonden, want dat was van míj. Ze had hem een paar weken geleden gestolen.'

Blanchard knipperde met zijn ogen en de frons op zijn voorhoofd werd nog dieper. 'U bedoelt dat het DNA uit haar appartement in werkelijkheid dat van u is?'

'Precies. En het DNA van het foetusweefsel op het mes dat David probeerde te verbergen? Dat zal overeenkomen met het DNA van diezelfde tandenborstel. Want ook dat is van mij.' Ivy begon te huilen. 'Van David en mij. Melinda werkte in het ziekenhuis toen ik daar mijn laatste miskraam kreeg.'

De sirene zweeg abrupt. Blanchard hielp Ivy op de been en nam haar mee naar buiten, het trapje af.

Ivy boog zich naar voren. 'Mijn man?'

'We zullen hem zo snel mogelijk vrijlaten,' zei Blanchard.

Een verpleger stond klaar om haar achter in de ambulance te helpen en Ivy stapte in.

Rechercheur Blanchard wilde een van de deuren van de ziekenwagen sluiten.

'Melinda draagt een kettinkje dat van mij is,' riep Ivy hem nog na. 'Het was van mijn oma.'

Ivy kon zijn antwoord nauwelijks verstaan, omdat de volgende wee haar overspoelde alsof ze binnenstebuiten werd gekeerd.

Persen!

De pijn die zich had samengetrokken in Ivy's onderrug omspoelde nu haar hele lichaam. De druk bouwde zich op als stoom die het deksel van een snelkookpan dreigde weg te blazen. Het felle licht boven haar hoofd in de ziekenhuiskamer leek te pulseren toen Ivy, met meer zekerheid dan ze ooit voor mogelijk had gehouden, wist dat het zover was.

David zat bij haar en hield haar hand vast toen Ivy diep ademhaalde en zich concentreerde op deze ene, enkele opdracht, om kracht te putten uit elke hoek van haar lichaam. Hij was een paar minuten geleden de kamer binnen gestormd, terwijl hij zijn maskertje voordeed en Jody's plaats innam aan Ivy's zij.

'Ik heb dit voor je meegebracht,' fluisterde hij, en hij drukte de amulet van Ivy's oma in haar hand.

Deze keer waren de weeën snel en ongelooflijk efficiënt gekomen. Geen rustige wandeling door de poli. Ze was meteen naar de verloskamer gereden en aan een monitor en infuus gekoppeld.

Het kwam door al dat wormkruid, had dr. Shapiro gezegd, en ze namen de gevolgen bijzonder serieus.

'Goed. Ja, goed zo,' zei David, die met zijn adem het maskertje naar binnen zoog en naar buiten blies.

Ivy voelde een brandende, stekende pijn toen de druk zich opbouwde. David had rimpeltjes om zijn ogen, alsof hij zelf net zo hard perste.

'Ja, zo moet het. Geweldig. Je bent een kanjer,' zei hij.

Eindelijk loste de wee zich op, maar Ivy had nauwelijks tijd om zich te herstellen voordat de volgende alweer kwam en tot volle kracht aanzwol. Zwetend als een otter perste ze uit alle macht, totdat ze een gevoel had alsof er een locomotief met sneltreinvaart door haar hoofd denderde.

'Ik zie het hoofdje al komen,' zei dr. Shapiro, op kalme, geruststellende toon. 'Persen maar. Nog een keer.'

Ivy concentreerde zich, en opnieuw, en nog eens, elke keer dat dr. Shapiro haar aanmoedigde om vol te houden – dat de volgende de laatste zou zijn.

'Stop!' zei de dokter. 'Even wachten.'

Ivy gehoorzaamde met moeite. De neiging tot persen was nu bijna onweerstaanbaar.

'Nu puffen,' zei David, met zijn arm om haar heen.

Het werd stil in de kamer terwijl Ivy pufte. Zweet droop in haar oren en haar hals.

'Goed zo. Ja, geweldig,' zei dr. Shapiro. 'En nu nog één keer. Persen!' Haar bevel kaatste tegen de muren.

Ivy perste met alle kracht die ze nog in zich had en voelde hijgend dat de druk opeens afnam, alsof er een kurk uit een fles schoot. Een paar lange seconden bleef het doodstil. Toen hoorde ze een kreetje.

'Het is een meisje,' fluisterde David in haar oor. 'Precies zoals je zei. Hij kneep in haar hand.

Ivy probeerde de verpleegster te zien die zich over de baby had ontfermd om haar schoon te vegen en te wassen. Haar kleine meid was nog verstijfd, met een rood gezichtje, dichtgeknepen ogen, haar mond opengesperd, trillend met haar kleine knuistjes. Ivy keek toe en dacht dat haar hart zou breken in haar borst.

De eerste geluiden van haar kind waren heel anders dan Ivy zich had voorgesteld: geen krachtig gehuil, maar korte, snelle kreetjes, als van een speenvarken.

'Ik was zo bang dat ik niet op tijd zou zijn,' zei David.

'Ik was bang dat je helemaal niet zou komen,' zei Ivy.

De verpleegster bracht hun de baby, in een roze dekentje gewikkeld, met haar dat al begon te drogen in dunne krulletjes.

Ivy nam de stevige kleine bundel in haar armen en drukte voorzichtig haar lippen tegen het kinderhoofdje. Zo zacht. Vochtige grijze ogen openden zich en de baby keek haar aan als een wijze oude ziel. Een golf van vertedering ging door Ivy heen, zo intens dat ze bijna geen adem meer kreeg.

'Hé, Spruit,' fluisterde ze. 'Mijn liefste kleine meid.' Ze had prachtige wimpers, deze jongedame.

David streelde voorzichtig de wang van de baby met de achterkant van zijn wijsvinger. 'Ze is een wonder.'

Ivy betastte het dekentje en vond een voet. De huid, gerimpeld bij de enkel, deed Ivy denken aan een magere kip die een flodderige, vleeskleurige panty droeg. De kleine teentjes stonden wijd uit elkaar, alle vijf.

Een traan gleed over Davids wang toen hij de voetzool van de baby kuste.

Dit alles was ze bijna kwijtgeraakt: David, hun baby, hun leven samen, al hun hoop en alle dromen voor de toekomst.

De kamer werd wazig, en voordat ze het wist lag Ivy te huilen – volledig onbeheerst, met luide snikken, alsof er diep in haar een dam was doorgebroken.

Ze pakte Davids mouw en jankte. Een verpleegster kwam snel naar haar toe en nam de baby over. David sloeg zijn armen om Ivy heen, drukte haar tegen zich aan en wiegde haar.

'Het is voorbij, het is voorbij,' zei hij, terwijl hij haar nog steviger omhelsde. 'Het spijt me zo.'

Ivy rilde en begroef haar gezicht tegen Davids borst. Haar tranen doorweekten de bovenkant van zijn ziekenhuisschort.

'Je hebt alle recht om kwaad op me te zijn. Woedend. Ik...' Zijn stem brak. Hij streelde haar hoofd en kuste haar nek. 'Ik wist het niet. En daarna dacht ik dat ik nooit meer bij je zou kunnen zijn, bij jou en de baby.' Ze voelde zijn borst snel op en neer gaan. 'Kun je me ooit vergeven?'

Ivy kon niet antwoorden. Ze keek hem aan.

'Ivy...' Zijn gezicht was verwrongen van ellende, zijn ogen vulden zich met tranen.

'Al die leugens,' zei ze.

'Het was alleen als bescherming...'

'Van wie?'

'Jou. De baby. Mij.' Hij liet zijn hoofd hangen. 'Ik dacht dat dat het beste was.'

In de loop van de nacht werd Ivy overgebracht naar een ziekenhuiskamer. David ging naar huis om op te ruimen en wat te slapen.

De volgende morgen vroeg nam ze een lange, hete douche en liet het water tegen haar pijnlijke rug en flanken kletteren. Een grote paarsrode kneuzing op haar rechterheup en pijnlijke rechterschouder herinnerden nog aan haar ontsnapping. Het had niet veel gescheeld. Een wondje van de punt van het mes brandde nog toen ze zich inzeepte.

Ivy trok een zacht zijden nachthemd aan, een prachtig cadeau van Jody, en stapte weer in bed. Daarna viel ze in slaap, de eerste keer in meer dan een week dat ze echt kon slapen.

Toen ze wakker werd, stroomde zonlicht de kamer binnen. David zat in de gemakkelijke stoel bij het bed en straalde tegen de baby die hij in zijn armen hield.

Het meisje keek hem aan, met grote, alerte ogen, haar mondje volmaakt ovaal.

Ivy geeuwde. Al haar spieren deden pijn. Ze draaide zich op haar zij en stak een hand uit om Davids arm te strelen.

David glimlachte tegen haar. 'Ze is beeldschoon, Ivy. Echt waar.' Hij duwde zijn pink tussen de samengeknepen vingertjes van de baby. 'Wordt het niet eens tijd dat we een naam bedenken?'

'Iets krachtigs, misschien beginnend met een F, ter ere van oma Fay?' opperde Ivy.

'Fanny?' vroeg David.

'Wel leuk. Ouderwets, maar lief,' zei Ivy.

'Flora?'

'Flora Rose?' Ivy trok een gezicht.

'O, dat was ik vergeten: regel vier, punt een, punt drie.' Hij kuste het kleine vuistje van de baby. 'Sorry, maar één mooie bloem per klant.'

Ivy wreef over de steen in de handpalm van haar grootmoeders amulet, die weer om haar hals hing, waar hij hoorde.

'O, ik weet het niet. Flora is wel een mooie naam,' klonk een stem vanuit de deuropening. Ivy keek op en zag mevrouw Bindel in een rolstoel zitten, met rechercheur Blanchard achter haar. 'Ik heb eens een vriendin gehad die Flora heette.'

'Mevrouw Bindel!' zei Ivy, en ze drukte op de knop om het hoofdeinde van haar bed omhoog te brengen. 'U bent weer opgeknapt.'

'Zo'n beetje. Opgeknapt zou ik niet willen zeggen,' antwoordde mevrouw Bindel. 'Mogen we binnenkomen? Heel even maar.'

'Natuurlijk,' zei Ivy.

Blanchard duwde mevrouw Bindel over de drempel, de kamer in.

'Ik wilde niet wachten,' zei mevrouw Bindel. 'Ik moest meteen mijn excuses aanbieden. Al kwam vanochtend en heeft me het hele verhaal verteld. Ik vroeg of hij me naar je kamer wilde rijden.'

Al? De politieman bloosde een beetje.

'Ik dacht dat jíj me op mijn hoofd geslagen had,' zei mevrouw Bindel. 'Dat was jij helemaal niet, maar die andere vrouw, die was verdwenen. Ik begrijp nu dat ze zich verborgen hield en van alles heeft uitgespookt. Wat een akelig mens.' Ze keek met opgetrokken wenkbrauwen naar rechercheur Blanchard.

'Dat klopt,' zei hij. 'Melinda White kwam door mevrouw Bindels achtertuin toen ze vanaf het huis van haar moeder naar uw huis terugliep. Mevrouw Bindel verraste haar. Ze was bang dat mevrouw Bindel zou beseffen dat zij u niet was. Ze had haar alleen bewusteloos willen slaan, beweerde ze.'

'Zei ze dat?' vroeg Ivy.

Blanchard knikte. 'Ze wordt aangeklaagd wegens grof lichamelijk geweld, inbraak, ontvoering...'

'En moord?' vroeg Ivy.

'Op haar moeder?' zei Blanchard. 'Nee, die is een natuurlijke dood gestorven. Kanker. Melinda heeft haar niet begraven om haar pensioen en haar uitkering te kunnen houden. Dus wordt ze ook nog aangeklaagd wegens fraude. En diefstal van identiteit. Haar zuster Ruth is getrouwd en woont in Toronto. Ze heeft al in jaren geen contact meer gehad met Melinda of hun moeder. Melinda heeft een appartement in Florida gehuurd op Ruth' naam en iemand betaald om alle post voor haar moeder door te sturen naar het huis in Belcher Street.'

'Naar Elaine Gallagher?' vroeg Ivy.

Blanchard fronste zijn voorhoofd. 'Hoe weet u...?' Ivy kon bijna zien hoe de radertjes in zijn brein aan het werk waren. Ze keek hem onschuldig aan, niet van plan hem te vertellen dat ze in het huis had ingebroken en het lichaam van mevrouw White had ontdekt.

'Elaine Gallagher is vijf jaar geleden gestorven,' zei Blanchard. 'Hier, op deze plaats, in het Neponset Hospital. Melinda werkte daar toen. Ze moet de informatie uit de ziekenhuisgegevens van die arme vrouw hebben gebruikt om een bankrekening en creditcard te regelen. Ze heeft zelfs een nieuw rijbewijs op haar naam aangevraagd en voor de foto geposeerd. Daarna heeft ze al het papierwerk georganiseerd om de suggestie te wekken dat Elaine Gallagher het huis in Belcher Street had gekocht. Inmiddels werkte ze toen bij een makelaar. We hadden het onderzoek zo'n beetje rond toen... Het spijt me dat we bijna te laat waren.'

'Ze had sleutels,' zei Ivy. 'Zelfs nadat ik de sloten had vervangen.' Ivy herinnerde zich de verbazing van de verkoper toen ze haar eigen kopie kwam laten maken. Melinda, met haar pruik en zwangere buik, was waarschijnlijk al eerder geweest voor een kopie van de reservesleutels die Ivy bij de achterdeur had gehangen.

'Ja, het leek wel of ze kon gaan en komen zoals ze wilde,' zei Blanchard. 'Ze hield u en uw man in de gaten en kende uw gewoonten.'

'Ze wilde onze baby,' zei Ivy.

'Dat weet ik. Nu.' De beschaamde blik die hij haar toewierp was waarschijnlijk zijn manier om zich te verontschuldigen.

Mevrouw Bindel reed wat dichter naar David toe. 'O,' zei ze, toen ze de baby zag die nu diep in slaap was in Davids armen, 'wat een dot.' Met haar knokkel veegde mevrouw Bindel een traan uit haar ooghoek weg. 'Dat huis van jullie... wat het echt nodig heeft is jonge mensen. Maar doe me een plezier. Geen rommelmarkten meer.'

'Toen Melinda naar de rommelmarkt kwam, herkende je haar toen?' vroeg Ivy aan David nadat rechercheur Blanchard en mevrouw Bindel waren vertrokken.

David stond op en legde de baby in het ziekenhuiswiegje. Hij kwam naar haar toe en ging naast Ivy op het bed zitten. 'Nee. Eerst niet, tenminste.'

Onbeantwoorde vragen bleven ongemakkelijk tussen hen in hangen. Ivy herinnerde zich de woorden van meneer Vlaskovic. 'Geheimen kunnen giftig zijn,' zei hij. 'De waarheid is zelden zo verschrikkelijk of angstig als iets wat je zelf bedenkt.'

'Melinda zei dat je haar had verkracht,' zei Ivy.

Davids ogen fonkelden van woede. 'En jij gelooft dat?'

'Is dat dan niet zo?'

'Dat heb ik niet gedaan. Dat heb ik ook tegen haar gezegd, en toen ging ze door het lint. We waren op zolder. Ze smeet die glazen zwaan kapot en daarna leek het wel of ze in trance raakte. Ze vertelde alles wat er bij Kezey's was gebeurd, tot in de kleinste details. Het was best moeilijk om dat allemaal aan te horen, omdat ze zo zeker leek van haar zaak. Ik schrok me dood toen ze zei dat ik haar in die kast had getrokken en... had gedaan wat zij beweerde.'

David keek Ivy rustig en strak aan. 'Niet dat het me zou hebben verbaasd áls er zoiets was gebeurd. Tien of twaalf jongens en één meisje. Zeventien jaar oud. Stomdronken, zonder enig toezicht.'

'Ze zei dat ze zwanger was geraakt en een miskraam had gehad,' zei Ivy. 'Door onze baby te stelen kon ze haar verlies goedmaken.'

'Ik heb haar niet verkracht.' David keek Ivy wanhopig aan. 'Of dacht je dat ik me dat niet zou herinneren, als het zo was?'

'Ik wil je geloven,' zei Ivy, 'maar ze vertelde me dat ze een kettinkje om je hals voelde toen je bij haar was.'

'Zie je wel? Kun jij je herinneren dat ik ooit een kettinkje heb gedragen? Dat was ik niet. Dat was...' Davids mond viel open toen hij zich realiseerde wat dat betekende.

'Theo,' zei Ivy, denkend aan het Griekse kruisje dat aan een kettinkje aan het spiegeltje van Theo's auto hing. 'Theo zegt dat jij bewusteloos raakte en dat er niets is gebeurd. Helemaal niets.'

'Natuurlijk zegt hij dat.' David keek haar nog steeds aan. 'Theo zei dat hij zich terugtrekt uit de verkiezingscampagne voor de Senaat. Want als Melinda haar versie gaat vertellen van wat er bij

Kezey's is gebeurd, zal iedereen daardoor worden besmet, zegt hij. Het maakt niet uit wat er werkelijk is gebeurd. Dat valt ook niet meer te bewijzen, na al die jaren.'

Hij pakte haar hand. 'Ivy, als ik écht had gedaan wat zij beweert, zou je me dan ooit kunnen vergeven?'

'Ik...'

'Zou je dat kunnen?' vroeg David. 'Want wat er ook is gebeurd, ik was er wel bij. Zelfs als ik haar niet heb verkracht, was ik erbij en heb ik niets gedaan om haar te beschermen. Dat had ik kunnen doen, want de jongens luisterden naar mij. En later, op school, heb ik nooit geprotesteerd tegen de geruchten die de ronde deden. Na een tijdje vergat ik het gewoon. Alsof het nooit gebeurd was.'

Ivy keek naar het vermoeide, zorgelijke gezicht van de man die al haar halve leven haar beste vriend en minnaar was. Ze herinnerde zich het eerste moment waarop ze hem echt had gezien: toen hij zich over haar heen boog op die atletiekbaan. Ze herinnerde zich hoe ze trouwplannen hadden gemaakt op een heuvel op Peaks Island in Casco Bay in Maine. De eerste keer dat David en zij over de drempel waren gestapt van het huis dat ze hadden gekocht en enthousiast maar ook doodsbenauwd hadden rondgelopen, voordat ze hem had omhelsd en zich weer veilig had gevoeld. In al die tijd had ze nooit één keer getwijfeld aan zijn karakter – of hij wel deugde.

Ze was ervan overtuigd dat Theo loog en de zaak bagatelliseerde. En ze achtte hem ertoe in staat dat hij misbruik had gemaakt van Melinda. Ze twijfelde ook ernstig aan de zwangerschap van Melinda. Was ze wel naar een dokter gegaan? En hoe kon ze geweten hebben dat de baby die ze verloren had van David was?

Maar toch galmden nog die woorden van Melinda door haar hoofd: 'Hij zei dat ik heel bijzonder was. Eentje uit duizenden.'

Dat klonk niet als Theo.

Stel dat David werkelijk dronken was geworden op zijn zeventiende en seks had gehad met een hunkerend meisje dat verliefd op hem was, een meisje dat alles zou hebben gedaan om zijn aandacht te krijgen?

Ivy kon de klok niet terugzetten om te zien wat er echt was gebeurd. Ze kon niet in Melinda's hoofd kruipen om haar verlangens en haar nachtmerrie van de realiteit te onderscheiden. Zelfs Melinda had bijna toegegeven dat ze niet zeker wist hoe het precies was gegaan.

Het enige wat Ivy kon doen was zich vastklampen aan de onzekerheid en aan haar eigen gevoel, diep in haar hart, over de man van wie ze hield. Dat betekende alles voor haar.